时光里的小欢喜

于 静——著

山東文藝出版社

序

接到《山东教育》（幼教园地）高长明主编来电，嘱我为《时光里的小欢喜》写序。彼时，我正在陕西延川，奋力攀爬一座小山，脚下是勉强能够通行的山路，路侧是断崖深沟，头顶艳阳高照，大汗淋漓。

“燕子，这是一位幼儿教师用文字记录的生活点滴，准备结集出版。你来写个序吧。”

登高远眺，山风徐来，有一点小小的欢喜慢慢在心间弥散开来：待在延川的时间越长，我对延川人民精神生活丰裕的感受越深。比如，就在刚才，我沿着看似没有人迹的土路向陡峭土坡上爬，感觉前面就到尽头了，心里忐忑着，却发现另一条小道就在一边静默着等我。如此几个回转，就看见了塬顶的农家窑洞，而窑洞前的平地上，一排果树间，竟还有个简易的荡椅，有个农妇怀抱婴儿坐在上面，悠闲地荡啊荡……而远处，隐隐约约有琴声传来，循声而去，在另一处山坳坡顶的窑洞前，一位满脸沧桑的老农正在拉琴，粗粝的手，老旧的琴，简朴的窑洞，还有脚下那粉末状的黄土，让我感受到了一种超然物外的悠闲。老农见我驻足张望，便停下来和我拉呱儿：“不成调，我就是听着心里欢喜……”多么难得的一份欢喜！既美了自己的生活，也美了路人眼里的风景。

唯有心中满溢着欢喜的人，才能写出这随着时间慢慢流淌的小欢喜。我虽与著者于静只见过一次，但此刻，似乎看见了她眉目含情、温柔以待的样子：寻寻觅觅，欢喜入怀，心是开花的树，人如恬淡的菊。把看得见的时光诉诸笔端，让人生的路洒满小确幸。

我也喜欢用文字记录生活，总觉得，身为幼儿教师，要涵养自己敏锐觉察的慧心，要练就发现美好的慧眼，更要有艺术地与身边的人分享自己的所想所得。因为，教育是一棵树摇动另一棵树，一朵云推动另一朵云，一个灵魂唤醒另一个灵魂。而幼儿教师的职业，更像是一项生命工程，需要做的，就是在日常时刻，发现每一个孩子的独特的闪光点，让他们朝着自己的天分去努力，让他们从我们的目光和言语中感受到持续不断的、推动他们向前的力量。我想，幼儿教师的高光时刻，就在这“时光里的小欢喜”的发现之时，就在我们满心欢喜地发现、感受并传递生活美好的那一刻。因为这份欢喜，能让我们学会用欣赏的目光注视班级里的每一个孩子，也能让我们把带着喜悦的情感和充满正能量的生命力量传递给孩子们。

近20万字的文稿，让我们看到了一个幼儿教师的生活智慧和教育情怀。这本书所记录的不只是生活记忆的再现，字里行间渗透着有关生命成长的思考，体现着著者坚守教育的初心。

从文字中遇见于静，遇见时光里的小欢喜，那一份对生活、对教育的爱，悄悄住进我的心里。

默然相爱，寂静欢喜。

陆春燕

2022年5月28日写于延川

目录

心是一棵开花的树·001

幸福从未缺席·043

生命是一场充满惊喜的旅程·085

穿越时光的心情·135

奔赴喜欢·183

每一次遇见，都像初恋·217

心是一棵开花的树

心是一棵开花的树

今日晨练时，发现公园里多了几株新植物，也许它们早就在，只是我没发现而已。在一片深深浅浅的黄色里，它们绿得很自在，含苞的花蕾藏在深深的叶片里，如春一般。

手机的识图软件告诉我它名为“结香”，我喜欢这个名字。有些喜欢是解释不清缘由的。

昨夜刚刚下过小雨，湿漉漉的小路，湿漉漉的空气，街边驶过的车辆也没了往日的喧嚣。

一棵树上的落叶，被另一棵树的根系拥抱着，树叶缱绻。突然想，一棵树和另一棵树在一起待久了，会不会也生出些许情愫。生命，在一场又一场告别中，走向成熟。人如此，树亦然。

小河边的芦苇旁，一枝月季兀自开放着，如迟暮的美人，自顾自地站在那里，骨子里的优雅，如一抹清风迎面而来。

开在河边的苇花，没有故作姿态的献媚，繁华和热闹向来是一种虚无的存在，享受初冬的孤独，也是一种圆满的状态。

无论天气阴晴，内心的安稳，能把孤独变成一种能力，温柔并且坚定。这世上，有人爱月季的娇艳，自然也有人喜欢芦苇的淡然，就像一个人，总会有另一个人来爱一般。

有人说，“心动的时候，万物复苏，什么都奔向欢喜”。这句话有几分道理，所以说，不是风动，不是万物在动，那是心在动。

一株植物在它果实散尽后，把身体定格成盛开的模样。我不知道，它的生命还在不在，我想，它用执着的姿态，给自己许诺一个春天。它在以温柔的方式和世上的孤独讲和。

如果来世可以做一株植物，我愿意是一棵开花的树。然后等待，有人为我而来。

看得见的时光

2017 年 8 月 15 日，从花盆中剪了一枝绿萝，随手插在了一个小小的花瓶里。几片叶子，一根短短的枝条，点缀而已，也许几天后，它会被新的枝条替代。

此后的日子里，它仿佛知晓我的心意，竟然活得比盆中的那一大簇还要热烈，有浓绿的色彩和一副无畏的姿态。渐渐地，枝条高出瓶口许多，依旧直直向上，从未低头。

2018 年 9 月 8 日，它开始枯黄，渐渐没了精神，把它从花瓶中取出，竟有些牵绊，长长的根须缠绕着，已布满瓶身。三百多个日日夜夜，它长成了如此模样。

那些细细的根须是它这一年的光阴的印记，清晰可见。我们的时间呢，是否可见？也许每个人都如这枝绿萝一般，一生都在生长，可是有多少人可以看到自己成长的印迹？我们一直在赶路，却怕回头便失去了前行的勇气。

某天打扫卫生，在一件旧家具上发现了女儿刚学会写名字时刻在家具上的字。刚刚学会写自己的名字，她很认真，即使在木头上，写错了也不忘更正。当年的家具很新，当年的小孩很小，忘记了当初是否斥责过她顽皮，如今看到，却视若珍宝，赶紧拍照留念。原来，时光留痕，是多么值得庆幸的事情。

最近一段日子，天空出奇的好看。早上的阳光晶莹，日暮的晚霞绚丽，夜晚的星空恬静。仰望天空的日子越来越多，那些寻常的日子，渐渐生出好多“与众不同”。

昼与夜，邂逅在一缕清风里，夏与秋，缱绻在一池湖水中。原来，每一刻的时光，都可以看得见。

看得见的时光，看得见的心情。

看得见的生命，看得见的希望。

静坐听雨

雨一直下，淋湿了树，淋湿了路，淋湿了心情还有思绪。静坐，无比单纯地听雨，有风穿过窗户，吹到后背，既有夏日的暖，又有秋日的凉。天气闷热了很久，凉爽我也等了很久，真的来了，却觉得突然。

交替与轮回，总是那么猝不及防。

雨下得那么大，日子变得那么长，而我，反反复复摆弄茶桌上的那些小玩意，妄图摆出一副淡然的模样。叶子上的水滴一直垂着，想看到它坠落的瞬间，它却始终不肯落下来，晃了下枝条，摇摇欲坠，我依然没等到期待的结果。所以，有些美好，想想就好。“心存”有时候比“遇见”更重要。

那颗水珠，不知道什么时候落了下来，叶面上，水痕依然。但用不了多久，水痕也会消失。叶子会记得那颗水珠曾经来过吗？雨天，心也潮湿了，而我似乎特别喜欢在这些小事上反反复复地纠结。

你记得谁，又被谁留在记忆中，其实真的没有在意的价值。因为，每个生命都不是为了取悦别人而存在的，同样，也没有让别的生命来取悦你的理由。你的人生，欢喜与否，与他人无关，只和自己内心相连。

能够让你宽心的，从来不是别人嘴里的道理，能够让你欢喜的，也从来不是别人行动上的臣服。

生命里，来来往往的人很多，有爱你的，也有不爱你的，有喜欢你的，亦有讨厌你的，谁都不是孤立地存在，大家都活在形形色色的关系中。不刻意取悦，也不去要求别人迎合，尊重生命本来的样子，让自己和他人都能以喜欢的方式度过一生。

雨天，和自己的内心对话，无比单纯地享受此刻的孤独。

生活有温情，生命才有能量。每次自然流出的真情感，它可以治愈，从而让微笑从心底发出，因为你的生活，让自己很满意。

好的关系，从来都是相互成就的；好的日子，从来都需要悉心品味。我们用心走过的每一天，都是可以镌刻的时光，那是可以在回忆里等待的，每一个水滴滑落的瞬间。

世界越宽，你心越乱

孩子们的暑假，成全了大人们，那些经历人生风雨的大人们，卸下平日里的面具，在祖国各地的山水里、阳光下，快乐得像个孩子。

为何要到一个陌生的地方才能有如此单纯的快乐？也许是每个人的心里都有逃离的欲望吧。对现实失望吗？也许还谈不上，但向往另外一种生活，似乎是很多人的心态。

很多人感到累与失望，是因为看不到真实的自己，生活一直是在被动地延续，不能成为心中的自己，反而变成了别人期待的样子。心有不甘，却没有摆脱的勇气和力量。会做减法的人，才是真正内心强大的人。

内心强大是什么样子？我心目中的模样是坚定而温柔的。坚定是因为内心执着，知道自己该选择什么样的生活；温柔是因为内心宽广，没有什么人和事值得对抗。只有这样，才可以做真实的自己，阳光下的孩子，风雨中的大人。

不要惧怕夜晚独自赶路，能够真正并且始终给你安全感的，只有自己。所以，让自己内心足够强大，才能够保护好自己。你想要的世界越宽广，心会越乱。人之所以会无所适从，是搞不清什么才是自己真正想要的。

老天对每个人都是公平的。得与失，取决于自己怎么看，别人羡慕的“得”也许是你心中的“失”，别人惋惜的“失”也许是你眼中的“得”。得与失，在一颗强大的心面前，风轻云淡。所以，我想要的世界，不用太宽广，如此，心方能安静。

心可以把朴素的一切变成美景，要相信，“此去不经年，后会终有期”。你坚持和等待的一切，也许会在某个瞬间与你相遇，要做好迎接它的准备。

安静地看潮起潮落，安静地等待每一次所期待的遇见。

有人愿意陪你聊天吗

今晚听书，听到这样一句话：“人生路上，谁都很忙，珍惜那个愿意陪你聊天的人。”心中颇有感触，谁是经常陪你聊天的人，谁又是经常找你聊天的人。如果有，请珍惜，无论何时，他在那里，便是情意。你愿意说，他愿意听，或者他说你听，不分地点，不计时间。

曾在晚上九点，心血来潮约好友吃饭，要知道，小城的晚上九点，该是回家休息的时间。好友没问缘由，沿街寻找未打烊的饭店，待我赶到，喜欢的美食便出现在眼前。没有觉得给她添麻烦，她也觉得很自然，然后小酌，聊天，吃到心满意足才算完。好友，就这么简单，没有理由地随时陪伴。

微信朋友圈里，你最喜欢关注谁的动态，哪些让你只是看看，哪些让你默默点赞，哪些又让你忍不住留言？有谁在关注你的生活，有谁会透过你的文字瞬间知晓你的心情？

某日，在QQ空间发了一组照片，状态更新为：容我小小地自恋。好友回复说：“请把‘自恋’改为‘自信’。”一字之差，底气不同，人到中年，变得低调，说着言不由衷的话。唯有好友，能帮你说出那些隐藏的小心思。照片上是我和一个陌生女人碰巧同框的瞬间，这么狭隘的我，好友依旧笑纳。友情，单纯到不辨是非，即使你错了，他也会毫不犹豫地站在你这边。

真正的好友，可以随时开启聊天模式，不用刻意发起话题，既可以聊得天花乱坠，也可以聊得诗情画意。愿，高兴时有人分享，难过时有人陪伴，在每个平凡的日子里，欢喜细水长流。

人生路上，每个人都很忙，愿意把时间给你的好友，一定得珍惜！

你明白了，还是忘记了

> 世界上有两种长大的方式：一种是明白了；一种是忘记明白不了的，心中了无牵挂。所有人都用后一种方式长大。
>
> ——《万物生长》

为什么我们都在用“忘记”成长，那是因为“明白”二字，能够做得到的是高人。有多少凡人能把事情都想通想透？与其不明白，那就忘掉这些想不透的事，遗忘，是最正常的成长。

这世上，我们明白的好像有很多，有时说起别人来，头头是道，俨然人生导师。仔细想想，真正明白的有多少呢，事一关己便万般纠结。

早上一睁眼，觉得时光真慢，太阳才刚刚升起；晚上天一黑，觉得时光真快，眨眼又是一天。我们不明白的太多，那就选择忘记吧。人生如戏，经历聚散，品尝悲喜，在不同的角色里变换自己，戏如人生，我们同样在别人的故事里品味自己。

那些简单快乐的人，大多记忆力不太好，心那么小，怎容得那么多的不明了，心那么大，又怎容不下那些改变不了的不明了。选择记忆，同样选择遗忘。该记的记，该忘的忘，就这么简单。

每晚，我会认真地把自己吃得很撑，大家都说这样不好。可是，能随心所欲地吃，如此极致的感觉有多少人能够明白？所以，请在吃的时候忘记那些忠告，因为这一辈子，能够放开吃的日子不会太多，而且会越来越少。

也许，到最后你也没真正明白，可是，那有什么关系呢？你，始终是你，成不了别人。有些事，无论你明白了，还是忘记了，都是豁达。想不明白，不想就是，大不了把它遗忘。所以，遗忘是心态，能够遗忘是能力。

我们，都有成长的能力。

把日子过成自己喜欢的样子

每日下班途中，公园附近的路边，坐满了老年人，男男女女，或打牌，或下棋，或闲聊，或什么也不做，只是看着来来往往的车，以及行色匆匆的人。

路上那些行色匆匆的，大多如我一般，正赶往一个叫家的地方。偶尔，回家的人会因为老人的三轮车放在了一个不该放的地方，嘟囔几句，“大热天不在家凉快，跑到马路上凑热闹”。当然，也仅限于自言自语，没人会去招惹一群在这里颐养天年的老人。

连续几天的高温，下班时热浪扑面，老人也依旧那么多，没人因为天热缺席和伙伴们的聚会。曾经好奇，他们热不热？来来往往的车响着急躁的喇叭声，他们不觉得吵闹吗？汽车尾气混杂着盛夏的空气，还能安稳地坐在那里？事实是，他们不但安稳，还很快乐。因为这是他们喜欢的生活的样子。

把日子过成自己喜欢的样子，也许根本不需要诗和远方，寻一处喜欢的地方静坐，约几个喜欢的好友闲聊，闲暇做几件喜欢的事情，就这么简单。而这一切，和年龄无关。也许有一天，你我都会坐在喧闹的马路边，看着尘世的喧嚣。如果真有那么一天，我希望如这些老人一般，快乐而满足。

把日子过成自己喜欢的样子，核心是自己，重点是喜欢。

把日子过成自己喜欢的样子，似乎和物质无关，人究竟有多少钱才会把日子过得有滋味呢？似乎没有答案。就像那些坐在路边的老人，每天能够坐在这里，便是自己喜欢的样子。

每一天，都那么好

左耳耳鸣很久了，最近似乎更加严重，听力下降得厉害。医生说，不可逆转。起初很难过，继而坦然，幸亏我右耳听力甚好，即使左耳最终失聪，还有右耳在，一切依然甚好。知足的每一天，都那么好。

在朋友圈的视频里，南京的黄昏美得让人开心，这世上总有很多美好让你心动。这两天，看一群又一群的孩子们在朋友圈发布毕业和告别，他们在成长。能够见证孩子们成长的每一天，都那么好。

我喜欢开车穿过隧道继而沐浴阳光的瞬间。有时，经历一些漫长的路程，只为奔赴一场与光明的约会。心中有期待的每一天，都那么好。

花开的日子，有时间，有心情，约三五好友，赴一场花事，听一声花语，让喜悦在心里慢慢发芽。能够看见花开的每一天，都那么好。

喜欢茶的氤香，让浮躁的心情在袅袅茶雾中沉浮，继而安静下来。有茶相伴的每一天，都那么好。

喜欢一些长了青苔的老房子，似乎前生曾在那里过了一世的光阴，时光很慢，细雨很绵，看青苔渐渐爬上窗口。心中有感觉的每一天，都那么好。

有些生命，终生等不到花开，依然值得敬畏，它努力舒展的每一片叶子，都是对生活的告白。

等你的柔软时光

夏日的雨夜，清新绵长，一壶花雕，一杯清茶，不论暖和凉，品味半世的风光或沧桑。想做一个平静的人，平静地呼吸，平静地念起那些过往，平静地面对不可预知的将来。

人生至简，平静心安，便少了一些事事无常和步步惊心。心累的人，要么欲望太多，要么太过懂事。懂事的人为何累，因为他们迎合着所有人的需要，却独独忘了自己，一个心里只装着自己的人，怎么可能累呢?

每个人，都是沧海桑田里一粒漂浮的尘埃，从清晨到黄昏，从春日到冬夜，从春华到迟暮，途中与谁相逢，又与谁错过，褪去华丽的修饰，每个人，不过是一粒尘埃。

万千风光，只需饮尽一壶老酒的光阴，便可以简约地翻完。这一刻，你不再辛苦，你的心里，应只有自己。

在喧嚣中孤独着，你的满足，如此简单。食物的香氲，带你穿过前尘往事，寻一个荡气回肠的故事。故事里，有你，有我，还有一壶陈年花雕。

谁的岁月不是在行走中牵挂着，你记得谁的容颜，又有谁存放过你的笑靥，也许终有一天，一切都会被风吹散，了无痕迹。

趁一切还来得及，抵达那个想要暂且停留的地方。

明月，清风，还有柔软的时光，等你。

遇见自己

偶然发现微信里有一个叫“西瓜足迹”的小程序，操作后发现自己走过了12个省的62座城市。曾经以为自己到过很多地方，可图片上黄色的标记依然那么少，那大片灰色的标记是从未到达的远方。

周末两天的学习使我身体很累，心却异常轻松。原来，身和心是可以分离的。就像在田野里自由奔跑，飞扬的心灵使人忘记了身体的疲累。这可不可以理解为，所有的辛苦与委屈，和经历无关，而是和心态相连呢？

这世上，能够决定你命运的只有自己。遇见自己，遇见过去和未来，遇见自己，悦纳与享受现在。

任何事情的发生，都有价值吗？也许对每个人的启示不同，由此带给每个人的影响自然就不一样。那些好的、坏的遇见，都是生命最真实的体验。

快乐其实很简单，人简单了便会很快乐。不论是独立存在的人，还是一段相互纠缠的关系，回归简单便会快乐。

安静地倾听，便是平和。听，是修养，更是淡然。你爱看世界喧嚣，便会心生浮躁。静心，回归，才能在心里修篱种菊。

欢笑着前行，亦是从容。行，不去考虑姿态是否优雅；笑，不用顾及笑容是否端庄。听从内心，做最真的自己，这世间的美好，值得你大胆追逐和放声欢笑。

仰望阳光，拥抱的是耀眼的光芒。余生，晒更多的太阳，走更多的路，让大片的灰渐渐变成明亮的黄。

感恩遇见——遇见世界，遇见自己。

余生很长，不要慌张

昨晚回了趟老家，夜里十点的乡村街道上没有行人，更没有疾驰的车辆，半明半暗的路灯的光，点缀着湿漉漉的街道。邻家的灯没亮，只有不知名的虫儿没有节奏和章法地叫着。原来，有一种静，叫农村的夜。

是的，这是女儿的老家，不是我的。尽管这里她并不熟悉，但她约我一起，在街上走一走，这就是流淌在血液里的情怀吧。可惜，农村的路灯只亮到十点，没走多远，灯熄了。很少见到如此的黑夜，有一些恐怖，有一丝刺激，混合着湿润的泥土的气息，很新鲜，这在城里是体会不到的。在很黑的夜里，你的每个毛孔都是张开的，这感觉真实、新鲜。这样的夜晚，悠长得让人想沉醉地睡去。

下午，路过小区花园时发现一棵银杏树，它笔直地穿过枝繁叶茂的紫叶李（我不知道准确与否，暂且叫紫叶李吧），树冠，没有萎靡和羁绊，不受影响地向上生长。这棵树，像很多成年人，劫后余生，依然保持着自己原来的模样。

今晚与好友相聚后，我独自走在回家的小路上，被拥挤的蔷薇挡住了脚步，每个白日里，我们似乎都在慌张地出行，只有在安静的夜里，才发现，墙边，花开得正热闹。

伸到路边的冬青枝，白日里也未曾留意，“余生很长，切莫慌张”，加了好多佐料的鸡汤，不是所有人都能消化得了。谁不在忙碌中慌张着，又有谁不在慌张中安慰自己“很快就好了”。接纳慌张比回避慌张更真实。

如果你认为花始终开得不慌不忙，我不赞同。日光下，月夜里，花的姿态是不同的。所以在夜里，你的心境和白日里也是不同的，没有什么可以回避，这就是现实。

余生很长，能够不慌不忙固然是值得羡慕的，但是慌张又能怎样？偶尔的慌张，能够证明自己有一颗活跃的心在跳动。余生很长，无论劫后余生，还是平淡度日，接纳便好。

樱花正开，只等你来

告诉你一个秘密，“累”这个字不要轻易说出口，因为笔画太多了，浪费！“开心”两个字都不如它写起来麻烦，所以宁愿谈谈开心，也不要说累，能节省好多力气呢。

某一天，陪某人走了一段特别难走的路，边走边抱怨，放着旁边平坦的路不走，为何要走这样的路？结果，这段难走的路比平坦的路短了许多，是捷径。

夜晚，独自一人在公园散步，顺着一条僻静的小路慢慢走，身后，一束光影晃来晃去，回头看，是敬业的保安拿着手电筒巡夜，不管是提醒还是关心，心中有樱花正开。

夜色中，落英粉嫩了一地沧桑。

花开枝头固然好，飘落，也是很美的姿态。心中，樱花常在。

一片花荫在暗夜里随风摇曳着，比起绿荫，少了清凉，多了热烈。面对世界，本该如此，用盛开的心拥抱生活。

依稀看到想念的人的模样。“一种爽爽朗朗的心情……只想在你耳边轻轻唱。”

樱花旁边是暗沉沉的松枝，夜色中，它们是完美的搭配。不知那些竖着的冷冷的刺，遇见花开是否会变得柔软？靠近冷漠，唯有盛开的心才会无畏。

接纳一种心境很难，拒绝一种情绪同样不易。今天是 5 月 4 日，从“60 后”到“90 后”，都有人祝自己节日快乐，可见青春没有保质期，因为，它是一种情怀，樱花正开的情怀。

樱花盛开，只等你来！

闲扯婚姻

最近读一本书——《为何爱会伤人》，看武志红解读婚姻关系。“不要将你人生的答案，你幸与不幸的原因都归结到对方的正确与错误，而是要归结到另一点——你的内心。”

假如我们认为，幸福，就是找到了那个对的人，也许我们一生都在寻找幸福。前几日朋友小聚，有人说，“谁的婚姻不是在将就”。我想，愿意将就，是一种能力。在那些好的婚姻关系里，有你看不到的妥协和包容。也许，不只婚姻关系吧，人类的所有关系，都应该是一个孵化器，孵化的是你的内心。

当我们发觉自己遇到了一个错误的人，你该及时修正的不是那个人，而是你的心灵，你曾经爱上的也许只是你的一个幻想，而不是一个真实的、有思想、有个性的人。接纳对方的思想，是一件很困难的事吗？对有些人来说确实很难，因为我们会期待他的想法，必须和自己的相同。他的行为，必须让我认同。心里那顽固的“必须”，毁掉了那些曾经的美好。

是曾经很爱的那个人变了吗？不是，是我们透过幻想，看到了真实的生命。

感受，远比事实更重要，理解并接受彼此的感受，才是当下内心的修行。然而，有人宁愿活在幻想里，也不愿面对真实的人生，所以，那些自认为不幸的人会觉得自己越来越不幸，这是强迫自己活在痛苦里，无法自拔。

有人觉得幸福，便会不断地重复幸福，哪怕偶尔遭遇坎坷，也会自己解惑，不再纠结。时间是良药，当自己不可控时，就把一切交给时间。

此刻，认命便是最好的修行。

闺蜜给我买了条看上去很妖娆的裙子，我只穿过一次，回头率很高。她说："就要这样的效果。"奇怪，为什么走在街上没人注意，会觉得舒服，有人欣赏，反而觉得别扭呢？也许走在街上的我们，希望与外界隔离，独自一人，没人看，挺好。

那么在家里，你还这样想吗？也许你巴不得老公一直围着自己呢。因为在婚姻关系里，夫妻便是共同体，没有"你"和"我"，只有"我们"。一旦"我们"中凸显出一个比较明显的"你"或"我"，对婚姻是毁灭性的打击。然而，我理解的，好的婚姻里不只是"我们"，还有"你"和"我"。相互融合，而又各自独立，就像两棵长得很近的树，根部也许早就缠绕在一起，但是枝杈自由独立。

婚姻，不是寻找幻觉，而是找一个伴儿，直到终老。

深夜杂谈

记不清是哪一晚，在公园偶遇习武之人，人家那腿随便一抬，直竖头顶上方，心中大赞。"看看人家！"话音未落，身边有人慢悠悠地说："猴子不一定活得过乌龟。"我对这话的理解是，选择怎样的生活方式不重要，重要的是它是否适合你。

人有千千万，存在的方式便也有了千千万种。别人的武功再好，你也只有眼热的份儿。

表扬别人，是用发现的眼睛寻找美，真心的赞赏从来不是为了取悦，就像对他人微笑一般自然。世上既无完人，同样也不存在一无是处之人。赏他人之美，何乐而不为？

自我表扬，是内心的积极肯定，与盲目自负无关，与坚定的自信相连。多年的传统文化熏陶，让我们执着地坚守"谦虚使人进步"的信念，谦虚的人们，你们进步了吗？

眼睛是用来发现美的，嘴巴是用来夸赞美的，愉悦别人的同时也愉悦了自己。

有时间便去看看花红柳绿，让衣襟沾满花的芬芳和叶的清香，每个人都可以成为别人眼中的风景。可以俏皮，可以优雅，甚至豪爽，适合，便是最美的姿态。

有时间，一定要去远方，因为走的路越长，心里的路便越宽广。远方有没有诗不重要，而是在于你心中是否有诗。

有时间,一定要多读几本自己喜欢的书,喜欢很重要。不跟风阅读，也不强迫阅读，因为阅读过程中的快乐很重要。

有时间，一定要把那些喜欢的人和事妥善安放。

谁的人生无亏欠

四月的第一天，很暖，花开正艳，这样的日子，适合出门，闻闻花香，顺便让心情见见阳光。

周五下班，有点心浮气躁，刮花别人的车却浑然不知。回家才发现车头有划痕，想起倒车时那狭窄空间，瞬间心里不安，于是返回。果然，伤着了别人的车。幸而车前有车主电话，拨通并致歉，顺便提出赔偿。不久，车主赶到，查看一番后致电保险公司。我已准备好赔偿，却被车主拒收，理由是在一栋楼里办公，尽管互不相识。

心里更不安了，因为亏欠。

我们总想做自己定义的“好人”，所以不愿亏欠。别人负我，心生愤懑，我负别人，心生内疚，所以唯互不亏欠，才能彼此心安。可是这世上，总会有人欠了你，或者你欠了别人。

遇见一个宽容你的人，就像遇见一盏适合你的清茶，不仅暖，还有透彻心扉的清香。

阳台上，春节前曾经以为枯死的花儿竟然含苞待放，不禁惊喜，亏欠它整个冬天，它竟然没有在意。

低头含苞，安静等待，等待遇见春光，等待一个盛开的未来。

那些花苞，其实早已绽放了很久，很久……颜色不输从前，花形也恰似当年。

曾经繁华落尽，捻落成尘，如今风景依然。

送车去修理，沿着一条开满鲜花的路，邂逅了阳光，路边，遇见几棵从根部开花的树。

驻足，因为它们与众不同。

那些花儿，开满了树的枝杈，各自独立，却又遥遥相望。无论是生在枝头，还是开在脚下，都一样盎然。

春光，如此静好。

这样的春光，怎少得了一本好书。修完车，去了附近的图书馆。阅读，让心更沉静。

本该静谧的地方,因为周末来此做作业的孩子们而多了几分喧闹。但不影响读书，只要你喜欢。

选一本心仪的书，打开它，与心灵对话。喜欢看一个人的书，每一个字都会让你心动，就像跟一位久违的好友来一场清雅的对话。时光知味，静品那些光阴的故事。谁的光阴无故事，有人愿说，便有人愿听。

白落梅说，“或许每个人的前世，都是一种植物”。如果真是这样的话，我愿意是一棵从根部就开花的树，不争枝头的俏，而是从心底开花，绽放。

草木年华，虽抵不过光阴，却也会遇见不同的风景。人的心境，起起落落，也是自然。

四月的第一天，很暖，花开，正艳。

听，花开了

春夜的窗外，孩子们的嬉闹声比往常热闹了些，像极了乍到的春。小区的花园里，昨夜还是满树的花苞，今日黄昏，一树花已开得非常热闹。

转眼间，柳枝已经绿了一池春水，那些绿闯进你的眼里。这样的春，停在眼里还是留在心里，性格不同，答案便不相同。

其实，我们需要去问问，一直以来的这个“我”，自己到底有多喜欢。假设你自己是一个能量球的话，那么，你是充盈的，还是萎缩的？你的色彩是明亮的，还是暗淡的？充盈而明亮的能量球，看得见柳绿，更能听得见花开，因为它有一颗丰盈的心。

这颗活着的心，能很好地去创造独特的精神财富和物质财富，能够活出自己的精彩。生命，最终“成为你自己”。

这时的自己，富有饱满的生命力与创造力，这时的自己，不会把所有的希望都放在孩子身上，而是寄希望于自己，让更加美好的自己照亮孩子的未来，这才是“为了孩子”。

成为你喜欢的自己，往往想法很多，行动却困难。比如我们希望孩子爱读书，实际上是自己也想成为一个爱读书的人，我们将自己的这份渴望投射到了孩子身上。我们难以拿起书本，是因为我们戒不了那些浮躁，也戒不了那些对别人的挑剔，尤其是对自己的孩子。

作为一个能量体，你照亮的首先是自己，一个自由存在的自己。你的内心深处是怎样的，这极为重要，看清楚，你可以更好地做选择，你的选择，最终决定了你是谁。

听，花开了。

偶遇 随感

行驶在路上，前面一辆橘色的吉普缓慢而行，硬朗的车型配上如此艳丽的颜色，感觉有些怪异。

细想，我为什么会感觉到怪，其实是因为内心固执。每一款车型都会有不同的颜色，凭什么觉得白色顺眼，黑色经典呢？

固执的惯性思维，让心也固化了，无法接纳，继而容量有限。

世上万物都有存在的理由，不会因为我们喜欢与否而改变它的形态。你是谁，很重要，却又不那么重要，要看你以怎样的心态看待自己。我们执着追求继而让自己陷于纠结的那些事儿，也许在别人眼里根本就不是事儿。

心是一扇窗，你愿意打开，便会看见春花冬雪，听到夏雨秋风，能够感觉到生命真实的存在。

心扉紧闭，也不会影响四季轮回，只是你看不到，听不到，感觉不到，和自己过不去，就是这样的状态。

三月，湿漉漉的空气和街道，湿漉漉的寒意挡不住花红柳绿，如果被眼前的雨迷了眼，就看不到远处的春意盎然，人间芳菲不仅仅在“四月天”。

心是一座城，有些人的城里，冬滞留，有些人的城里，春常在。

我们与幻想的自己相爱，却与真实的自己较劲，跟自己的身体较劲，跟自己的情绪较劲，其实，一切源于我们不会爱，不会善待自己。

对自己好一点，眼里便没了接纳不了的怪异；对自己好一点，便不会对外界过度苛求。

去医院看内科，邂逅一位心理专家，她说，“苛求完美的人都有病”。仔细一想，确实如此，谁见过完美？我们经常在追寻完美的路上反复修正完美的标准，这个标准，会因为它的不确定性，让你终生无法抵达。

明白一些话，不是拿它们来当道理，而是用它们过日子。

所有的执念，从来不是别人强加给你的，它源于内心的固执。这么一想，那辆橘色的吉普，还挺像一位外柔内刚的女子。外表靓丽，内心刚强，拥有自信和做自己的勇气。

三月的某一天，湿漉的空气，清亮的心情。

我一直在你身边

假期的太阳，总是带着喜悦的明亮和温暖，捧着一本穿越小说，在阳光中读得荡气回肠。“穿越千年，我一直在你身边，等你回眸看到我。”这转世的相思与眷恋，读得我心和肝都在颤抖，这样的感觉，好久没有了。

也许有些人来到这世上，会带着前世的记忆，然后跨越千山万水，寻找让自己灵魂安静的那个人和那个地方。

前世你负了谁？又有谁负了你？有人会记得，有人也会忘却，不记得了，也是极好的，因为今生你会获得简单与安宁。如果背负前世太多的记忆，今生，会不会找得很苦？我不信宿命，但我相信世间所有的美好。比如，在阳台上养一盆蒜苗，此刻的赏心悦目，下一刻的盘中美食，无论哪一刻都会让你对生活充满眷恋。

蝴蝶兰的花盆里长满了叶片，是心形的，在盆中缠绕，却比蝴蝶兰的叶子更有生机。

我不信宿命，我期待深情。

我喜欢拍下心形叶片成双成对的身影。我喜欢它们深情的样子，就像希望这世间所有的深情都不曾被辜负一般。所有的生命，来到世间，都渴望着能好好地走过这一遭，那些糟糕的经历，无法抵挡，然而，只要有个能妥善安放灵魂的地方，你便会安然地接纳这一切，然后笑着说“命中注定”，哪怕此刻你已眼含热泪。

能够让你妥善安放灵魂的地方，不仅仅是自己足够强大的内心，还有你的挚爱以及爱你的那些人。

我不信宿命，但我信缘。

美好时光里的人

习惯了晚睡，所以觉得晚上的时光是一天里最美好的，和一天未见的女儿聊聊天，肆无忌惮地玩玩手机，听听小说，看些闲书，写段闲语。时光，可以任自己为所欲为地挥霍。

好友说：“每天晚睡很不好。”我说：“也有好处，我每天清醒的时间比你长，看的事情比你多。”另一位朋友说：“那你得少做多少梦啊。”

是啊，每个人都有自己的美好时光，有的在晚上，有的在早上，还有的是在梦中。

早起的人，可能无法忍受别人睡到日上三竿的懒散，认为大好晨光在床上度过是件难以忍受的事情，她无法理解睡到不想再睡的那种酣畅淋漓。所以，每个人的美好时光是不同步的。

无论你的美好时光是在哪一刻，它在那里就是一种幸福。美好时光里的人是快乐而丰盈的，这种体验和享受是自己给的。

好多人都曾说过，早上睁开眼，开启忙忙碌碌的一天，晚上闭上眼，不知忙了些啥。忙了些啥呢？就要看你怎样理解自己的忙碌了，给那些忙碌赋予一定的意义，它便有价值，否则，便只剩下抱怨了。就像在长长的夜晚不能眠，便让它尽量美好起来一样。

活着的每一天，都该找到一段让自己快乐的美好时光。美好时光里，人的精神是富足的，它忠于自己，忠于生活，忠于把寻常变成美好。漂亮的衣服，美味的食物，飘散的茶香，都是那么美好。

手机的内存越来越大，因为存储的东西越来越多，不舍得删。翻一翻很久前拍的照片，那段时光便又回到眼前。经历了那么多的美好时光，而且一直都在，这样的生活，即使有点滴遗憾，也是幸福的。

已经快到凌晨了，认真地对自己说一声，“晚安，好梦”。

努力的样子真的很美

最近两周，一直在听课与培训中切换人生，遇见了很多人，听了很多故事，心生很多感动，因为无论怎样的活动，都可以看到每个人努力的样子，不管是讲述者，还是倾听者。我想，人生中最幸运的事，大概就是你不得不做的事情恰好你也喜欢。最近，我在很多人的身上看到了深爱的模样。

所以，任何事，与其用无奈来折磨自己，还不如让自己爱上它。

昨晚与女儿交流张小娴的散文，摘选了几段话与女儿共勉，难得的是，她居然点头称是。

“接受自己的失败总比接受别人的失败容易，自己的失败总是有理由的，譬如时不我与，对手太奸险等。别人的失败却是活该的。

“接受自己的成功比接受别人的成功容易，自己成功是运气加努力，别人的成功纯粹是运气。”

是啊，为自己的失败找各种各样的借口，却很少说自己不努力，不仅仅是孩子，成年人也会如此。

曾与好友交流，有个好的平台多么重要，平台和运气一样，其实是相似的借口。别人的努力，我们可能会一笑而过，甚至视而不见。所以，接纳别人的优秀，也是认清自己的好途径。

“只有一件事情，是我们接受别人比接受自己容易的，那就是赞美。自己的赞美，也许是自欺，别人的称赞，却是真心的。”

朴实的人性，是否为人与人的沟通指出了一条光明的道路呢？真心的赞美，不要吝啬你的语言和笑容，会让你收获更多，因为，人性有时候也是面镜子。可不可以这样说，你期待获得的，恰恰是你最应该给予的。

读书，最大的乐趣不是浏览别人的生活，而是从中看见自己，就像学习，最大的乐趣不是欣赏别人的优秀，而是学会认清自己。

不为自己的失败找借口，因为失败的原因也许只有一个，那就是你没有成功者那么努力。而你要让自己相信，别人昨天的努力配得上今天的优秀。

这世上，所有美好都值得珍藏，包括你努力的模样。

周末的清早，走进办公室，一进门就遇到了美好，花瓶中的花枝上又长出了好多新芽，并且生出了好多小小的花苞。

细看这些花苞，都带着一股力量，一点不逊色于曾经在花盆里的样子。瞧，离开了土壤，它在水里依旧有鲜活的生命力。

一株花努力生长的样子，确实很美。

我想，这些花儿是要告诉我，环境很重要，更重要的是学会适应。

一位老师，一本图书，一次旅行，甚至一株小花，都可以是人生中的过客，它们告诉你，努力的样子真的很美。

啊，周末

周末的早上，灰蒙蒙的天空让这座城的气压变得很低，呼吸急促起来，心情莫名地低沉。花瓶里的花儿有些萎靡了，于是，决定出门再寻几束鲜活的。

外面不冷，步行，穿过小城的街道，去熟悉的花店。周末的街道一如既往地热闹，街两边卖菜的商贩大多年龄偏长，都在麻利地整理着要贩卖的蔬菜，间或招呼着早早来买菜的顾客，嘴角、眉梢都带着笑意。无论怎样的日子，欢喜的心情，都会让生活变得有滋有味。

身边每每有经过的路人，都能听清他们与同伴的对话，时光变得那么慢，仿佛回到了从前。走路，也需要一颗安静的心，方能听见万物的声音。

一对同行的父子，车后座的男孩大约八九岁，和爸爸在对话。骑车的爸爸如和哥儿们一般，嘴里常冒出那句极不文明的口头语，这口头语是对儿子的言论表示惊奇还是不屑，也许只有儿子能懂，而儿子依旧热络地回应着。

一对母女也在边走边聊，女孩小小的，大约上幼儿园的年纪，前面的对话没听到，只听妈妈在问："你先说说，你为什么不高兴？"小小的嫩嫩的声音响起，"我没有不高兴，只是不愿意笑"。

是啊，人家只是不愿意笑罢了，不必问"为什么"。其实，哪有那么多的"为什么"呢？有些事，你想破头也找不出原因的，听到小女孩萌萌的回答后，我心里突然乐了，我也不知道自己"为什么高兴"，就像那小女孩一样。

花又涨价了，似乎天冷几分，它们的身价便高出几分，和店主随意地砍着价，最终她让步了，尽管只有几元钱，心里却有几分窃喜，人哪，总会因为占了几分便宜而兴奋。

捧着花回家，拆开时发现其中一支不太新鲜，数了数，数量也不够。没有沮丧，反而觉得挺好，今天我俩都占了对方的便宜，各自窃喜着，不是挺好嘛。

这世上，究竟是骗别人容易，还是骗自己容易？如果一个谎言能够骗得自己微笑，它应该就不是谎言了，它就是一束美丽的花，尽管它会在或长或短的日子里渐渐枯萎，但它现在鲜活地开放着，开在你的眼里，长在你的心里，不是吗？

长长的花枝我没有过多地修剪，只是把碰到水的叶子摘掉，随手把它们插进了大大的花瓶，它们肆意地舒展，没了被捆绑时的局促，它们，也该暗自窃喜了吧？

此刻，我的屋子里，弥漫着春光里田野的味道，那是鲜活的生命的气息。

美好的事物，大多百转千回，这样才更有韵味，不是吗？

啊，周末！

看花似花

前段时间，我看了本小说，不记得书名，却记得男主人公害怕踩井盖的各种细节。当初觉得很好笑，不理解，一个成年男人如此矫情，大概只是作者的主观臆想罢了。

今晚外出散步，不经意间踩到了路边的一个井盖，它稍稍倾斜了一下，发出很轻微的磕碰声，我的心却狠狠地提了起来，再遇到下一个井盖时，竟然不敢踩上去了，明知它很平稳，但还是绕了过去。

也许在某一天，你也会像我这般，忽然变成了曾经嘲笑过的人的样子，并且浑然不觉。我不知道是不是小说影响了我，让我对现实的判断多了一分恐惧，别人的臆想终有一天变成了我的臆想。真奇怪，这有点像儿童的认知，分不清是故事还是现实。毕竟不久前，我还在用批判的眼光来挑剔那些杜撰的故事情节。

人的成长也许是波浪状的吧，不可能永远是向上攀爬，至少有些地方，你不得不承认，它在退化，并且以你看得见的方式。所以有一天，变成自己不喜欢的样子，也是极有可能的。

变成自己不喜欢的样子而又不自知，是可悲的，也是可怕的。不论多大，清醒地认识自己很重要。

今日听课，由两位1998年出生的姑娘执教，仅仅比我女儿大两岁，瞬间使我有了长辈的心态，尽管评课时直言不讳，但加了前缀“两位特别年轻的教师”，意为失误是可以理解的。人的心态竟然这么容易受到影响。

所以，多看美好，便会心存美好吧。周末，去公园走走，看看雨后的花花草草。潮湿的空气扑面而来，仿佛置身烟雨蒙蒙的江南，每一个毛孔都顺畅地呼吸着，每一个细胞都喜悦地舞动着，这份欢快的情愫可以让人愉悦很久。

看花似花，如花一般的白日，如花一般的夜晚，如花一般的心境。

感谢你赠予我的欢喜

周末的时光，闲散而慵懒，几枝花被我翻来覆去，希望摆出优雅与淡定，也希望给自己一份热爱，无论花还是生活本身，让我能够骄傲。能够让自己开心，便是最好的安排。

所有对生命的体验，其实都是很私人的事情，我愿意分享，是因为感谢生活赠予我的点滴欢喜。这世上，需要对有些事情妥协，需要对有些事情坚持。一定要坚持自己喜欢的，因为可以带给你数不清的欢喜。

昨晚与好友谈及“转眼结婚二十年了”，好友说：“你是个很好哄的女人。”是的，我愿意当个很好哄的女人，在婚姻里简单一些，放过的终究是自己。年轻的时候，所有情绪都会被渲染得惊天动地，中年之后，渐渐学会了不动声色。其实，在妥协中依旧会有坚持。我们，在吵吵闹闹中长大了。

长大后，你对这世上的不美好，变得越来越温柔。平静，也让你看到了更好的自己。有的人，就是被岁月沉淀得无比醇香，被时光打磨得温暖圆润。身边的好友不乏其人，我喜欢，并且愿意接近。

所有的好事、坏事都会成为往事，从不堪一击到刀枪不入，总有人会寻着你的光芒而来。所有的经历，都是流动的风景，让你的内心变得纯净，让你的姿态更加优雅。

所以，应该感谢生命赠予你的所有欢喜，哪怕一朵小花带来的片刻的心动。流连与留恋，一个是过程，一个是结果。

我把一枝花插在一丛绿叶中，不违和也不突兀。花还是花，叶还是叶，在一起却把平凡的日子过得摇曳生姿。

我把一枝花放入陶瓶，花柔和了瓶，瓶温暖了花。

无论叶还是瓶，幸福和欢喜一直都在，只不过它们习惯了缄默。幸福的人，不是拥有得多，而是计较得少。每天花点心思，日子就会温暖你。自己喜欢的日子便是最好的日子，赏心悦目，浪漫富足。

一束让人浅吸的小花

入冬了，天气仍然很暖。最近喜欢一些淡淡的小花，颜色淡，味道也淡，放入瓶中，这个冬天也变得清清浅浅的。人的喜好真的会变，以前特别喜欢百合，隔三岔五就会在身边摆一束，但我气管不太好，医生告诫过要远离香气浓郁的花儿，可是喜欢是不可抗拒的，流淌的百合香，常常让我感到心满意足。

最近几日，天气阴沉，心情有些许低落。人的心境，也是不可捉摸，上一秒倾覆，下一刻逆转，颠沛流离，无法抗拒。无聊的夜晚，让一束小花入镜，时光便美好了。

买花，刚开始母亲是不赞同的，总说浪费钱。日子久了，对于我隔三岔五买花的举动也渐渐接纳，还会在我给花拍照的时候热心地提出建议。生命，就是相互影响、相互理解，从而彼此接纳。我身上自然有母亲的影子，母亲身上，何尝没有我的痕迹？当然，彼此影响的生命，是有前提的，那就是心甘情愿。因为心甘情愿，一切便会理所当然。

与好友相约看电影，我俩躲在最后一排，一杯红酒饮尽，一部科幻惊悚片结束。这样的事情，唯有和她在一起才做得出，换作旁人，可能会感觉诡异。所以，有些心境和行为，因人而异，前提依旧是心甘情愿。

最近重读三毛的《千山万水走遍》，她可以放弃全世界，却唯独无法背弃孤独，年少时读来，总觉凄凉，如今再看，却很淡然。所以，心境也会时过境迁。慢慢地，学会了和时光对话，和自己对话。

今晚拍的花，大多不明媚，也许这就是它本来的样子，清清浅浅地走过一生，从不与时光争艳。然而从盛开到凋零，这些花都不会褪色，所以简单素白，未尝不是惊艳。

那些花儿，没有悲欢的姿势，就这样淡淡地开着。晴天，它是如此，雨天，它亦不变。我欣赏它的姿态，就像欣赏一位睿智而高雅的人一样。花有生命，亦有感情，会带给你不一样的夜晚，以及不一样的心情。

一束让人浅吸的小花，让长夜如此美好。所以，很多幸福，其实一直就在你身边。

夜深，人静

初冬的夜晚，静得连尘埃都觉得寂寞。镜前，是白日里的妆容。上次这样精心地装扮自己，还是二十年前的昨天，今晚翻看日历，才发现，我的婚姻二十岁零一天了，忙碌的日子冲淡了记忆以及前缘过往。此刻，卸了红尘的浓妆，静坐。

素来不喜欢太甜的食物，却唯独对冰激凌情有独钟，闲暇的时候，一个人，一杯冰激凌，独享此刻宁静的光阴。日子，可以这么美好。越来越觉得，往后余生与每一杯冰激凌的相遇，都仿佛是久别重逢，因为确实不该吃很凉的东西了。

我不知道，有多少人藏起了真实的自己，所有的闲情逸致都交给了琐碎的烟火，记忆就像手中的沙，攥得越紧，流失得越快。四季轮回，流光不返，简单地做自己，真的挺好。

在喜马拉雅听歌，一首很老的情歌，已不记得它的名字，也不记得年少时听它的感觉，此刻听来，哀而不伤。人的心境，也会慢慢长大，那些不肯长大的，除了拥有足够的保护，还有一颗不愿面对现实的心。我们都是平凡的人，在平淡的日子里，过着平常的生活，在某一个不经意的瞬间，或困惑，或迷茫，或不知所措，只是生命里的一个片段而已。同样一片荒凉的土地，有人任其荒芜，有人栽种莲花。

红尘，被诸多的缘分填满，相遇，就一定要记得妥善安放。即使下一刻作别，也无须纠结，只要一丝安宁，几许平静，青山斜阳，依然可以笑揽一江水。河中的荷枯了，一片决绝的美。这世界，总有人刚出生，有人已老去，无论哪个阶段，无论是写下自己的故事，还是翻阅别人的故事，都精彩。

初冬的夜晚太安静，让心随夜一起安静。所有的遇见，都是宿缘，每一程，山水相伴，清风相随。如此，便安好。

想说便说

天气越来越冷了，清晨的公园里，昨夜的风吹下了一地落叶，喜欢踩着那些落叶走路，让自己脚步变得轻盈。坚持早起，晨练，这在以前，是绝不可能的，冬日在暖暖的被窝里睡到自然醒，多么惬意。然而随着年龄的增长，对健康的渴望越来越强烈，如果早起可以换得健康，也是一件很划算的事呢。

越来越觉得，决定人生高度的，从来不是智力，而是体力。最近几日，工作结束时夜色便已浓，然后从一个城市开车赶回自己的城市，没有焦灼，没有失眠，我想，是健康的身体带来的轻松吧。

离单位不远处有片小菜地，待在一个避风又朝阳的地方，菠菜、生菜、莴苣拥挤地长在冬日里，你侬我侬，春意更浓。能够肆意生长的生命，总是让人驻足，艳羡。好友说：“看你活得挺轻松的，我怎么感觉那么累。”其实，没有谁的日子永远静好，特别是已到中年的我们，让你累的不是生活本身，而是对生命的认知。

菜地的对面是片空地，有很多的蒲公英一边开着黄色的花，一边在枝头俏立雪白的绒球，它们舒展的身体，有春的希望，夏的热烈，秋的饱满，以及冬的思念。长成一株野花，开在一片荒地，还可以这么肆意，这就是生命的力量。我相信，每个生命都是有力量的，但需要看见，你看见力量，你便拥有了力量。也许，这段时间的奔波，没有觉得特别辛苦的原因，是一直被一群有力量的人吸引着，感动着，从而也让自己充满力量。

女儿期中考试的作文题为《戾气与理性》，也许她的理解有偏差，得分偏低，自己很不满意。晚自习回家，要求我也写一篇文章让她看看思路。议论文对我来说也是软肋，只能谈谈自己的理解和感受。女儿说，“任务驱动式作文不如随性的文章好写”，比如我在无数个深夜里的随笔，可以没有章法地想说便说。这个观点，我很赞同。如果我们遇见的每一件事，都来就事论事的话，确实乏味得很。关于戾气，我不认为是偶然的事件激发，它是埋在一个人的骨子里的，遇到机会便会被放出来撒野；关于理性，关乎家庭的教养和后天的自我修行。人的戾气，你会感觉到，所以有理性的人会选择远离。理性，是自带光环的，能够照亮你的心，也会照亮你身边的人，不抱怨，不仇视，安然面对，就没有什么不可以。

晚上翻看别人的文章，发现了一张美图，是我向往和心仪的画面。跟老公说，“等有了空，去云南的某个小镇住几天，每日里晒晒太阳，打个盹，没有目的地走走”。只是个想象而已，顷刻也觉得很美好。生活就是这样，你得不到的，用幻想来弥补一下也未尝不可，偶尔做做白日梦也是丰盈生命的一种方式吧。也许有人会说，“早已经过了做梦的年龄”。其实只要有梦，永远不晚。

所谓轻松，在体力，更在心力。

我和我的岁月

每逢镇上有集市，午休时间便和同事漫步集市看些花花草草，乡村的花比起城里花店里的，大多便宜。昨日相中一盆小小的菊花，与卖花大叔协商，我只要花束，花盆及里面的根留下，是否可以便宜点。大叔是个敞亮人，很痛快地便宜了两块钱，把花枝悉数剪下，塑料纸一包，转眼一束鲜花已在我怀中。

路过集市的女子，好奇地问："为何把花枝剪下。"大叔答道："文化人喜欢把花插起来养。"汗颜，这就叫文化人？我只是养不好有根的花而已。花盆留在大叔那里，来年继续抽枝开花，还能继续将花卖给我，对我俩而言，岂不是皆大欢喜？

小小的菊，淡淡的香，放在办公桌上，心里有满满的柔情和蜜意。

曾经我看着成长的年轻同事，如今已是一个培训机构的大咖，每日里看她发朋友圈，充满正能量与热情。我喜欢她这样的状态。喜欢一件事，然后把它做好，从来不是多么困难的事情，只要你愿意。就像我愿意只要花束，把盆和根留给卖花人一样，我留住了心仪的花，大叔拥有了二次售卖的机会，选择，然后坚持，最终我们都得到了想要的结果。

下午，银行卡上多了两笔存款，以为是老公存的，打电话问，答曰"不是"。才想起不久前发表的文章，原来是稿费。一年前，稿费是通过邮局汇款的，每每收到，总是欣喜雀跃，仿佛天上掉馅饼一般。如今，钱打到银行卡上，免去了烦琐的手续，却没了当初的兴奋。

生活，大抵如此吧，方便快捷的同时，却少了很多的乐趣。

花枝很多，拿回家里，插了满满的一瓶，摆在桌上，多了几分雅趣。这世上，没有廉价的东西，只有廉价的思想。心贵，万物贵。

无须取悦

这两天，脑细胞的活动量有点大，一篇不长的稿子已经改了四遍，这在以前很少发生。一篇文章，无论怎样改动，总有遗憾，也许“完美”只是想象。就像人生，无论怎样选择，都会有些许遗憾，后悔谈不上，但会想到很多“如果……”其实“如果”和“完美”一样，只是想象而已。

累的时候，让自己尽快放松的办法有很多，比如翻翻相册，找到以前拍摄的一朵小花，它开在枯枝上，很有故事性和画面感。你是否满心欢喜，真的不在于你正在做什么，而在于你怎么看待正在做的事。你是否内心满足，不在于你得到了多少，而在于你是否看见让自己幸福的瞬间，比如早上停车时，恰好有人把车子开走，留了个空位给你，心中不由暗叹“好幸运”。这样的幸运，能够看见，便让人心底富足，可惜，有人看不见。

休息日，乘一辆空荡荡的公交车，和它一起慢慢地晃悠，在城市的街道，时光很慢，幸福很长，不用考虑拥挤的街道，不用烦躁再提前几秒就不会遇上红灯。慢慢来，总会体验到不一样的快乐和满足；慢慢来，听见自己心跳的声音，知道它此刻好与不好。

岁月悠长，有温婉的心境便会有温婉的时光。心中，有自己的远方，自然会有自己的江河湖海，一切，都是刚刚好。成长，就是一个学会接受的过程，接受自己的不完美，接受有人不喜欢你，接受那些告别与离开。

习惯了晚睡，尽管知道这样不好，喜欢一个人发发呆，尽管知道虚度了很多光阴。好多习惯和喜欢是不受理性控制的，那些因为一段养生的视频或一段文字而改变自己生活的人，始终是我敬仰的，该有多大的毅力，才能控制住自己的欲望。

也许今生，我都成不了这样的人。也许后来，会说出很多“如果”，但今后的每一天，我仍然希望它是温暖的，是我喜欢和习惯的样子。

长长的路，慢慢地走，无须取悦。

深秋时光

清早的街上，除了清扫落叶的师傅，还有工人在做供暖前的准备工作，再过几天就要供暖了。

转眼，已是深秋时分。日子，总归是不禁过的。

公园里的银杏叶金黄金黄的，我跟老公商量，“如果下午有空，我们去看银杏叶吧”。透过午后阳光，那些黄黄的小扇面一定很美。

可惜，未能如愿。

这个秋天不太冷，落叶每天都被勤快的工人清理，有些许遗憾，幻想中那黄色的叶片铺满整片草地的景象，见不到了。

不远处，有工人在割草，机器的轰鸣声伴随着飘来的阵阵青草的香气，我很喜欢这味道。

深呼吸，然后问老公，“有没有一种味道会让你突然感觉一切都那么美好”。他点头说“有”，我瞬间觉得很快乐。以往，在他看来，我的很多感觉都是胡思乱想。

有人懂你，是件多么幸福的事情。

我蹲下拍地上有些卷曲的柳叶，他催促我快走。是啊，即使晨练，也是有时间限制的，还有好多事要在晨练之后去做。生活，被一些大大小小的事情填满。

越来越喜欢安静地待在一个人少的地方，喜欢一些老房子和一些很旧的街道，深秋的时候，喜欢晒着太阳发发呆。

生命的每个状态都是自然的，它从时间中来，给予我们或浓烈或淡然的情感点缀。无论怎样的状态，没有影响你的生活，那就安然地接纳吧。

不强迫自己，便是爱自己。

公园湖中的水面上有好多雾气，看上去很暖，每次拍照拍得不好，我都会说手机不好，其实我知道，是我的耐心不够。等待一番，总会拍出心仪的画面。

那些雾气，很快会在时间里消散，总有一天，你会记不起它们是否真的来过。

深秋了，日子真快。

活的简单，才能自由

今天感觉有点累，这几天有好多事，林林总总，也许这就是中年生活的常态，只是不适应罢了。节目主持人李咏走了，引发了很多人的感悟。曾经看过一段他对未来女婿的演讲，那个他视为情敌的男人，未来得及谋面便已阴阳相隔，那个他用生命爱着的女孩，在某天再看这段演讲，无论泪流满面还是含笑凝望，都该感到无比的幸福，因为这世上曾经有人如此深爱着她，无论他在哪里，这份爱永不变。

生命无常，人们常常在面对变故时感叹，却在寻常日子里挥霍，挥霍时光，挥霍生命，挥霍身边的爱和希望，总想着来日方长，却不知回首已追悔莫及。所以，我很喜欢看朋友们晒自己的生活，随手拍的花花草草，用心准备的精致早餐，等等。生活，本就是一种态度，不将就的是对生活的热情与梦想，而不是生活本身。

世事无常，有人说，“且行且珍惜”，确实很有道理，今天无论是好还是坏，在将来的某天，你都会怀念它。因为，即使最糟糕的时候也会有阳光穿过裂缝，你会忘记不如意的过往，却会记得那缕阳光的明亮和温暖。这缕阳光可能是某个人、某件事，或是你的某种触动与豁然开朗。

明白一些道理没有用，能把寻常的日子过出滋味才是真本事。

周末和老公一起去古村的街上走一走，青石路，土坯墙，满院子的大树，墙角的新芽，仿佛穿越，地老天荒。散步，走的是心情，哪怕在家门口的公园走一走，也能收获一段旖旎的风光。所谓有滋味的日子，便是会走路，会看景吧。

多年以后，那一日也会成为生命旅途中的一个景，一朵花，一片云。活得简单，才能活得自由，我们永远只能活在当下，然后等待未知的明天。但愿有一天，你可以和过去的自己说一声，“你是我心中的骄傲”。

感谢生命里所有的意外和惊喜！

关于很喜欢

外甥问我：“姨妈，很喜欢是一种什么感觉？”

很喜欢的感觉，大概是努力靠近的一种渴望吧？比如，很喜欢一个人，就想天天见到他（她）；很喜欢一件事，就想能够经常去做；很喜欢一样东西，就想它能在我的手心里。

“那么，很喜欢会是一种长长久久的感觉吗？”

这个真的不确定，有些“很喜欢”会随着阅历的增长，变得不那么喜欢，所以有些“很喜欢”会随着时光流逝，渐渐没了当初那么强烈的感觉。

就像你曾很喜欢的一样东西，真正拥有了，却难喜欢它一辈子。有种遗憾是“得不到想要的”，同样有种遗憾是“得到了自己想要的”。因为心动的感觉是真喜欢，拥有的感觉却不一定是真满足。

就像年少时，你很喜欢的一个少年（少女），多年以后你可能已不记得他（她）当初的模样。可是即使喜欢不再，你也会怀念当初的那种感觉，那个人也许再也不会遇见，所以才有了“人生若只如初见”的感叹。当然，这世上也有初心不忘的痴心人。

然而有些“很喜欢”，也许会持续好多年，比如旅行和写字这两件事，我就喜欢了很多年，因为它们会给我面对自己、面对一切的力量。无论是你从别人的世界路过，还是别人从你的世界路过，配角很多，路人也很多，主角只有你自己。所以，今生一定要做自己很喜欢的事，而不是因为别人喜欢才去做。

“如果没有很喜欢的事，是不是就不正常呢？”

当然不是，这世上，有人似火一般的热烈，也有人如水一般的沉静；有人艳丽如牡丹，也有人清淡如雏菊。所以有人有很多的“很喜欢”，有人却一直很淡然。

然而，无论你是火还是水，是牡丹还是雏菊，你的生命都是没有返程的旅行。

所以，记得钟爱自己，一生钟爱。

你想要的幸福很简单

今天是学校开学的第一天，窗外的雨，让狂躁的心更添几分惆怅，假期再长也会走完。也许每个人都会这样，很享受某种生活，也会渴望逃离另一种生活，其实想逃离的，大多是一种不健康的心态而已。

为什么我们会认为别人的生活那么美好，那是因为我们并不真正了解别人的生活，所以，你想逃离的，也许正是别人渴望的。

推开窗，潮湿的空气蜂拥而至，对于我这样的人来说，很享受这份湿润。那么，是否有人讨厌呢？那是肯定的，毕竟我不是你，你也不可能是我，每个人都是独一无二的。

昨天下午女儿返校，提前两天就心情不美丽了，缠着我聊天，要求我安慰她烦躁的心情。没有安慰，只有现实，每个人都有必须要面对的生活，你喜欢也好，不喜欢也罢，躲不掉的，所以还不如学会享受。

即将十八岁的女儿，能把心情和生活分得很清楚，表达不满的时候，从来不会说生活无趣，而是说心情不美丽。就这一点来说，是很多成年人做不到的，你能做到吗？我做不到。

昨日家人聚餐，姐夫说我最大的问题是把简单的事情复杂化，我认同。生活中那些累，其实正如姐夫所说。所以那些不好的心态，也是曲解生活的一种状态吧。

雨一直下，没有谁可以阻拦，所以，唯有静听雨声，让自己的心情变得平和而美丽。

陆小曼说，“时光如雨，我们都是在雨中行走的人，找到属于自己的伞，建造小天地，朝前走，一直走到风停雨住，美好晴天”。

有人向往简简单单地生活，有人渴望轰轰烈烈地路过，无论简单还是繁华，都来自你的内心。

内心简单，阅尘世繁华如过眼云烟；内心热烈，看一草一木都顾盼生辉。

你的愉快，谁都无法阻拦；你的痛苦，谁也无法替代。认清自己，认清边界，多么重要。适可而止的倾诉，恰到好处的沉默，想到容易，做到很难。

所以，生活本就是一场修行。

我们能做的，只有等待。

关于中年

好友发文感叹，“中年事物繁杂，属于自己的时间少之又少”。是啊，曾经我也以为，中年是可以拥有选择权的年纪，可是到了这个年龄，才发现选择权抵不过身不由己。你每天正在经历的，是你想要的生活吗？不管是不是，你都得笑脸相迎，如此，才能取悦自己。

到了中年，取悦自己很重要。人之所以痛苦，就是因为一直在追求错误的东西，对于因果过于执着。朋友圈有人在晒豪华出境游，每日翻看她的行程，不羡慕，只欣赏。羡慕，会让自己心中积怨；而欣赏，则会让自己快乐。最好的日子，便是从不羡慕任何人。

中年的你，其实也没必要时刻在别人面前端着你自以为成熟的面孔，迎风，也可以肆无忌惮地大笑。无论你正经历着什么，正承担着什么，都别忘了你始终是你自己。取悦自己，真的很重要。

冰封的河，表面是静止的，其实它的内心一直没停止过奔流。身不由己的中年，也许有点无奈，但不忘初心的快乐，也可以拥有。朋友圈天天有人发美食，像个小孩子一般馋嘴，也是一种简单的快乐。能从美食中找到快乐的中年人，便是幸福的，也许你身边正有人食不知味。

中年人的日子，有恰到好处的妥协，也有不忘初心的执着，即使身不由己又如何？

光阴的故事

今日，月穷岁尽，今夜，除旧迎新。一年又一年，告别一段时光之后，我们继续在红尘烟火中安静地行走。

阳台上的多肉窜出了细细的茎，与它的圆润丰满极不相称，擅长养花的人，定会将这些不合时宜的多余之物清除吧。

我是个懒人，除了给花浇水，很少修剪，所以任由它疯长。不几日，竟在长茎的尽头开出了几朵黄色的小花。

由此可见，尘世间，所有的遇见都是一场生命的邀约。这一年，不止有猝不及防的美好，亦会有不可避免的遗憾和预料不到的结局，无论怎样，这一年，我们都将在这一夜与之告别。

那些小花，垂在枝头，绽放得如此谦卑，却也如此雅致静好，那一低头的温柔，像一朵水莲花不胜凉风，娇羞。拍摄了好几天，它始终垂首不语，所以有好几次，我需要蹲下才拍得到它盛开的样子。

用谦恭的姿态面对每个生命，才会遇见这些意想不到的美好。这一年，无论过得如何，亲爱的朋友，让我们一起用一颗虔诚的心期待一个新的春天。

辞旧迎新的时刻，愿你如我一般，守着岁月，等待一室花开。春晚表演中，王菲和那英深情吟唱着岁月，云很淡，风很清，任星辰浮浮沉沉。

希望每一年，都有人为你亮着一盏灯，让你的心境永不近黄昏。

告别这一年，告别那些纠结与狂躁；告别这一年，告别曾经的无助与埋怨。这一夜，我们等了三百多个朝朝暮暮；这一夜，多少人陪你彻夜不眠。跟过去的一年好好告别，跟过去的自己好好告别。

亲爱的朋友，无论过去发生过什么，你要相信，最好的尚未到来。

岁月无恙，时光的年轮里，忘不掉的是回忆，继续的才是生活。

你的岁月谁牵挂

一场久违的大雪，让城里的男男女女皆变成了柔情的人，为一朵雪花驻足，为一地苍白垂首，俯首轻握一掌冰凉，在皑白中轻吟慢唱。这世界，在某个时刻，如此多情。

飘雪的日子，守着一室温暖，聆听水声潺潺，坐看水雾袅袅，我与你，隔着夏与秋的光阴。

阳台上的花，开始含苞了，曾经以为，去年的那个冬，烟花般地绽放已经耗尽了它终生的力气。当花谢了，叶也枯了，把它挪到了阳台的某个角落，是的，因为它的廉价，不曾惋惜。

人就是这么奇怪，没付出太多代价而得到的，很难珍惜。可有一日，你以为失去了，尽管当时不曾难过，却会在它再次出现时，心中充满欢喜。

那些曾经枯了的叶，因为花苞的到来，努力地丰盈着，许它们一个现世的安稳。这就是生命，会为了另外一些生命的存在而存在。

你我都一样，没有人的生活如行云流水，都会阅灯火阑珊，经历坎坷风雨，你的存在，不仅仅只属于自己。

生命，是从清晨到黄昏的距离，生活，是从春花到冬雪的游历。你在冰天雪地的冬日里奔跑欢笑，我在花香浮动中和你一起，途经冬日时光。

有些人和事，有些风景，倏然而过，留不住，就像那些雪花，一梦醒来，早已不复存在；就像那些花儿，一生艳丽，终究要归于尘土。所以，趁它们还在，演绎深情，不去想散场的落寞。

种在各种器皿里的多肉，我从不会刻意修整，长成怎样，都是生命自然的痕迹。不去修整，是我不想因为自己的无知破坏安然的静美；不去修整，是因为尊重生命最初的样子。

冷暖阴晴的生活本就是传奇，残雪也掩不住枝条对春的思念。它没生在温室里，却一直在冰雪里含笑，你，是否看到？

赏雪听歌的日子，总有诗情与浪漫同在，夜已深，钟表的滴答声变成各种跳跃的音符，奏出的，是你心中的旋律。

夜已深，向每个生命道晚安。来自何处，去往何方，终将会成为前尘往事，不劳岁月牵挂。

那么，你的岁月，可有谁牵挂？

勿忘心安

人的一生，大多数的时间都属于别人。属于儿女的时间，是天职，得感谢上苍给了你这样的机会；属于父母的时间，是义务，回报你生命的溯源，得感谢命运还留给你这样的机会。所以，你的时间属于他们，应该是幸福，因为你被需要。

没人需要你的人生是什么样子的？诚然自由，却心无归处。走过再多山山水水，穿越再多滚滚红尘，回头，孑然一身，连影子都是孤寂的，所以，被琐事牵绊，心满意足。

最近，电影《无问西东》很火，一直无暇去看，但已看过好多热议，都是在讨论追寻生命的真谛与价值。我认同，但道理依然是道理，这就是为何懂那么多道理，却依然过不好这一生的问题所在。一切，皆因琐事的牵绊。做到“只问”，需要纯粹，做到“无问”，需要淡然。纯粹与淡然，是寻梦途中的希望，所以有些事，看看就好；有些话，听听就好；有些道理，想想就好。

被需要，也许有点累，但也让你的生命有了厚度。你竭尽全力的样子，也许会有点狼狈，唯有提醒自己，勿忘心安。如此，心安的你，再狼狈，也是动人的。生命，不需要耀眼的光彩，即使是一抹素白，也能打动路人。

你的时间属于谁，从来不是苦情戏，那些不属于自己的时光，会让你的内心越来越安定，就这样走下去，也是最好的现世安稳。

休息的日子，天一直是阴沉的，女儿抱怨刷好的运动鞋未干，换上另外一双，也能开开心心地出门。生活就是这样，总会有别的选择让你能够走出去。

阴天的日子，时间仿佛停滞。所以，生活中的种种，都来自自己的感受，你的喜怒哀乐，也是如此。

你的凌晨是我的夜

最近几乎每晚都在凌晨时分入眠，所以我的夜总是从别人的凌晨开始。生活就是这样，你的，我的，面貌不同。我的夜晚，你的凌晨，我的清醒，你的酣睡，各自安好。

有些幸福，喜欢暴露在阳光下，而有些忧伤，总是行走在黑夜里，即使没有月光，也会如影随形。情绪这东西，如果无法控制，只能让它在黑夜里，泛滥成灾。

人的经历确实有些奇怪，好的，坏的，不可预知，无法控制。即便如此，依然会心存希望，这便是善意吧？对自己心怀善意，对生活心怀善意。即便这善意遭遇不该遭遇的一切，也要让它真实地存在。

手机运行得很慢，舍不得删掉那些老照片，因为喜欢翻看那些花花绿绿的过往。留下的是风景，更是当时的心情。心情是可以复制的，只要你愿意。你想回去的过往，已如云烟消散，当时的心情却已成印迹，深深地刻在你的生命里。

其实黑夜，很容易被穿透，只要有光，你的眼也可以穿过黑夜。有光的眼睛，不被岁月催促，不被时光打磨。

即使路边的一株野草，也会有为它驻足的行人。所以，我是谁，不重要，重要的是，我是我。在开心时仰望阳光，在难过时低头含笑，没有人可以左右你成为你自己。你与自己，永远是今生最美的相遇。

眼睛看过很多美景，心灵便留下多少倩影。那些走过的路，那些看过的景，那些陪你看风景的人，与你，也许有前世的缘。所以，当你难过忧伤时，是否辜负了那些良辰美景，还有那前世的有缘人呢？

心境即眼界，你想遇到什么，便会看见什么。生活，对每个人都是公平的。想要的太多，便是贪念；抱怨得太多，便是嗔念；放不下的一切，便是执念。那些能被时光带走的，都是你不想留下的，那些带不走的，才是你真正想要的。

凌晨尚在路上，我的夜晚，刚刚开始。

幸福从未缺席

一念永恒

怀念，应该是长在一棵老树上的果实吧。“沐甚雨，栉疾风”，然后结下沉甸甸的缅怀与想念。

期待，应该是春日里树梢刚刚抽出的新芽吧。沐春风，浴细雨，然后心底萌出希望。

无论怀念，还是期待，皆在一念之间。

一念执着，青葱的容颜，微凉的心事。

一念相思，蓦然的回首，似水的流年。

一念永恒，安静的微笑，寂静的想念。

一念缱绻，浸润江南的烟雨；

一念缱绻，沐浴江北的明媚；

一念缱绻，寂寂寥寥的背影里；

一念缱绻，熙熙攘攘的人群中。

一念之间，怀念，抑或期待，都变成微凉的心事。

今天十八岁

今天是 2017 年的最后一天，阳光好得让人想奔跑。这两天，朋友圈有很多人在晒自己十八岁的样子，看到很多熟悉的陌生人，隔着屏幕仿佛可以闻到胶原蛋白的芳香。以这样的方式迎接新的一年，我很喜欢。

十八岁的我，还在师范读书，翻出以前在教学楼里拍的照片，曾经特别不喜欢的校服，如今看到，竟然心中一暖。闺女特别不喜欢我当时戴的那副大眼镜，认为它盖住了我的芳华，其实每个人的芳华，都是浓烈的、无法遮挡的。

我们所经历的那些喜欢和不喜欢，终有一天，都会成为暖暖的回忆。今天，无论正在经历什么，都将是你生命中不可或缺的芳华，你的今天，也会成为很多人到达不了的昨天。所以，余生的每一个今天，你都可以是十八岁。

十八岁的我们，可以是自己喜欢的所有样子，关键是你一直都知道，你是你，你接纳这样的自己，并且努力让这样的自己欢喜。你所有的烦躁与抱怨，正是对自己的不满，可见讨自己欢喜有多重要。

有人希望成为更好的自己，有人希望让自己更加美好。有区别吗？当然有，前者是认为不够好而努力去改变，后者是在认可与接纳的前提下自我完善。

昨天的十八岁与明天的十八岁，我们可以共同拥有的是今天。在一起的每一个日子，是我们共同的花季。无论晴日还是雨天，无论冬雪还是夏花，你懂我的喜欢，我接纳你的不喜欢。所以，欢喜地过好每一个今天，我们的十八岁会有好多。

然而，即使十八岁，也会有心情阴霾的日子，不回避，安然地接纳这些情绪，才会在余后的几十年活得更加坦然。每个人的心情，就像天气，就像四季，有晴空万里，也有阴雨绵绵，有春暖花开，也有落叶潇潇，能够顺应，便是最好的管理。

2017 年的最后一天，阳光灿烂，你在十八岁，我在十八岁，我们都在十八岁，都在生命中最好的日子里。

花花草草的周末

周末，机器的轰鸣声在窗外响个不停，像极了一辆辆待发的摩托车。探身看去，物业在修剪树枝，那些树的枝杈竟然全被伐去，曾经枝繁叶茂，而此刻似一根根光秃秃的柱子，与电线杆混在一起，周围的一切仿佛都空了。

其实，何止是这些树，四季轮回中，万物又何尝不在经历苍凉与繁华？

这两年，周围的朋友都喜欢在瓶中养干枝花，看一节枝条变成一树花开，不需要过多地等待，迎合了现代人的需求。

干枝泡到水里，几天时间，枝条上便会生出粉嫩的花苞，此后的每一天，它都是不一样的，而你的心中也有了些许的期待。

看花苞涌动的日子，是欣喜的，又是纠结的，盼着它盛开又怕它开得太快，这种矛盾的心理，只有养花的人才明了。

很喜欢百合花，以前喜欢从花店买几枝插在花瓶里，看它从繁华开到荼靡，然后留下一室的花香和相思。如今百合花也在盆中生了根，长在花盆里的百合，发出艳丽的红，比纯白少了几分淡雅，多了些许热烈，适合生长在冷冷的冬天里。

花圃老板说，“生命似有轮回，需要用心待它”。如果真是这样的话，那必然是惊喜吧。冬暖，夏凉，随便哪个日子，都有一室春花开得清扬。

有根的花毕竟不一样，花期比花瓶里的插花长了不少，每日下班开门，花香流淌到门外，仿佛久违的好友看着你，暖暖地笑着。

花花草草的日子，会为你轻染繁华，守着一室花开，即使正读着一部悲剧，心情亦是淡然的。看淡了花开花谢，便想通了生命轮回。翻手为苍凉，覆手为繁华，不就在一念之间吗？

我们最大的敌人永远是自己，最好的朋友也是自己。把喜欢的带回家，把不喜欢的赶出心门之外。翻手为放下，覆手为珍惜，放下该放的，握住该握的，如此，才是爱与接纳。

岁月流逝，终有似花非花一日，善待每一个今日，珍惜每一个因缘，净化的又何尝不是自己的生命呢？

茶话人生

今日看到一篇文章，其中讲道，“喜欢茶的人不是一般人”，不敢附和这样的观点，因为我喜爱茶，我身边好多朋友也喜欢茶，可我们都是很普通的人。一般人喜欢茶，才能品出喜怒哀乐，因为有一颗红尘凡心，不附庸风雅，不矫揉造作。

我喜欢茶的理由，是让一杯平淡无味的白开水变得芳香四溢的神奇过程；我喜欢茶的理由，是因为每片叶子在沸水里舒展的同时，可以闻香、观色，最重要的是还能品味。

茶如人生，人生如茶。闻茶的清香，需要一颗安静的心。如此，再清淡的香气，也能被你捕捉到。就像人生中每个幸福的瞬间，用心体会，才能遇见。有位教育名家曾说，“幸福比优秀更重要”。那是因为能够体验幸福的心灵从来都是积极向上的，优秀只是他人的衡量，而幸福才是你的主观体验。他人的事，和你又有多大关系呢？自己的事，才是你该管的事。

观茶的颜色，由初始的清澈，渐渐变得浓烈，继而逐渐清淡，直至回归水的本质，无色无味。像不像我们从少年到青年，在中年的拐角处邂逅老年呢？花开花落，逐渐老去，这是老天爷早就安排好的事情，又有什么可怕的呢？

茶的味道，是多姿的。微涩，清甜，浓烈，甘醇，甚至苦到舌根……每一口滋味，都像极了生活。没有谁的生活是一个滋味的，即使同一壶茶，每一泡的味道，都不尽相同。

有茶的日子，是从容的，因为你要等待，等待水开，等待茶叶在水中尽情舒展，等待一杯热茶缓缓地流进你的心田。

陪伴孩子成长的日子，也是从容的，因为你要等待，等待花开，等待她在自己的时光里尽情舒展，等待她品尽读书的苦与乐，然后开心地对你说："谢谢你参与我的生活。"

成熟的婚姻

有人说，"婚姻最大的美妙，是消灭了世界上两个孤寂的灵魂，让他们此后余生祸福相依"。

从此，两个陌路人有了共同的去处，从此，倦了累了，你也只有这么一个去处。

有人说，"没有不幸的婚姻，只有不幸的夫妻"。如此看来，婚姻从不是爱情的坟墓，走进围墙时都带着希望，只有想走出围墙时，才让婚姻蒙上绝望。走进走出的都是人而已，当初的婚姻依然还在。

幸福的夫妻什么样？不尽相同吧。

有人把在爱人面前肆无忌惮当作幸福，可以随意打嗝放屁，可以终日蓬头垢面，因为这世上只有那个愿意与你终老的人不是外人。

有人将棋逢对手看作幸福，于千万人中遇到那个和你惺惺相惜的人，该是怎样的幸运。从此，世上有个人，和你，如此相像。

无论怎样幸福的夫妻，都少不了善良与真诚，以善良之心接纳，以真诚之心滋养。

婚姻需要经营吗？"经营"一词，似乎带有阴谋的味道，当然也是动了甜蜜心思的阴谋。我更喜欢的是——守护，像养孩子一样相守相护。

我看到的幸福夫妻，还少不了尊重。是的，尊重！哪怕你俩如此亲密，没了尊重，便没了相互欣赏的基础和理由。没了欣赏，便多了憎恶，这样的婚姻里又少了多少美好啊。

爱一个人，不仅仅是一种意愿和情感，更是一种能力。

婚姻里，还需要阿Q精神，无论正在经历什么，能在几分钟内把自己哄高兴，就是本事。不要一直期待别人来做你情绪的垃圾桶和心灵的慰藉师。婚姻里，谁也不欠谁的，愿意包容，值得珍惜，但不宜挥霍。

婚姻里，无论男女，都不要妄图超越对方的母亲。女人不要试图跟你的婆婆比贤惠，男人也不要跟你的岳母太较真。母亲一词，在所有人的心里都该是神圣不可侵犯的。孩子可以抱怨她，但不允许别人有任何微词，就像你小时候母亲护着你一样。

幸福的夫妻什么样？千人千面，所以，这世上，找不到相同模样的幸福，各自安然享受呗。

幸福的婚姻什么样？也许有一百个离婚的理由，却有一百零一个不分手的理由等着你。那多出来的唯一理由，便是——恨别离。

成年的婚姻，没了任性，没了计较，只愿余生有情有义，有滋有味。

致我们终将逝去的中年

曾几何时，我们除了未来一无所有，我们充满好奇，我们有使不完的力气，我们不怕失去，我们眼里有光……

——冯唐

仿佛，一夜之间，没了好奇，少了力气，开始患得患失，眼里的光，似乎也不复存在。原来，已到中年，日渐油腻的中年。

油腻的中年，多么贴切啊，心灵蒙上油腻的中年人，聚在一起，艳羡着某某的升迁，嫉妒着某某的发达，用怀念的语气讲述当年他是如何的不如我。

油腻的中年人，戒了理想和抱负，过上了言不由衷的生活，诗和远方似乎是上辈子的事。嘴里标榜着清高，却不自知地趋炎附势。

油腻的中年人，交朋友这样随心的事情也渐渐变得有目的性。

朋友圈看似人多，找个人跟你分享一些无法按捺的情绪，竟然不知道找谁，因为油腻，顾忌便无所不在。

中年以后，偶尔遇到一人和你有相同的爱好和兴趣，可谓“秒变知己”，有爱好的中年，算不得油腻。不油腻的心，是可以相互吸引的。

其实，没有人愿意油腻，可中年之后，很多人变成了年轻时曾经讨厌的样子，于是感叹“岁月是把杀猪刀”。那些被岁月温柔以待的，大多是中年油腻群中的清泉。

脱离油腻的中年人，还是要读几本书的。因为能够安静，能够独处，便能洗涤油腻。能够与文字对话，内心定然是清澈的。脱离油腻的中年，翻阅朋友圈，是理智而客观的，既不会妄传，也不会乱评。毕竟，有些消极之事，是不值得浪费口舌的，喋喋不休，必与油腻有关。

脱离油腻的中年，还要对这个世界留一份天真。事事明了，不见得是聪明；偶尔无知，不见得是愚钝。中年，该有足够的智慧不欺人善，不伤人心。如此，方不油腻。

还记不记得那些眼中有光的日子，如何充满豪气地规划自己的中年，一定不要像某某一样世俗，不似某某那样无趣。可怕的是，多年以后，你默默地成了曾经的那个他(她)。所以，若想中年不油腻，应戒掉口中的“想当年”。

所有的未知，都是值得期待的，因为有了期待，便有了从容的底气。

中年，如青春一般，终归会逝去，这么短暂的时光，还是不油腻为好。

致自己

亲爱的自己，我喜欢你，走过半生，依然满怀欣喜。

亲爱的自己，你应该感谢命运，把你降临在一个温暖的家庭，父亲博学刚毅，母亲勤劳善良，还有一起长大的兄弟，他们给了你世间最美好的陪伴和关爱，让你从未羡慕过别人家的小孩。

感恩命运，让你活得如此充盈。

亲爱的自己，你应该感谢命运，让你在该嫁的年纪嫁给想嫁的那个人。从此，一个陌生的家庭变成自己的家庭，一群陌生的人变成自己的家人，你该庆幸，有双手始终牵着你一起走，没有冷眼看你在婚姻里跌跌撞撞地成长。

感恩命运，没有让你遇人不淑。

亲爱的自己，你该感谢命运，于无涯的时光中，遇见你的小天使，没有早一刻，也没有晚一分，恰好是你期待的那一刻。从此，你喜欢着她的喜欢，幸福着她的幸福，欣喜她的成长，也学会接纳她的平凡。

从此，生命圆满。

亲爱的自己，我希望今后的你，始终明净温婉，既可在柴米油盐酱醋茶的午后阳光下打盹，也能在书画琴棋诗酒花的明月清风里浅笑。

亲爱的自己，我希望你，能把一朝一夕的日子过得有情有义，途经的风景，遇见的故事，留在岁月里，刻进年华中。

亲爱的自己，我希望未来的你，既能温柔从容对待余生，亦能心怀坦荡看待风雨。在阳光下认真生活，在黑夜里看清道路。

亲爱的自己，我希望你，能把一朝一夕的日子过得有滋有味，简约清雅，温馨幸福。

亲爱的自己，我希望你，能够于寂寞中独乐，安然享受一个人的欣喜，因为不是所有的光阴和风景，都有人陪伴。毕竟，这世上能自始至终陪着你的，唯有自己。父母如此，爱人如此，儿女亦如此，珍惜并肩前行时的牵手，亦接纳转身离去时的背影。

亲爱的自己，我希望你于万千人中保持独醒，不迷惑，不困扰。内心温柔而坚定，步履从容而果敢。有日常茶暖，有灯火阑珊，有草木欢喜，浓淡相宜。

亲爱的自己，我希望你，待到双鬓染霜，年华老去，依然不含哀怨，不生悲戚。煮一壶清茶，含着清氲想一些前尘往事，念一些他乡故人。

亲爱的自己，我希望你，不仅今天快乐，以后的每个日子里，从无怨忧，不生愁惧。

幸福从未缺席

周末，夜读林清玄，静听莲花盛开的声音。

看林清玄解读人生幸福，仿佛一缕远处的清香，袅袅飘来。

前几日，朋友与我聊天，说我文字里多是美好，原因是生命的经历太过顺利。是这样吗？其实，我更同意这样的说法，“生命的幸福不在于人的环境以及人所能享受的物质，而在于人的心灵如何与生活对话”。

幸福是相对的。下午的时候，起风了，眨眼工夫，路边便堆满了深黄和浅黄的落叶。

风有点凉，瞬间有点冷，于是，目光所及之处，行人变得匆匆。我在回家的路上，步行，专挑落叶多的地方行走，听落叶在脚下或清脆或缠绵的歌唱，心底慢慢生出和声，秋风飘过的日子，与凄凄惨惨的愁绪无关，竟有些许欢欢喜喜的小幸福。

所以，幸福的开关有两个，一个是直观，一个是品味。二者不是来自远方，而是从生活的体会中得到的。

对于厌食的人来说，能够好好吃饭便是最大的幸福；对于失眠的人来说，能够好好睡觉便是最大的幸福。幸福，向来很简单，只是我们想要的太多罢了。只有在失去某样东西之后，方觉它的珍贵。

前几年，身体一直不好，所以对健康的渴望胜于一切。遵医嘱，心态尽量平和。慢慢发现，能够安抚自己情绪的，除了美食和购物，还有文字。那些字，仿佛驻足空谷，能听到心情路过的声音。所以，终需感谢生命中所有的经历。所以，幸福的感受不全然是世界所给予的。

人生的幸福在很多时候是来自于看起来没什么意义的事。

每次在小区附近的公园散步，喜欢走河边小路，喜欢放着薛之谦的歌声，不知道池中的荷，水边的柳，是否已经和我一样喜欢那样的歌声。每次想起这些没什么意义的事，心底也会升出小小的幸福，没有理由。

每个人一生总有几次机会去面对失败，在生命的旅途中，要有所敬畏，也要无所畏惧。让自己欢心已经不易，何况还要讨取别人的欢喜呢？在复杂的世界里，简单地活着，幸福，从未缺席。

喧嚣与宁静，你选哪边

女儿本次考试，作文的关键词是喧嚣、宁静。花季一般的年龄，自然想到的是环境的喧嚣与宁静，因为正值欣欣然看世界的时光，希望每一个日子都能在喧嚣中起舞，每一次宁静也不被辜负。

人到中年，再看喧嚣与宁静，更多的是一种心境。内心如若喧嚣，即使独处，也会有些许躁动。内心如若宁静，身处闹市，也会独享怡然。

喧嚣与宁静，就像黑夜与白昼，交替存在。你很难说出自己到底喜欢白天还是夜晚，喧嚣与宁静也是如此。

中年之后，慢慢觉得我们应该取悦的首先是自己。于是不再怨天尤人，抱怨环境，不再对别人有过多的苛求与希望。在红尘喧嚣中努力寻求一份宁静，在平静似水的生活中，刻意激起几朵喧嚣的浪花。

将普通的食材变成取悦自己的工具，从口腹之欲到视觉盛宴，倾听生命拔节的声音。宁静中的喧嚣，不容辜负。

在一处避风的山头，远眺喧嚣而来的海浪，于喧嚣之中，觅得一处宁静，取悦自己，如此简单。

一座古老的城墙，城墙外阳光下有熙熙攘攘的人群，另一侧则有静静伫立的竹林。喧嚣与宁静，一墙之隔。内心的喧嚣与宁静，则在一念之间。

花好月圆，花儿的喧嚣，月儿的宁静，而穿越喧嚣的宁静，是执着的信仰。岁月有痕，都在心扉。

喜欢　不解释

窗外，夏蝉依旧，却有秋风穿越窗口，化作室内淡淡茶香。朝阳走过的宁静，那么远，又那么近。听蝉鸣，闻茶香，能够挥霍的时光，已然不多。

喜欢一些东西，总是没有缘由。周日外出搜罗来的小物件，怎么摆弄，都欢喜。人和物，大概都如此吧。女儿问我："有没有一见到某个人，就莫名地不喜欢？"小孩子，终究带着不谙世事的坦率。明明白白的喜欢，坦坦荡荡的憎恶。其实，喜与恶，本就是很正常的情感，只不过长大后的我们学会了掩饰罢了。

然而，我们会和心爱的人毫不掩饰地吵架，却和不相干的人相敬如宾。那是因为我们的内心住着一个天使和一个魔鬼，我们渴望被更多人喜欢，所以习惯带上天使的面具与人相处。而爱人呢，因为已经有了足够的喜欢来盛放你的肆无忌惮，所以你是魔鬼的瞬间，也会被妥帖安放。如果一个女子，在爱人面前还需要粉饰，终归是没被放在心底的。

朋友圈里的心灵鸡汤，佐料太多，诸多告诫，脱离了烟火。谁的日子，不是在柴米油盐中夹杂诗歌？有人时时关注着烟火的无奈，有人倾心寻找诗歌的风韵。无论怎样，不争不羡，便是最好的状态。再清的茶，品来也有清香，再寡淡的人，总会有人喜欢。

所以，我们所有的喜欢与不喜欢，不需要纠结它的缘由，也许它本就是你内心生出的，那就让它安然生长便好。

世界因你而温柔

在陌生城市的车站书店，遇上了林清玄的《世界因你而温柔》，一见钟情，源自布满封面的暖暖的花。薄薄的塑料纸包裹着，无法翻阅，却果断地把它放入背囊。相由心生，有这样暖的封面，作家必有颗柔软的内心吧。

翻开它，再见倾心。能够邂逅一本喜欢的书，也是缘分。

“人的一生就像行船，出发，靠岸，船(本性)是不变的，但岸在变，风景经历就随之不同了。”所以岸边的风景，你喜欢也好，漠视也罢，都是行程中必然的经历。而那些风景中的人和事，都会留在逝去的时光里。也许你曾经送一轮明月给某个人，又或许有人送了一轮明月给你。

生命中有太多的机缘巧合，也许某本书的某句话恰好是你心底私语，会让你蓦然心动。

我曾跟朋友谈及我似曾相识的那种感觉，有人觉得不可思议，有人认为我或许是在某本书读过类似的场景而已。我很喜欢这样的说法，“每个人都站在自己的三生石上，只是忘了自己的旧精魂罢了”，读到这里，瞬间释然，有人懂你此刻的感受，当然好，无人理解，也不必苛求。因为每个生命，都有其不可复制之处。

因为懂得，所以慈悲。不是什么宿命论，而是感同身受。我们大多渴望别人懂得自己，却不愿意花时间和精力去懂别人，所以才会心生罅隙。

不管生命用什么面目呈现，都有不可取代的价值。真懂，很难!我们都有趋利避害的本能，所以很容易原谅的往往是自己，因为自责与内疚是世间最让人痛苦的情绪。

所以懂得自己不能承受之重，很重要。放过自己，放过别人。憎恨，大概是最浪费力气的吧。

为现在，做点什么呢？每个人心中的向往自然是不同的。有人喜欢用呼朋唤友的喧闹来证明自己的存在，有人喜欢一杯茶、一本书、一段静静流淌的时光。无论做什么，内心欢喜便好。

一事，一物，一心，一境。

害怕跌倒，更容易受伤；抗拒跌倒，便有了一颗玻璃心。

我们知道该在谁面前坚强，同样知道自己的软弱可以给谁看。

一个人，如果愿意常怀寻觅美好的心，那么在事物的变迁之中，不论是生机盎然还是枯落沉寂，都可以看见美。

世界，会因你而温柔。

半生温暖　余生欢喜

夜已深，灯暖未眠人。屏前，似淡墨书素笺。

这一生，从牙牙学语到步履蹒跚，多少人在等待现实的温暖。幸与不幸，一念之间。

生命中有些人来了，然后走了，如清风穿越花海，或落地成殇，或花香满衣，皆为自然。

待到青丝霜染，依然明眸如水，只叙欢乐不谈愁。回首，有些许暖意。如此，便是想要的现世安稳。

电视剧《我的前半生》在朋友圈被持续热议，有人骂陈俊生，有人骂老金，我们看重的依旧是结果。所以，没人再记得他们曾经都给过罗子君想要的温暖。

有些人，是挂在屋顶的那盏灯，给过你需要的光明，然而，照亮你生命的，却不会是那盏灯。因为，它再明亮，也是一盏会随时熄灭的灯。就像罗子君与陈俊生。

有些人，是一杯溢满浓香的咖啡。如果没人告诉你，也许你已看不出它是咖啡。你贪恋它的香味，却不知它早已不是那杯天然的咖啡，它会根据需要变成你喜欢的味道。可是有一天，你还是会怀念那杯纯咖啡的味道。就像罗子君与老金。

在别人的故事里写自己的心情，是习惯，也是一份欢喜。

夜半屏前，写一行字，替那些熄灭的灯温暖那些未眠的人。

我总担心，有一天会什么都不记得，所以喜欢记录。如果，这一天真的来临，就让这些字温暖余生。

生命里的猝不及防

假期的某一天，一口气读完了一本言情小说，在别人的悲欢离合中沉沦，也是件劳心累眼的事儿，抬头，眼前有些朦胧。

推醒酣睡的人，告诉他，我想出逃，十几分钟后，已在路上。生命除了漫步，也需要猝不及防地奔跑。

高速路上很安静，血液却会沸腾，因为，不知名的前方。我喜欢，好多未知。

想要到达那曾经路过，又想回头去看一看的地方。上天待我不薄，因为婚姻，要么默契，要么妥协，我庆幸，我的婚姻里有人与我一拍即合。

这个季节，最喜欢的莫过于看水。不大的湖面，胜在洁净。水天并未相连，却能一色，皆因内心澄净无私。

生命中的来来往往，需要一个角落妥善安放。

路边的花儿，不再怒放，凋落的部分，生出绒毛小球，那些逝去的，只是换了一种存在的方式。

世间最美好的事，便是“你”和“我”，成了“我们”，不知名的紫花、荷叶、芦苇，它们在一起。有些关系，看似不协调，却不影响一起生长。

满塘的荷叶簇拥着，它们在一起。有些关系，正如你看到的，亲密、毫无间隙。

转弯处是一条窄窄的公路，路边零星的小花和远处旺盛的庄稼，它们在一起。有些关系，看似相连，却各不越界。

前行，遇见更窄的跑道，不用怕，回不了头，狭路相逢勇者胜。

果然，翻过一个有点坎坷的土丘，又是一个村庄，与刚刚穿越的，大不相同。

仰望天空，一片蔚蓝，总有一座心城为你而筑。

夏日静思

夏日，微凉，晴光，又似雨日。沏一壶初春新茶，初始微涩，继而清甜。窗外，断断续续的钢琴声，伴随夏风，一起袭来。

光阴，简净。

静坐，看新沏的茶氲袅袅，淡淡而来，匆匆而去。无论初见，还是重逢，一如从前，写喜欢的字，看喜欢的景。

昨晚，在一家饭店偶遇一个奇怪的盒子，我不知道打开会有怎样的风景，是平淡还是惊艳？但是，仍然期待它被打开的瞬间。就像期待在光阴的拐角，遇见尘世的暖。

无法还原当时的眼中所见，所以，真正的风景永远在你心间。

日子，是一草一木，有春的希望，夏的繁华，自然有秋的苍凉，冬的悲壮，悲欢离合，皆为四季轮回。

生命，就像日月交替，阳光普照，亦是千姿百态，暗夜沉沉，便是内心澄净。

眼前景，皆为心中景。白天也懂夜的黑，陌上红尘，百转千回。

眼前灯，即为心中明，无执念，方可从容一世。

尘世的暖，可以是一盏明灯，一缕夏风，一米阳光，或是一剪月色。

岁月无边，人生有涯。一段若只如初见的开始，又会邂逅怎样的结局？

周日，雨歇，微凉，读一点闲书，写一点闲思，不负静日凉风。

愿你走过半生　依然宠爱自己

从小，父母、老师都教育我们，要学会爱别人，却从没人告诉我们，你要好好爱自己。

然而，爱自己，又是多么的重要，爱自己，可以把平淡演绎成繁华；爱自己，可以让生命更加丰盈和美好。

你要爱自己的身体，因为这世上真正属于你的，只有你的身体。无论你贫穷与富贵，无论你开心还是忧伤，不离不弃。

你要爱自己的身体，因为它不只属于你自己，还属于爱你的每个家人，你的父母，你的爱人，还有你的儿女。

你要如热恋般地爱你的身体，呵护它，宠爱它，不与它争执，不与它对抗。

你要爱自己的灵魂，这世上，唯一不会辜负你的，便是你的灵魂。它会从一而终地忠诚于你的内心。

你要爱自己的灵魂，因为它不只属于你，还属于那些喜欢你、欣赏你的朋友们。

愿你走过半生，依然心怀梦想，不追名逐利，不消沉颓废，如阳光般存在，温暖自己，照亮他人。

你要爱那些属于你的时光，或读书，或旅行，或买件心仪的衣服取悦自己，甚至呆呆地傻坐，只为享受一段属于自己的时光。

愿你走过半生，依然宠爱自己，因为，如果做不到爱自己，又怎么会有能力去爱别人。

愿你走过半生，依然宠爱自己，因为这世上，你独一无二。轮回，也已不是前世的模样。

所以，今生，请好好爱自己。

谁是你的摆渡人

因为喜欢梁朝伟，所以对电影《摆渡人》是很期待的，错过了影院的放映期，某个闲暇的周末，上网看完了影片。王家卫的文艺与周星驰的无厘头杂糅在一起，电影具有后现代化风格，台词经典又走心。

摆渡人，应该是你灵魂深处期待的那个人，渡你上岸，甚至送你到达想去的彼岸。他（她）可能是你身边的某个人，更有一种可能，你，是自己的摆渡人。

时间过得总是很快，快得让好多人都没来得及想清楚什么对自己最重要。所以在时间的长河中沉沦，没有灯塔，更没有彼岸，只能随波逐流。有一天，你的摆渡人出现了，你愿意接受他（她）的摆渡，从此，生命与温暖不期而遇。

梁朝伟说，“我来了，我累了，我走了，我好了”。其实我更喜欢把台词的顺序调整为“我累了，我来了，我好了，我走了”。是不是更有摆渡人的味道呢？

生命中有些东西，就算你握得再紧，它都会消失。有时我们更需要懂得放下。你把一块冰攥在手里不放，你觉得焐热了它，可是松开手，我们已经找不到当初的那块冰。原来的你只是想把那块冰留下而已，挽留越深，走得越快，此话“摆渡”掉进感情漩涡中的好友，同时“摆渡”将孩子牢牢控制的父母。走到最后，你会发现，距离你最近的人，路途最远。

大多数家庭过着相同的生活，有人觉得幸福，有人觉得平淡，有人会厌倦，幸与不幸，皆在一念之间。同样的工作，有人做得踌躇满志，有人干得心灰意冷，好与不好，皆在一念之间。所以，与其等人摆渡，何不自我救赎？生命是悠长的深呼吸，还是短促的叹息，也在一念之间。

阳光有颜色吗？心中无光，便看不见光，更不会看到那么多的色彩。同样，心中有远方，处处是风景。

谁是你的摆渡人？可能是你身边最亲近的人，也可能是你生命中的某一个过客，他（她）来了，请珍惜，抓紧搭上他（她）的船，然后到达你想去的彼岸。登船之前，请保持心中澄净，如此，方能看清自己。

不是所有的往事都是美好的，也不是每段回忆都会留下。世事如书，我偏爱你这一句，愿做个逗号，待在你脚边。时间一直走，没有尽头，只有路口。

在深深日子里浅浅地欢喜

暗夜，路遇一树花。

很多人看到了花的明媚，看到暗夜里清晰的绽放，却看不到花儿隐藏在黑暗里的焦灼。

夜来了，太阳告诉你，我会等你。所以，无论你有多爱那个明天，此刻的担心，是送给它最不讨喜的礼物。

流年，清欢，在深深的日子里浅浅地欢喜，其实很难。能够把每个日子过得有味，需要心境，更需看清自己想要怎样的生活。生命本身，其实是喜悦的，可是心生欢喜，却又不易，那么，你又想要个怎样的自己？

为何眼前的花是模糊的，而远处却如此清晰？其实，只看你把目光聚焦在哪里。所以，你想遇见什么，便会看见什么。

心里安放希望，便会遇见希望。

心里安放美好，便会遇见美好。

心里安放自己，便会遇见欢喜。

在雨天里，看落叶与雨珠缠绵，心生欢喜。

在晴日里，看阳光与绿叶共舞，心生欢喜。

在每一个白天，定格想要挽留的瞬间，心生欢喜。

在每一个夜晚，安然与万物共眠，心生欢喜。

在每个行走的日子里留下清浅的痕迹，心生欢喜。

在每个安静的时光里做好安静的自己，心生欢喜。

在每个深深的日子里浅浅地欢喜。我喜欢这样的日子，我更喜欢这样欢喜的自己。

你是谁的四月天

四月的第二天，空气温良、柔软，阳台上又开了几朵小花。有人说，最美人间四月天，四月，是不是人间最美，终究得看它是否暖了自己的心。

四月的第二天，因为离那个日子越来越近，空气里多了思念的味道。然而，当你能够微笑着谈及那些曾经不能触及的记忆，你已与悲伤和解，与时光和解，最终与自己和解。

花未全开月未圆，才是人间四月天，不要期盼事事圆满，因为，花开月满之后便是告别，终将诉离殇。四月的第二天，我拍下阳台上的花，连同文字，想送给一个远去的背影，此刻，电视节目里曹文轩在朗读《草房子》，他的声音和我的文字，殊途同归。

生命中的所有遇见从“你好”开始，到“再见”结束，每个生命都会面临告别。四月的第二天，空气里有浓浓的思念的味道。

四月的第二天，我渐渐相信，生命告别之后，还会“再见”，只不过这一次它是另一个模样和你相遇，依然如前世那般，微笑着对你说“你好”，恍如初见。如果此刻，你懂了我的这段文字，我想你也如我一般，希望带着隔世的记忆，面对生命中的每次遇见。

“你是爱，是暖，是希望，你是人间四月天。”爱与希望不会说告别，约定亘古不变。

前世，不管你约了谁，还是谁约了你，耐心地等待再次相见。这一次我希望，在你说出“你好”之前，我先说“谢谢你”。

写给一棵开花的树

与你初识，是在一个假期的午后，怀着几分欣喜，把你安放在客厅的一角。你的名中有“珍珠”二字，所以时不时为你喷一壶清水，看你的每个叶片如珍珠般生辉。

某日清晨醒来，被你沧桑的模样惊得心慌，我日日为你喷水，你却干枯，如此苍凉。匆忙把你没入盛水的盆中，希望回到初始的样子。

你沉睡了十几个小时，慢慢醒来。

几天过后，绿色仍未铺满枝头，一片枯黄，树枝渐渐干瘪。

这次，我为你换掉了那个好看却又窄小的花盆，新的栖身之处不够华丽却足够宽敞，然后，把你从客厅移到了阳台。

今天早上，突然发现红红的花蕾布满了你的枝杈，终于还是不负你名中的“梅”字。

红的花苞，内敛而又稚嫩。盛开着，清新而不妖娆。

小小的花儿，让你更显枝繁叶茂。至于那些过往，不再怀念，关于未来，不再畏惧。

其实每个小孩都像这棵植物一样，需要的不仅仅是表面的呵护，内心的滋养才是生长的动力。就像我每天给这棵珍珠梅喷水，只滋润了叶片，却从未抵达根部，所以它会变得干枯。

有了足够的水分和营养，它为什么还不能旺盛地生长？我选的花盆尽管漂亮，但对于它来说，还是太小了，它不能尽情地舒展和呼吸。新换的花盆尽管粗糙，却足够宽敞，所以它最终开出了娇艳的花朵。

那么，亲爱的你，是否把孩子放到了精美的笼子里？

做自己的女神

不知从何时起，妇女节变成了人们口中的女神节，甚是赞同。其实，寻常巷陌，百姓人家，每个女人都可以成为自己的“神”，独自修行一场，继而从容一世。

我欣赏那些如池水般安静的女子，眉目清朗亦可百态千姿，如一壶新沏的清茶，尘埃不染，散发着清香。在长长短短的岁月里，缓慢行走，无论阴晴圆缺，依然是初始的模样。

我喜欢那些如火一般热烈的女子，能够把岁月过成深情的模样，种种过往，镌刻于心，幻化成眸，悲喜聚离，皆能一笑而过。如一杯苏醒的红酒，暗香浮动却又端庄典雅。这样的女子愿与红尘并肩而行，策马扬鞭，肆意驰骋。

无论身在何处，都可以把自己变成喜欢的模样，或素净简约，或豪情万丈。在柴米油盐中穿行的女子，带着烟火的气息，也可以如盛开的莲花，充盈丰满。有人喜，我心欢喜，无人爱，我心淡然。无论是初见还是重逢，莫谈辜负。

长成自己喜欢的样子，需“养心”，养一颗可以与时间对峙的心。成为自己的女神，需修炼灵魂，让它可以跟得上自己的身体，更能随时光前行。

读书、旅行、煮茶、养花，甚至织一段线团，总是要有自己深爱的事物，与老公和子女无关，只为自己，能够认真地过好这一生。

女神，走过含苞的年华，暗自芬芳，路过怒放的时光，缤纷妖娆，直到有一天，年华老去，依然倾尽每一片花瓣，安然洒落在风月间，静待温柔的延续。那时，你还是那个你，我还是那个我。

每一段时光　都该被深情的怀念

电影《乘风破浪》里徐太浪问徐正太：“二十多年都和同一个女人在一起，不会腻吗？”正太说：“当然会腻啊，可是我就是喜欢这种腻腻的感觉。”

听一个满身痞气的混混说出这样的台词，让我想到诗经里美好的画面，“琴瑟在御，莫不静好”。毫无违和。

在一篇影评中，我看到这样一句话：“如果可以回到过去，你希望谁醒在你的梦里？”如果可以回去，有些我们还是无法选择，比如父母、家庭，有些该是心甘情愿的选择，比如朋友、爱人，还有婚姻。

也许，很多人对爱情的想象大概就是父母相处的样子，因为，我们总是愿意相信父母一定是真爱。

这世上，最好的婚姻相处模式是什么？每个人理解不同，我能想到的便是温柔地相遇，然后宽容地珍惜。即使在云淡风轻的光阴里匆匆别离，也希望能在陌上红尘，重新感受彼此的呼吸。所以便有了“陌上花开，可缓缓归矣”的深情告白。

如此看来，最幸福的事便是——你梦见的人都在你身边醒来。

如果可以回去，这样的答案是你想要的吗？

在充斥着物质、现实和般配等种种条件的现代社会中，心甘情愿地说出“我愿意”，其实是一件幸事，正如小花和正太的婚姻，那么洁净，那么纯粹。

我并不觉得“君为女萝草，妾作菟丝花”的婚姻关系有多美，我喜欢两个人能够站成两棵树的姿态，各自独立，却又一起迎风沐雨，在不为人知的地方，经历时光，渐渐化作连理枝。正如小花和正太，那么无畏，却又那么缱绻。

和同一个人在一起几十年，能够把腻腻的感觉变成喜欢，甚至是一种习惯，那么每一段时光都是值得怀念的。

懂许多大道理的人，不一定能过好自己的生活，而世间的理抵不过一个情字，所以还是要充满深情地活着。正所谓“时光静好，与君语；细水长流，与君同；繁华落尽，与君老”。

遇见想要的自己

据说，人的细胞七年更新一遍，那是不是意味着每隔七年，我们又是个全新的自己？这样想来，生活总是让我们充满了无限的期待，因为在不同的时光里，我们都可以听到花开的声音。

无论是眼中所见，还是心底盛开，总有一朵花，会因你而绽放，安抚你准备撒野的灵魂。快乐和喜悦真的是大不同，快乐是因事而起，而喜悦却源自内心的安乐和祥和。

正如“你未看此花时，此花与汝心同归于寂；你来看此花时，此花颜色一时明白起来，便知此花不在你的心外”。在不在心外，一念之间。

所以说，真正的平静不是避开车马喧嚣，而是在心里修篱种菊。这世上，有没有一个地方，或者一个人、一些事，让你似曾相识？我常有，但不会追究因何而来，只是简单地把它看作缘分。

不论谁，都是独一无二的，或者成为某个人的唯一，这也是一件美好的事。接纳更需悦纳，即使在自己不如意时，也不忘调侃，“我吃过你没吃过的苦”。

把这份苦与生机和能量相连，那便会在转角处遇见更好的自己。把你的期待变成心中执念。

世界是彩色的，同理，作为其中的一分子，我们也应当是彩色的。前几天有个妹妹问我，“有没有感觉生活好无趣”，大好年华竟会有如此想法，我遗憾但不诧异，有的人就是放大了自己的黑白，从此世界变成了灰色。

一丛树叶，飘落之前也会用惊艳的色彩装点秋色，然后融进浓浓的秋意，最后怀着满腔的眷恋，期待下一次重生。

不管你是高大还是娇小，生命与轮回从来没有偏见。

所以，下一个七年，你希望变成怎样，你说了算！

云中谁寄锦书来

从前的时光，很慢，一份思念，一声问候，都要在绿色的行囊中待上好多天，所以思念变得悠长，问候变得厚重。

不记得最后一次收到书信是什么时候，也忘记了寄信人是谁，因为已经过去了好久好久。

然而，多年后的今天，依然忘不掉，那些年等一封信的心情，就像期待一场华丽的约会。

如今的时光，很快，咫尺天涯，距离近了，思念少了，问候便也淡了。

只要愿意，可以直播自己每天的生活，我们如此熟悉彼此，我记得你昨天一笑而过的背影，却常常会忘记上次聊天的时间和内容。微信里点赞，成了表达友谊和情感的快捷方式，什么时候开始，我们吝啬起自己的语言。还记得当年写下长长书信的自己吗？如今提笔，该从何说起？

整理房间时，找到一封旧时的信件，重读，在泛黄的时光里，找到了青春的记忆，原来的日子，竟然可以封存。

“云中谁寄锦书来，雁字回时，月满西楼。”如今，你还记得当初读信时的心情吗？

昔日，墨香缱绻于素笺，一素心，一过往，一衷肠。

而今，花香萦绕于心间，心仍素，情依旧，于红尘中，我们，淡然相守。

谁是你的现世安稳

偶然从网上看到这样一段话：“人这一生，总会遇见那么一个人，他（她）让你心跳加速、手心出汗，性格大变，那就是你的爱人。如果你一生都不曾如此，那么，只能说明，你这一生，都不曾真正爱过。”

于是，随手复制这段话，把它恶作剧般发给了家里那个木讷的男人，特地追问一句：“你看到我时，有以上‘症状’吗？”

想起日常他总嫌弃我矫情，便对回应不抱任何希望，放下手机，继而安心地做自己的事。

一个小时后再看手机，竟然早已收到回复，酷酷的俩字——我有，另赠回复一条——中午吃啥？这就是婚姻的样子，想要的浪漫其实一直在烟火中真实地存在。曾和朋友谈到婚姻，是不是最初自己想象的模样，是否已经得到最初想要的幸福？

很多时候，我们弄不清“需要”和“想要”之间的区别，其实，不管走过多少年，不管是并肩还是跟在他的身后，走到今天，你还没有毁约，那么它就是最适合你的模样，不管它与你的想象隔了有多远。它，即使不是你最初想要的，但会是你今天需要的。

你把一生托付给一个曾经那么陌生的人，便是下了一个自己稳赢的赌注。想永远赢，就应把婚姻当作你的另一个孩子，呵护她，养育她，宽容她偶尔的顽劣，无论怎样，不会放弃对她的希望。

我不相信世上有相敬如宾的爱情存在，如果在亲密的人面前，你依然是温文尔雅并且通情达理，那么这个人，没有给你足够的理由，让你在他面前只做自己。

日子，可以过得像溪水般自然宁静，也可以过得像大海般波澜壮阔，无论是怎样的状态，如果不忘初心，便会有继续前行的勇气。

日子，可以过得吵吵闹闹，但恰好我们都不较真，那么，便是刚刚好。我们经得住似水流年，却抵不过岁月静好、现世安稳。

所以，婚姻就是孩子的模样，你欣赏，她便为你露出笑颜。你苛求，她便与你渐行渐远。

如果这一生，你注定要和某一人就这么纠缠下去，那么就记住他隐藏在烟火中的好。婚姻中，唯有你愿意去相信，才能得到你想相信的。

所以，它不是你最初想要的样子又怎样呢？它只是长大了而已，只要依稀让你看到它小时候的模样，便值得你用一生去珍藏。

“你在身边就是缘，缘分写在三生石上面。”所以，除了不离不弃的默契，我们还有肝胆相照的义气。一个家，一座城，毕生心仪。

在你感觉幸福的每个瞬间，冻结时间，相信这一刻，会代表永远。

初夏的日子风华绝代

此刻，初夏，风儿还没到燥热的年纪，总是有些莽撞地乱窜，带着点雨后的清凉。假期的每天，买菜，烧饭，接送娃。因为心无旁骛，便喜欢慢慢穿过小区的胡同，步行到市场去挑选新鲜的蔬菜。

窄窄的胡同很少有人经过，所以，可以逗留，拍照，装作很文艺的样子。

有户人家院内的豆棚瓜架丝丝缠绕，窗上挂着久违的苇帘，我猜房主是个雅人，知道怎样的布置才会毫无违和感。

石榴花探过白色的护栏，独自在风中招摇，喜欢石榴的丰腴，却不喜欢那么艳的花，就像有些事，我们只想看到结果，却不想经历过程。

穿过胡同，有一片草坪，放眼望去，坐在椅子上小憩的男人，脚下的黑狗正和对面树旁的小狗对峙，不，也许是凝视。时间可以流淌，岁月却在这里凝固，唯有“静好”二字，才不负这夏日的风华。

阳光下，奔跑玩耍的小女孩和默默守护的爷爷，让过于安静的草坪上有了生机。

草坪上的椅子已有些斑驳，带着初夏的温度，我没有坐上去的欲望，因为手中少了本泛黄的书，捧着手机坐在上面，似乎有些不妥，是的，还可以装得再文艺些。

草坪上星星点点撒满粉色的小花，这样的花我是喜欢的。

所以不畏此时有点刺眼的阳光，蹲下来为它们拍张特写，拍得有些匆忙，没有我眼中的漂亮。喜欢的东西让你付出点代价，还是会犹豫，我怕为它仔细拍照的时候太阳会把我晒黑，这就是人性。

草坪边的法桐枝繁叶茂，没有修剪的痕迹，每根树枝都可以肆意生长。

我想拍到阳光透过树枝的影子，于是就蹲在树荫下反复摆弄，全然不顾路人诧异的目光。

站在树荫下回望阳光下的草坪，有没有就这样地老天荒的念头？

初夏，风华绝代！

来过，便是幸运

今日，清明。清楚的清，明白的明。你清楚自己的思念，亦明白那些聚聚散散的过往。

所以，今日，阴。

在这样的日子里，写一行字，该怎样配图呢？翻遍相册，找到几张背影的照片，虽为背影，但是面向的是美好。这世上，最知心的，也许只有你自己，所以走向美好，让自己心底春暖花开。

前几日，天气暖得让人感动，这两天骤冷，确实有点不适，但配合这样的日子，很应景。湿漉漉的街道，湿漉漉的心情，空气中全是思念的味道。

每天，所有的遇见，用心便会留意。无论怎样的天气，留一份清清朗朗的心意，穿越时空，也会穿越生与死的距离。

不能出行的日子，看看那些脚步丈量过的地方，回忆和思念一样，穿越红尘，穿越岁月。回不去的是当初，回得去的是心情。

喜欢记录生活与心情，写一行字，记住当下，便是清明。

这是一个适合思念的日子，写下一行字，让思念隽久。

真实地面对自己，容纳那些糟糕的小情绪，不逃避，亦不苛求。今日，清明，清楚的清，明白的明。

真正喜欢你的人，会喜欢看到你骄傲地活着，而不是故作懂事地讨喜。所以我们应该清楚和明白，谁是喜欢你的那个人。对于这个人，我们会有恃无恐，因为倚仗着他的喜欢。能够表达出情绪，不算太糟糕。

今日遇见一位老人，慈祥地对我说："闺女，你身体不太健康啊！"挺温暖的，尽管是个陌生人，尽管我只是一时身体不适。有人，用温暖的目光看你，多大的幸运，多好的人生。

有些花儿，谢了。把它从枝头剪下来，玻璃上，清晰地映着它盛开和凋谢的身影，无论哪种姿态，来过，便是幸运。

今日，清明。清楚的清，明白的明。

今日，谷雨

今日，是春季的最后一个节气，谷雨。

这几日，楼下路边的繁花正渐渐褪去姹紫嫣红，唯留下一片素白。春已逝，夏渐至。

四月已然过半，惊觉时光太匆匆，就像不知不觉之间，人已到中年。中年的生活，渐渐生出了一些闲杂之事，每每与朋友聊起，总是诸多感慨。被需要，在中年的日子里，仿佛更强烈一些。

夜风中，传来阵阵槐花的香甜，今日偶然看到一棵很高的槐树，正在孕育素白的花串。此刻这淡淡的甜也许只是幻觉，也许那些香甜真的可以穿过黑色的夜。

坚持了十几天的健走中断，因为膝盖处有隐隐的不适感，人与人终究是不同的，就像春末同样素白的花树，有的成团，有的成串，有些香得浓郁，有些甜得淡然。其实正是因为不同，这个世界才会更加有趣。

所以，谁都不必羡慕谁，谁也无法成为自己羡慕的那个人。有花开在春分，有花开在谷雨，在别人开花的时候欣赏，在自己开花的时候绽放，不急不躁，不慌不忙，安静地做好自己，生命才属于自己。

四月过半，因为这些素白的花变得清澈简单，就像过半的人生，渐渐从浮躁走向淡然。人间至味便是清浅的欢喜，就像在谷雨时节遇见了这些素白的花。

人与人终究是不同的，也许我的白从来不是你说的白，而你的黑也不是我所说的黑。可是有什么关系呢，我们尽管拥有着不一样的一生，可都有一双会穿过黑夜去寻找光明的眼。

地上的小菊花，开得洁净凛然，一朵花，开在哪里不重要，重要的是所有的绽放都能如期而至，与岁月牵手，从不与时光爽约。

四月过半，夜色悠长，因为晚饭后睡了一觉，更觉长夜漫漫。想起身，又怕更加清醒，在黑夜里清醒地呼吸，是让人焦虑的事情，熬夜的生活，总是不好的。

左耳因为耳鸣，听力早已不如右耳。辗转翻身之际，听到的是不一样的夜，左耳是安静的夜晚，右耳有远处的蛙鸣，这样的感觉，也是挺有趣的，我可以选择听与不听。所以有些事情，分不清好坏，无所谓得失。

天气预报播报明日有雨，气温很低，四月的天气反反复复，对于这种忽冷忽热的态度，习惯就好。天冷保暖，天热减衣，如人饮水，冷暖自知。自己保重，对惦念你的人来说，便是晴天。

我是很喜欢小雨下在夜里的，不知今夜，雨会不会来。

今日，谷雨。

小满，意足

今日，小满，雨滴如丝。往年此刻，已着夏装，今年此时，风凉雨寒。有人说，“小满是最富哲理的节气，相当于人生中最好的状态”。这么好的季节，这么好的雨夜，很适合矫情。

为何人要追求小满？昨日看到一篇文章《多少人在假装活着》，批判朋友圈晒生活之现象，我不知作者为何这么反感这种行为，与之不同的是，我喜欢看到朋友们生动地活着。哪怕假装幸福又怎样，有些事说着说着，自己便信了，哄自己开心而已，有什么值得批判和谴责的呢？

喜欢分享自己之满足的人，也许有些真如别人所说，“缺啥晒啥”，然而晒过之后，因为朋友的关注和赞美，心生希望，也算是极大的收获。晒，本身就是很好的心理暗示，我经历的正是我所期待的，也许对于那些矫情的忧伤会有疗愈的功效呢。

小满，心欢喜，遗憾，亦释然，花未全开月未圆，刚刚好的雨夜，刚刚好的小满。夜未深，电视剧的喧闹夹杂雨敲窗檐的动静，那些亮着灯光的房子里，都是一幅岁月静好的模样。

“小满”是良好的心态，“大满”是可怜的狂妄。内心富足而谦和地活着，便是“小满”。

我喜欢在朋友圈里游山玩水，我喜欢在朋友圈里品美食、阅美女，我喜欢看那些或喜或嗔的小幸福，我喜欢看孩童在朋友圈里一天天长大。这就是“小满”，也许是别人眼里假装的“小满”，可那又怎样。

闲暇时光，约上知己，酌一壶花雕，品一锅醉鸡，何尝不是“小满”。与美食的相逢，也是前世的修行。

今日，立秋

今日，立秋。这一年的夏转身已成过往，时光总在不经意间和我们擦肩而过。

因为一些琐事，忙忙碌碌好几日。整理了一些旧物，找到了学生时代同学写给我的留言本，找到了刚参加工作时和同事的合影，找到了女儿小时候的一些玩具……那些旧日的物件，尘封了诸多往事。

怀念，总是带着积淀的味道，就像一壶珍藏了好多年的白茶，反复冲泡，有岁月的陈香，带着丝丝的苦和淡淡的涩。回甘，是清冽的，像极了红尘中的我们，纵然尝遍百般滋味，站在光阴的背后，依旧可以回味悠长，荡气回肠。

我们在最深的红尘中与万物相遇，总要爱着点什么，就像草木之于年华，哪怕不是双向奔赴，依旧可以义无反顾。

想起那一夜的细雨，来来去去，那一晚的夜色，忽明忽暗。

那一夜，坐在树下听雨，等风来。有几朵雨做的云，恰巧路过了我的天空。随后，有雨滴从树枝上坠落，成全了凉凉的夜色。

我甚是喜爱这样的夏日夜晚。

我们在最深的红尘里与时光执手，总要爱着点什么，就像清风之于四季，无论用怎样的速度路过，总会留下深深浅浅的记忆。

那一日，有风从水面上来，带着潮湿的记忆。一缕夏日的风，拂过水边的石，终究是温暖了它们。

我们在最深的红尘里路过，常常因为偶然的邂逅而心动，一条来时的路，一座陌生的城，一处古老的房子，一盏为游客亮起的灯，一切都是让人喜欢的样子。你和谁一起走过，又有谁和你一起心动，皆是对光阴的钟情。

若干年后，不知是这夏日的景装点了你的人生，还是你温暖过这夏日的景。

立秋了，凉凉的夜色日渐增长，白日里，天渐渐高了，云也渐渐淡了，四季的轮回仿佛相似，但每一年都会带着不同的心意，站在秋的渡口，回望。

立秋了，买上几束寻常的花，等待它们在醒花桶里慢慢苏醒，恰似那晚等风的心情。

世间所有的美好，都值得等待，然后，期待这些美好温暖我们的余生。

今日，立秋。

今日，秋分

忙碌的一天，琐碎的事情，因为被一些热情感染而快乐，也因为别人的不耐心而不愉快。也许这才是常人的生活，七情六欲，喜怒哀乐，煮出人间悲欢烟火味。

很多事情其实并没有那么复杂，是怕麻烦的心让事情变得复杂。忙碌的时间并没有想象得那么长，可见难熬的不是时光，而是心情。

今日，秋分。

午餐时，谈到人的欲望和幸福感，每个人的经历不同，喜欢的东西不同，对幸福的感觉也是不一样的。那么，究竟是欲望多一些幸福感强，还是欲望少一点会更幸福？

似乎，想要的少一点更容易满足，可是仔细想想，欲望得到满足时又会带来更极致的快乐。

所以，还是有想要的东西幸福感强一些。

我的梳妆台上，摆放着各种瓶瓶罐罐，每天像做科学实验一样调制着瓶中的液体和固体，然后无畏地在自己脸上涂抹，因为它们，清晨的时光变得局促而忙乱。

这个过程幸福吗？期待结果的心是幸福的。有时候，期待比得到更让我们心生欢喜。

今日，秋分，昼夜相等，寒暑渐分。这一年，这么快就过了大半，天气渐凉，又开始想念那些温暖的时光。

每年天气渐冷，总会与好友挂念彼此的身体。今日，听好友说她已经完全康复，再也不会生病了，很开心。我们总是期待着别人能够说出自己喜欢听的句子。

日子继续琐碎，但在好友的挂念和美好的期盼中，浮躁的心渐渐澄净。人间，总有太多值得我们向往的人和事。

想起那日，在姐姐家的露台上看到了一片绚丽的天空，云与霞的纠缠，成全了彩色的光，追逐风，追逐太阳，追逐着每一个素人的目光。

日子，总是琐碎，如果能把这些琐碎梳理成笺，以时光做墨，用清净之心云淡风轻地写下岁月的恋歌，也不枉来这世上走上一遭。

同一个月亮，八月十四的月亮清澈，八月十五的月亮皎洁，今天，是八月十七，秋分，今晚的月亮，缠绵。每一日的天空都不同，每一晚的月亮也都不一样。

忘记了昨晚月亮的样子，从偶然忘却到常常失忆，渐渐老去的日子，谁都逃不脱。那些瓶瓶罐罐用得再久，今日镜中人也已不再是昨日之人。

每一天，都不一样，也挺好的。

女儿不在身边的日子，想念她开着车带着我们穿过细雨、穿过灯海的白日与夜晚。

夜晚，开始想念一些人和事，心亦开始安静。

听到一缕秋风正从窗前路过，听到了秋风里蛐蛐唱得正欢。

今日，秋分。

今日，寒露

袅袅凉风动，寒露秋更浓。

今日，寒露。清晨出门，凉气袭来，应景的几声咳嗽，是对深秋真挚的敬意。

寒露，秋季的第五个节气，已是深秋。整个假期都在下雨，今日，无雨，但依旧是潮湿的空气，被秋风吹得来来去去。

树上的叶子还未见明显的黄，地上已经有了薄薄的落叶，踩着那些树叶走过去，没有听到期待的声音，也许是雨后的原因，也许是深深的秋还在来时的路。

小区里有假树亮起了红色的灯光，喜气洋洋，从它们前面路过，也会沾染了几分喜气。年龄越大，仿佛越喜欢这样的场景。

数着那些节气，又是一年路过。从春走到冬，站在春的桥头，远望，四季很长，如今站在深秋的渡口，回望，四季很短。

今日，寒露，又到了更深露重的日子。

没有开窗，沉香的味道飘散在屋子里，微呛，原本习惯了的熏香，在深秋里却有一点不适应。每一个季节，都那么的不同。

已是寒露，白日越来越短，下班回到家天色已黑。喜欢春日的黄昏，下班路上，看晚霞给刚刚发芽的柳枝镶上一层金色的边，心情和清晨出门时一样的欣喜，冬日的傍晚，回家的路上，总是有点匆忙。

不过，深秋的夜晚比起春夜，又多了几分宁静。

四季，都会有不同的时刻让人沉醉。

窗外淅淅沥沥地下着雨，今年的雨水，让这个北方的城有了南方的味道。

寒露之夜，雨下得越来越密，不知明早是否会更冷。

你那里，变冷了吗？

今日，寒露。

天气渐冷，多保重，别让凉意跑到心里。

霜降之日

霜露降，秋色浓，今日，霜降。秋天走得那么快，转眼已近初冬。

今日，霜降，天气暖得让人沉醉。周末，见了好久未见的亲人，说了好久未说的话，喝了好久想喝的酒。

有些酒，越喝越澄澈，有些人，越见越想见。

年龄越大，越懂得珍惜，经历过失去，才更懂得在一起的珍贵。人如此，时光也是如此。

霜降之日，很暖，傍晚时分，沿着小区门外的小菜市慢慢地逛，行动迟缓的老人在摊前摆上几缕香菜，不需要称重，已标好了价格，我拿起一缕，问老人有没有袋子。

他摇摇头说，“没有了”。随后又想起什么，慢悠悠地伸手从上衣里面的口袋拉出一个塑料袋，不太好意思地说，“还有最后一个”。

那个塑料袋不知在怀里揣了多久，皱巴巴的，但可以看出是个没用过的袋子。

霜降，傍晚依旧很暖。

世人的真诚，常常如一道光，照亮人世间。这世上，还是真诚的人多一些，有时虚与委蛇，大概也有不得已的苦衷吧。

那些温暖过别人的人，不见得有多大的本事和能力，只是拥有足够的坦荡和真诚吧。

不怕失去的人，已经拥有了足够的安全感，妥妥的安全感和金钱无关，和地位无关。

那日午后，从集市上买到了中意的植物，枝条茂密，开满了紫色的小花，把它放在办公桌的一角，抬头，便看到它们努力盛开的样子，心底便也有花盛开。

能够愉悦我们的，除了别人的温暖，还有这世间万物的美好。

值得做的事，就好好去做，值得等的人，就慢慢等待。冬日到了，记得给自己温暖。

这个冬天，记得多和让你温暖的人在一起，多想一些温暖的事，坚守该坚守的，放弃该放弃的，走近该走近的，远离该远离的，时光会记得你心存美好的样子。

同样从集市上买来的花，在我的窗台已经开了几茬，今日，阳光下又有新的花苞开始涌动。

所有的失望，都会随着秋风淡淡散去，唯有希望会一直在，就像一盆不断盛开的花，在凋落的时刻，又会生出新的花苞。

今日，霜降。

立冬，初雪

今日，立冬，逢初雪。

立冬，初雪，适合煮一壶老茶，在一缕沉香中看窗外的漫天飞雪，想一些过往的故事，念一些路过的人。

清晨的窗外，还是雨滴落下的晶莹，绿的依旧绿，有风经过，柳枝婀娜，一点不似冬日。

在薛之谦的歌声中整理电脑上的一些资料，间或刷着朋友圈，看到了好多朋友遇见初雪的惊喜。抬头，玻璃上的晶莹已化作纷纷扬扬的细线，趴在窗台，等雪花从天上来。

薛之谦安静地唱着“会有那一天，你把我变废为宝”。歌声不似往日般深情，是经历挣扎之后的宁静和淡然，就像那些雪花开始轻轻敲打我的窗。

窗外的雪让湖边的柳有了冬日的模样，也许明日积雪消融，枝头的绿便不再继续泛黄，能够被时光冷藏，或许也是岁月的恩赐。

漫天飞雪模糊了前方，却清晰了心底。也许真的有那一天，燕子在浪里奔跑，大人们都在傻笑，温度也刚刚好。

在飘雪的日子里开车出门，听到了雪落下的声音，轻轻柔柔。把车里的暖风开足，期待眼前的雪化作晶莹的雨，可以不要雨刮器摆动，影响看雪的心情。

雪一直下，陪着我从一个地方到达另一个地方。

雪一直下，渐渐铺满了我的窗。忽明忽暗的窗外是不断变化着的前方，那里有风吹过。

天凉了。今日，有没有人约你，一起轻酌慢饮，一起谈天说地。或者你约了想见的人，一起赏雪听风，一起走到白头。

立冬，初雪，适合见想见的人。

立冬，初雪，适合煮一锅热气腾腾饺子，把春夏的温暖调成馅，然后裹上秋冬的外衣。于是，四季，就在眼前，然后，四季便妥善安放在你的心里。

今日，立冬，你吃饺子了吗？

从春夏到秋冬，四季的颜色是否曾掠过你的眼眸，四季的风儿是否曾拂过你的脸颊，而四季的心事，又散落在了哪里？

今日，立冬，初雪，适合表白心意。

今日，大雪

周日的窗外，阳光看上去特别暖，映得那些枯黄有了点橙色的感觉。

窗台上，前几日买的水仙已经是郁郁葱葱的样子。曾经养过一盆，最终养成了蒜苗的样子，所以，今年请教店主，怎样在温暖的屋子里让水仙开出花来。

店主送我一袋药粉，它的名字叫矮壮素，可以控制这些叶子的生长速度，喷了两次，效果并不明显，它依旧在长个儿。

有些成长顺应天性，不是我们想阻止就能阻止的了。

即使如此，看着这一盆绿色也很养眼。任何事情，持不同的心态，看到的结果自然是不同的。如果我总是抱怨它不开花，接下来会是各种嫌弃和厌倦。

“蛮秀气的嘛，不开花又怎样呢？”这样想来，心境柔和了很多。

所谓接纳，放过的从来不是别的人和别的事，是自己。

这几日，各种事情聚集到了一起，一番忙乱，几分心慌。仔细想想，其实并没有多少事情要做，只是因为心不安静，才会觉得忙乱。

我是个做事不太有条理的人，常常几件事情混在一起做。前一分钟和下一刻，脑子里常常想的不是一件事情，所以走神的时候居多。

这样的习惯是不是很糟糕呢？今晚突然感觉也没什么不好，这样做事挺适合我的，因为我喜欢的也许恰好是不断变化的事物吧。

今日，大雪，天气冷得很。

傍晚回家，偶然发现，我的水仙竟然长出了花苞。

本是极其自然的事情，因为不刻意期许，竟然变成了惊喜。平和的心态，也许会令自己遇见更多美好。

这世上的事情大概就是这样，你想要的，正在来的路上，或早或晚，它都会出现。

因为这含苞的花，不再惧怕寒冷的夜，下楼走了一圈，遇见的人寥寥无几。

冬日的夜，静谧得有些闲散。

无论是忙乱还是闲散，都是我们该经历的日子，就像四季轮回，心情也要有不同的经历，心如止水的佛系生活，不适合这滚滚红尘。

也许只有穿越红尘，才能与各种美好温柔相认，深情相拥。

今日，大雪。

今日，冬至

今日，冬至，2020 年的最后一个节气。每到年末，才惊觉时光太匆匆。

今天，朋友圈里都在晒饺子，我和同事白天和孩子们一起纪念这个冬已至的日子，晚上回家享受着另一份温馨和幸福。

我很喜欢她们分享在朋友圈里的美好与幸福，无论工作还是生活。

享受工作和享受生活，都是让人喜欢的情怀。有情怀的人，是懂得爱自己的。

今日，冬至，冬已至。那么，春，亦不远了。

我们，在四季的轮回里，始终会有所期待。

今日，冬至，天很暖。中午午休时间和同事沿着小河边散步，路旁的树林里那一片暖暖的枯黄，被环卫工人打扫出一条条小路，据说是为了防火。

我还是喜欢落叶覆盖树根的感觉，它们本来就是命运共同体。

太阳暖暖地照在身上，却看不到被日光拉长的影子。

冬至，依旧可以有很暖的太阳。

冬至的夜晚，有同事加班帮我完成了一份工作，白日里我明明说不着急的。看到截屏，心里是满满的感动。总有人在我们需要的时候，及时伸出手。

这个截屏，让冬至之夜充满了温情。

有温情的日子，大概就是我们向往的生活。

这两晚，一直在享受着和家人的团聚时光，因为有家人的陪伴，生活总是那么圆满，所以团聚也叫团圆。

有家人的日子，仿佛永远长不大。可以偷懒，可以任性，甚至可以无理取闹，能够像小时候一样，这大概是很多成年人的梦想。

小时候，我们盼着快快长大，长大了，却开始怀念小时候。

有回忆总是美好的，也许多年以后，我们会想起今天是一个很暖的冬至。

今日，冬至。

生命是一场充满
惊喜的旅程

感知幸福，是种能力

每日午餐后，和同事相约沿着河边的小路散步，看路边的野草从嫩绿渐渐变黄，真切地感受着时光随身边的河水流淌。日子，也在脚下延伸至远方，就如我从未抵达的河的尽头。

今日，小雨，不知名的叶片上挂满了裹着些许尘土的混浊的雨滴。想寻一滴干净的水珠，未果。北方天空的尘埃，总要等待一场雨，然后方可落定。

偶遇路边的一株植物，我曾在某个午后搜索过它的名字，今日却如何也想不起，似乎是三个字，也许是两个字。当日，还曾经看过它的详细介绍，可是记忆如被蒸发一般，不留一点痕迹。越来越善忘了，暗自叹息。

这些植物与冬青纠缠在一起，叶片的光泽尤胜冬青，刻意为之终究不如自然生长。世间的事，大概也是如此吧，如果太刻意，容易变成不如意。

我们很认真地生活，很努力地工作，自然期待一个圆满。但努力过后，一切随缘，刻意要的那个结果，也许并不是最好的安排。

路边的小花开了很久了，从盛夏开到了初秋。总有人希望自己生如夏花之灿烂，我却觉得清秀的小花更动人。就像生活，有人爱惊涛骇浪的惊心动魄，自然有人喜欢细水长流的天高云淡，前者惊艳，后者静好。无论怎样的生活，都是各取所需罢了。

在天色阴沉的日子里，手机也能拍出各种明媚的色彩，究竟是花花草草的明媚，还是内心深处的明媚？

我更相信目光所及，心意使然。我们喜欢羡慕别人的生活，却不知道正有人也在偷偷地羡慕你。我们不自知的，往往是别人眼中的小幸福。

感知幸福，是种能力。窗外，似乎还有雨滴声，今晚的蛐蛐儿，鸣唱得低沉而温婉，也许因为雨夜，也许因为该说晚安了。

不远不近的暖阳

秋日的午后，阳光温暖地洒在身上，也铺满了心底。阳光从炙热到温暖，不过是一个夏与秋的牵手。世人大多喜欢暖，因为太过炙热，心便会乱，太过清冷，心亦会慌。所以，不远不近的暖，才是恰到好处的舒适。像极了人与人之间的感情，不能太过亲昵，也不好太过疏离，不远不近的相处，才是比较妥帖的陪伴。

秋日的午后，一个陌生城市里的小巷，地上铺满青苔，没来由地觉得它特别有味道。我喜欢陌生的地方，喜欢一些经历时光的老房子，我想，我喜欢的大概是一种陌生又熟悉的感觉吧，明明陌生，却仿佛在梦中来过。

跟好友说起那些似曾相识，她很奇怪地问我："我怎么没有这样的感觉？"于是，我羡慕她的清澈，她渴望我的朦胧。人就是这样奇怪，总是会倾慕一些不属于自己的东西。所以，两个明明不一样的人，也会成为很好的朋友，就像理智与感性可以并存。这世上，太多的不一样，不知道在世界的某个角落，是否有个人和你一般模样，心动着你的心动，忧伤着你的忧伤。

如果，真的有这么一个人存在，你是喜欢还是不喜欢？我问自己，答案始终无解。

也许，有好多人在喜欢着你，可你却不喜欢自己，你喜欢着世间万物，却唯独不喜欢自己，在不断地否定中折磨着自己。也许，有好多人不喜欢你，可是你始终如热恋一般地挚爱着自己，你厌倦周遭的一切，唯独欣赏自己，然后孤独地活在自己的世界里。

这都不是我想要的，对于自己的喜欢，淡淡的便好，就像秋日的暖阳，不近不远，不热不冷。我们可以放纵着自己的小爱好，但依然会顾及身边人的感受。

每个人，都不可能只属于自己。

我们有着太多的不同，允许它们存在，无论是你还是我，都会得到更多的快乐。把排斥从心间清除，便有更多的阳光照进来。

今天过去，留给明天的只是一个故事，世界上有太多太多的人，就有了太多太多的故事，你的故事喜欢说给谁听，又有谁喜欢说故事给你听？能够互相倾听的人，世界再大，也不会走散。

每个人，都过着和别人不一样的生活，每个人，都有不一样的故事。

你喜欢的故事和我喜欢的故事，可不可以编成一个更长的故事，然后在故事里，让我们路过彼此的世界。

边走边聊

今晚，用了很长时间，走了一段很远的路。对我来说，已经好久没有这样，回到家时，双脚微沉，心情却很轻松，看来身体和心情有时也会不太默契。

途中，遇到很多行色匆匆的人，不管是因为锻炼需要，还是急于回家，步履都是那么轻快，我猜想，此刻他们的心情大概也如同这脚步吧，因为肢体语言很多时候反映的是你的心情。似乎，我的话前后矛盾，那又有什么关系呢，人，不就是生活在矛盾之中吗？

张小娴说，“不要逼自己去忘记”，“能够忘记的时候，自然就能够忘记。忘记不是一时三刻做得到的”。可是，逼自己忘记这事，又有多少人曾经尝试或者正在尝试。原来，道理只是道理，生活还是生活，由此可见，很多时候我们过的是没有道理的生活。所以，有人以玩笑的方式说着真心话，有人在一本正经地瞎扯。

有人说，“改变那些能改变的，然后接纳那些不能改变”。然而，我们想改变的东西，定然是自己无法接纳的，所以这和逼自己忘记是不是一样的道理？不要逼自己接纳，能够接纳的时候，自然就能够接纳，接纳不是一时三刻做得到的。我比较接受这个说法，因为它看起来温良无害。

和老公之间，偶尔会有观点不同的争论，辨与驳，乃口舌之争的游戏而已，从来没有对与错，没有输与赢，不变的是正方与反方的习惯立场。比如“有什么样的能力就去过什么样的生活，这样幸福指数会高一些”。也许，这是不思进取的人们最安全的一个借口吧，换个好听的词叫作“随遇而安”。

随遇而安，其实也不容易做到，除了对当下的享受和满足，还要有面对意外的勇气和淡然，在不愿忘记的时候就记得，在不愿接纳的时候别憋着，不难为自己，也不苛求别人。无论怎样的动荡，心静，万物静。

冬日的某个周末

昨日小雪，已是冬季。周末，冬雨来来去去，天依旧不冷，气压很低，容易产生忧思的日子。电脑里放着喜欢的音乐，旁边是喜欢的香茶，加班整理一个比较急的材料，心情平静且温暖。学会了一项新的技能，来整理庞大的数据再进行分析，我跟老公说：“大数据真好。”他说：“这怎么能叫大数据？只是一个软件而已。”无论怎样，掌握一项新的本领总是让人欣喜的。

女儿发来一张图片，她也在加班，她和一个同学在制作海报。曾经，我问女儿：“你们学校很穷吗？为什么每次活动宣传的海报不能用喷绘的，总是用手工画的，费时又费力。”如今，看到这张图片，我赞同了学校的做法。把你的想法，一笔一笔描绘出来，这个过程，与时间无关，与金钱无关，唯与内心有关。能够把内心表达出来，应该是一种幸福的感受吧。

朋友圈里，我中小学的同事们也在加班参加说课大赛，视频里，说课的老师激情四射，照片里，听课的老师聚精会神。周末加班，并不是一件让人开心的事情，能投入到一件令自己不开心的事情中，除了态度，我觉得更多的是心态吧。没有人能替你走该走的那些路，所以，与其抵触，不如笑纳。

你有正在回避或不愿意面对的事情吗？如果有，你愿意与人分享吗？我很喜欢女儿能跟我说“忙死了，××× 真讨厌……我一看到工作群里空空的，心里特别高兴”。尽管我每次都说“不要抱怨，做好你该做的”。但我心里，是赞同她的，当她真正把内心的不喜欢表达出来之后，那些不喜欢就只是随口说说而已，她依然会把每件事情做好。所以，我们没必要太在意一些别人的看法，偶尔的抱怨也能解压。今天，你有没有抱怨过？你又是和谁抱怨的呢？

人与人之间的关系就是这么微妙，有些人你相处了一辈子，一句真心话都不愿对他说，有些人，你们认识不久，你却愿意把真实的自己展示给他。也许，是因为他让你感觉到了安全吧，因为我们的本能一直是趋利避害，也许是相信冥冥之中的缘分。所以，有个可以说真心话的朋友，一定要珍惜，一辈子其实并不长。

有人懂你，自然是人生的圆满，无人懂你，也是生命的常态，毕竟大家都那么忙。每天，来来往往中，有人路过，有人离开，高兴也好，遗憾也罢，所有的情绪在未来的某一天你都会不再记得。往事随风，落在过去，飘向未来。所以，你的当下，应该是你满足的状态，如若不满，便是放弃了自我。

雨天，适合文艺

放假了，竟然没有想象中的那么兴奋，所以，有些事情，确实是期待比得到的感觉更加美好。假期第一天，狂风，暴雨，待在家中，沏一壶茶，追一部剧，时光可以被挥霍，感觉很好。心中无杂事，便是好时光。

昨晚，和老公去看电影《扫毒 2》，比起第一部，情节让我觉得更过瘾。黑暗中看着一同观影的大众，平均年龄也就二十左右，不禁对自己始终如一地热爱香港警匪片发出赞叹。曾有朋友对我喜欢悬疑、枪战之类的影片表示不理解，认为像我这样的女子应该喜欢文艺片，可是在我看来，文艺片实在是太闷了。

只有持久地喜欢，才能称得上是爱好，而我们往往是在不同的年龄段有着不同的兴趣。尽管兴趣和爱好常常被放在一起讲，在我心里它们是不一样的。兴趣，容易被人和事以及环境所影响，所以我们常说的兴趣，是被培养出来的。爱好就不同了，它是内心的真实需求，你爱的必然是你认为好的，所以才叫爱好。

也许每个人都会有别人理解不了的爱好吧。我眼中的黑从来不是你看到的黑，你眼中的白也未必是我心中的白。每个人的内心是不一样的。每天，接触很多和你不一样的人，体会他们带给你的感觉，这样的生活多么有意思。想一想，如果所有人都和你是一个模样，这个世界该是多么的无聊。

无聊这个词，在每个人心中的概念是不同的，比如某天我拿着三根狗尾巴草在路上摆拍，路过的人，回头看了看，我猜他们会心中暗想：多么无聊的人才会干出这么无聊的事。那又怎样呢？他阻止不了我对狗尾巴草的端详，也阻止不了我把拍得不甚理想的图片给别人显摆。这无聊的事情对我来说特别有价值，这三根草愉悦了我，这就是价值。

放假了，有时间、有心情去晨练了，看树枝对镜梳妆，看白云落进水面。

放假了，有时间慢慢品尝闺女做的美食，逐一点评她的厨艺，温柔地和她辩论。今天，她说我俩的交情不算浅，因为上次点的外卖钱还没还给她，两天了，她都没追债。嗯，确实不浅，这让我想起了几个月前为她垫付的一笔款。所以说，年轻人喜欢立竿见影，中年人则喜欢来日方长。谁更有优势，很难说，不是吗？

假期第一天，你那里下雨了吗？我的窗外，雨一直下，潮湿的空气里，你在想念谁，又有谁在想念你。

雨天，适合文艺。

没有到不了的远方

下过小雨的夜晚，天气凉爽，已经九点多了，小城的街道上还很热闹，路边摆摊的小贩热情高涨，不停地向路人张罗着买卖。路灯照不到的地方，不时有明晃晃的灯束划过，夜晚寻找知了猴的人又多了一些。夏日的夜，热闹的时间越来越久了。

人们为什么越来越晚睡？大概是家中的孩子已经放了假吧。很多大人的自律，其实来自孩子的约束，如今，被学校解放的不仅仅是孩子们。

假期中，去市场买菜的机会多了，时间宽裕，可以慢吞吞地走路，可以神色悠闲的东张西望，可以随心所欲地挑挑拣拣，顺便再关注一下各种蔬菜的价格，哪怕没有想法带它回家。忽然发现，当我有大把的时间去选择时，却越来越难做出决定了。

人之所以有选择恐惧，是不是因为给他的时间太多，选项也太多。世上既有“乱花迷人眼”，自然也会迷心智。

在这个假期开始之前，心中也是有规划的，不承想被各种琐事搅乱了计划，如今那些“预谋”似乎一个都没有实现。在随心所欲与随遇而安之间，隔着一个叫作时间的东西，这不是生活之殇，这是生命必然的经历。经历越多越淡然，看淡了那些渴望和幻想，身体就会安然地待在一个曾经想离开的地方。

远方是哪里？不是某一个具体的地方，而是一次心灵的流浪。

心驿动，也许没有到不了的远方，雨后熟悉的街道上，也能飘来远方丁香花的味道。心若如止水，身体到达再远的地方，也会在某个瞬间，画地为牢。心被桎梏，再无远方。

入伏了，天还不太热，在小城的街道上走来走去，于是就走出了假期的味道。那些在假期中欢腾的孩子们，那些欢腾的大人们，还有那些可以晚归的夜晚，都很美妙。

新版电影《狮子王》上映了，相约和女儿去看。中文版的影厅里，满是孩子，很闹腾。女儿说：“和我记忆中的一模一样。这么好的片子，可惜不能安静地欣赏，真不如去看英文版。”我说：“只有这样才能真正找到童年的感觉。”不是吗？

记忆中的美好，一定是活生生的，它是一个场景，而不是一张静止的画面。即使是一张图片，有人能够看出各种味道，有人却觉得特别寡淡，差别就是一份心境而已。你和它心意相通，哪怕它是一张褪色的老照片，也会活色生香。

夏日午后的窗外，知了不知疲倦地鸣唱，有人因此歌颂夏的美妙，有人因此烦恼夏的聒噪，人与人的不同，只是生活的心情不一样罢了。

这几天，楼上的阿姨在装修房子，她提前几天便拜访了邻居，并且带了礼物。老房子装修，动静确实很大，满楼道的建筑垃圾，却没人烦躁与抱怨，可见，人与人之间的沟通有多重要，可见，有颗包容的心，又有多重要，它放过的不仅仅是别人。

每个人的日子都是数着数着便不多了，所以，别浪费时间和别人过不去，也别浪费精力和自己过不去。

如果，这个世界和你过不去，转身，别理它。

今日，花开

午休时间，和同事散步到花市，天气转暖，花的品种也渐多，看到几株不熟悉的花束，询问老板花的芳名。老板答“芹菜牡丹”，第一次听到芹菜和牡丹在一起的花名，就仿佛看到一对很不般配的情侣一般。叶似芹菜的叶，花似牡丹的花，很奇怪的组合，不是吗？人的认知就是这么奇怪，超出自己的想象，便会认为不合理。其实，生命的存在又何须理由呢？

就像我们每个人，存在的价值和生命的意义究竟在哪里？小时候我们听爸爸妈妈的话，做个好孩子，长大了我们听专家的话，做对好父母，还会有人对你说，“你任何的成功弥补不了教育孩子的失败”。我认为，成功没有期限，考上名校不叫成功，功成名就也不叫成功，因为奔向成功的路很长，直至我们终老。成功的人生是什么样子？我理解的成功，便是幸福地活着，你和你的孩子，都在幸福地活着。那么孩子将来的幸福，该怎样界定和培养呢？

武志红在《巨婴国》中谈到了“一切都是为了儿女”的虚妄，我们为什么要把自己的生命价值附着在别人身上，别人荣，我们便荣，别人失败，我们便也败了。我们把“希望”这个东西寄托在自己孩子身上，这希望大多是我们期待的荣光，然而有多少人希望孩子能过上他们自己认为的幸福的日子？

我们一心一意地把孩子培养成人，看他们结婚生子，如我们一般，又一心一意地培养他们的孩子，一代又一代，周而复始。那么我们该不该把生命的意义放在孩子身上呢？我觉得要放的，为人父母，养育儿女，也是职责所在。但所放的应该只是一部分，正如我们不是孩子的全世界一样，孩子也不应该成为我们的全世界。留点时间、金钱和精力，用来培养自己，把希望寄托在自己身上，也是不错的人生。

我很欣赏一个老同学的活法，尽管多年未见，但微信朋友圈让我见证了她努力培养自己的精彩过程。瑜伽、茶艺、古琴，我看到一个娉婷的女子正款款走来，岁月从不败美人，只要对自己有希望，什么时候开始都不晚。

你对自己现在的样子满意吗？如果不满意，你想如何改变呢？与其抱怨现实的残酷与生活的无奈，不如为自己寻找一份希望，只关乎自己的希望。当你成就了那份希望，孩子从你身上便找到了幸福的模样，你幸福的样子成为对孩子最好的教育。

年前陪女儿外出比赛，在拥挤的地铁上，女儿说："妈妈，将来我不要独自到大城市工作，太孤单了。将来我要在你身边，我上班，你做饭，每天下班都可以吃到你做的饭。"我的女儿似乎胸无大志呢，如果将来真的如她所愿,这样的人生算不算成功呢？我们养育她的目标，究竟是希望她飞得更高更远，还是守在自己身边继续过着平淡的小日子？答案在每个人的心中。

什么是幸福？根本没有标准答案，你所认为的都是对的，因为能够遂愿，便是最好的生活。

与正月初十相逢的情人节

往年这个日子，朋友圈甚是热闹，上午翻看朋友圈，除了推销礼物的在刷屏，少了各种恩爱秀，今日，正月初十，一个飘雪的日子。想起一句话，"心中有爱的日子，天天都是情人节"。很有道理，不是吗？我们已经不需要通过一个西方国家的节日来证明什么。

上午边打扫卫生，边听广播，边想着中午给家人准备什么午餐，思绪安静且丰盈。有人需要你，也是很安稳的幸福，期待着成为别人的期待。

有些事，错过便不会再来，有些人，转身便是一辈子。今天，永远是余生最年轻的一天，所以要用年轻的心过好每一个今天。

一个女子，青春貌美时有多少男人爱慕不值得炫耀，而有一个人把你变成心底烙印才值得自豪。无论是红的蚊子血，还是白的饭粒儿，都让每个女人避之不及。那么该怎么做才能永远都是朱砂痣和明月光？能够侥幸逃脱人性的贪婪，也是幸运的。

“一直都在”，是幸福二字在生命中书写的笔画。无论爱人还是朋友，她（他）在时，请深爱，离开时，请微笑。生活，从来不会亏待每一个努力着的生命。

窗外，雪一直在飘，去年的鲜花如今依旧盛开。喜欢不起眼的雏菊，就像喜欢寻常的日子，淡淡的芬芳，长长的时光，无须有热烈的悲欢，只要简单的小快乐。世间的男子和女子，最终想过的无非是这样的日子吧，我想我是这样的。

假期，空闲的时候追了部校园剧，被老公和女儿取笑：我这样的年龄看校园剧。那又怎样呢？看得开心便可，合适与否，只是别人的看法。

广播里面在说，“遇到错的人，才知道谁是对的人”。我想，每一段感情的初始，对方都是那个对的人吧，只是走着走着，有的人走进了彼此的内心，有的人却擦身而过，然后渐行渐远。多年后忆起，希望不再计较对与错，能在心底说一声“好久不见，谢谢你曾经走向我”。

尽管我们的存在不是为了取悦谁，但大多数人活得很累，要经营好工作，经营好家庭，经营好自己的朋友圈，唯独很少想过经营好自己。

寒冷的日子里偶尔会有点咳喘，不再像以前一样勉强自己，因为与自己的身体对抗，一开始你就输了。静坐，静静地看着雪花从眼前飘落，静静地写下一段文字，让身体安静，让心灵安静。稳稳的幸福，不过如此。

路过，偶思

傍晚外出，经过超市附近的小吃街，各种小吃散发出各自独特的香味，站在小吃摊旁边的大多是青年男女。一对小情侣手拿烤肠，边走边吃，小姑娘吃得特香，吸引我的是她脸上满足的笑容。一根烤肠，因为和心爱的人一起吃，此刻便是人间天堂。

我记不起自己有多久没有这么张扬地吃东西了，也记不起上次在这条街上吃肉串是什么日子了，似乎已经过了很久很久。

当我们不再当街吃东西，不再放纵，究竟是成熟了，还是在老去了？当我们不再拥有简单的快乐，是深沉了，还是世俗了？曾经请一位不熟悉的朋友吃饭，在选择餐馆时，他说："姐，其实我更喜欢坐在路边吃大排档。"吃大排档的感觉确实放松，但如若是想表达谢意，是否有点太随意？最终我们没有去大排档。所以，成年人觉得累，是因为想法太多。

很多时候，我们没把自己当回事，很多时候，我们太把自己当回事。周末参加活动，手机关机上交。没有手机，时间突然变得好长，让人想起从前的慢时光；没有手机，周围突然变得好静，其实是心安静；没有手机，人们变得善聊，感情也热络了很多。下午，取到手机，迫不及待地查看，其实并没有几个人找我。

晚上回家，女儿分享这两天外出培训的心得，"只是参加了一个大型旅游观光团"。爸爸说："难道就没有收获吗？""听北大的一个姐姐说，她们学校有一百多个社团，涉猎的领域很广。"然后女儿用羡慕的语气继续说，"听说还有撸猫、撸狗的社团，我特别喜欢。"现代的大学的学习生活如此人性化，是我理解不了的。也许存在便有道理，无论你接纳与否。

所以，当我看到迎面而来的小姑娘边走边吃，我想到的不是垃圾食品对身体的危害，而是年轻真好。

每日都会有收获

今日天暖，空气质量却很不好，身体各种不适，同事调侃我，说我的身体比仪器还灵敏。这世上，总有些事情不是你努力就能控制和掩盖的，比如咳嗽，很无奈。

每年初冬，都期待和身体的不适一别两宽。

可惜，久未如愿。

有些事情，时间久了便成了习惯，连身边人也是如此。比如，某日好友问："天冷了，你还没咳嗽呢？"似乎，没有我的咳嗽，这个冬天就成了假的一般。

所以，有些事，时间久了便也淡了。哪怕曾经痛不欲生，时间久了，也变成了别人的故事，如水般清淡。

常有好友安慰，"像你这样的人，一定会长寿的"，我很欣慰，所以便活得无畏。每个人的生活，都会或多或少有些痛，有些痛，别人看得到，调侃几下，便风轻云淡了；有些痛，别人看不到，只能在深夜里独自忍受。

所以，比起灵魂的不适，身体的不适仿佛如过眼云烟。

今天在幼儿园，看着一台大大的玩具被分解成一个一个小的零件后，成为孩子们的新玩具，三五个小伙伴，骑在上面，甚是神气。忽然之间，对这份职业，有了更多的喜欢。喜悦，就像感冒一样，会传染的。

所以，做个喜悦的人吧，这样，会有很多人喜欢。

每日午后，和同事沿着河岸散步，看路边树上的叶子一天天变少，看河里的水流深深浅浅地变化着，岁月久远，却又仿若初见。初冬的树荫，开始光影斑驳，树枝上飞来飞去的鸟儿越来越清晰可见。

每日，都会有收获的，比如今天，我认识了茅草，以前，我把狗尾巴草叫作茅草。

每日，都会有收获的，比如今天，我吃了幼儿园小菜地里刚摘下的一个小番茄，它长得那么丑，可是它竟然那么甜。

每日都会有收获，比如昨日的夕阳，美得那么有力量，美得那么有希望，美得让你对它无言。

所以，活着的每一天都会有收获，不是吗？

美好如是

跟好友讨论，家庭中女人的作用和地位有没有必然的联系，讨论无果，因为任何一个结论，对方都能找出身边的一个例子来反驳。所以，婚姻可能是没有规律可循的，因为个体不一样，每段婚姻关系自然也是不同的。由此可见，婚姻关系不可复制。毕淑敏曾说："婚姻不能改造人，人必然改造婚姻。"可不可以这样理解，不要试图用你们的婚姻关系把对方改造成自己希望的样子，但可以把婚姻改造成自己希望的模样。

无论你的婚姻是怎样的状态，是幸福还是不幸，应是"如人饮水，冷暖自知"。你羡慕别人纪念日里的玫瑰花，殊不知别人正在羡慕你每天清晨热腾腾的早餐。婚姻是不是你想要的样子，无论是彼此成全还是相互成就，离不开"心甘情愿"几个字。我不喜欢用"相敬如宾"来形容婚姻的状态，热切爱着的人，才会在对方面前随意使着小性子。你在家里也扮着淑女的样子，只能说明一个事实，眼前这个人，你并不深爱，或者你在卑微地爱着他。

在一段不对等的关系面前，必然有人咽下了委屈，这样的关系，不仅限于婚姻。平等的关系里，可以自由呼吸，可以做自己喜欢的那个自己。其实，我们看待婚姻的态度，便是我们面对世界的态度，无论经历了什么，从不会失去希望。

爱与自由，一切如是。最近朋友圈盛行一句话“愿你有衣暖身，有人暖心”。添衣容易，遇人看缘，没有两个人是平白无故相爱的，所以，遇到请惜缘。

天凉了，开在野外的小花开始变得零零星星，更加醒目了，我们很容易捕捉到它们的神韵，在一个飘落的季节里，水灵灵地存在着，活成了一抹阳光。如果我们也可以这样，无人暖心，心亦不冷，该是多好的生活。

天凉了，记得早晚加衣，记得常暖己心。照顾好自己，是这个世界上特别重要的一件事。

每日里有一份想记忆美好的心情，弥足珍贵，婚姻如是，生活如是，工作如是，一切如是。心存美好，在每一个平凡的日子里。

娓娓道来

一个人的晚餐，叫了喜欢的外卖，把音乐开到最大，听着那些或深情、或动感，叫不出歌名的歌曲，吃得满手满嘴是油时，感觉就像走在陌生城市的街道上，那么满足，那么肆意。

灯光下，好友送的向日葵正在绽放。黑黑的花冠，让我想起了诗句，“黑夜给了我黑色的眼睛，我却用它来寻找光明”。心底有阳光的人，目光自然会穿越黑暗，心若潮湿，眼睛也会朦胧吧？

看到朋友圈的文章，快递员被恶意投诉，下跪求饶，民警仗义执言，声讨投诉者，心中特别快慰。这世上，好人与恶人同在，但我们总是容易被正能量感动。真的，我被感动了，所以，今晚的外卖比承诺到达的时间晚了四十分钟，但依然笑着对派送员说：“虽然有点晚，但是谢谢你！”小姑娘有点不好意思，低头浅笑，随后抿了下头发转身下楼。愿这世上善意多点。

这世上，还有种幸福叫作“从容”。让自己从容地面对一切，是在更好地爱自己。爱自己的人，自然不会为难自己，吃喜欢的美食，逛喜欢的商店，过喜欢的日子。

心若向阳，岁月无恙。

太久没有出远门了，想念远方的山，远方的海，还有远方不知名的花花草草。我为什么会如此渴望一个陌生的地方，我想了很久，大概是因为我总是走错路吧，在熟悉的地方走错路，是一件很丢人的事情。

女儿今晚去烫头发了，终于实现了高中时最大的愿望，据说明天要聚会，我诚恳地建议："明天，咱穿裙子去聚会吧，别再一身运动服了，因为你精心打扮是对这场聚会的尊重。"

精心装扮，然后赴一场期待已久的约会，心情亦美丽。

那些没开在枝头上的花

今年的春天，温度忽高忽低，心情便也起起伏伏，因为对于我来说，气温骤变带来的不适感太明显。温暖才能让我安好。生命中，有些事，该你经历的，真的是无路可逃。不是宿命，只是接纳。

尽管天气忽冷忽热，但不影响春色，所以不要错过与春日相见倾心的机会。街上，一树树繁花开得刚刚好，有没有发现那些开在树根处的花呢？因为离枝头很远，应该很少有人发现吧。给它们拍照，需要蹲下来。然后你发现被凝视的生命，白的像雪一样洁净，粉的像霞一般娇艳。

花开有期，有些花直接长在了树干上，真不知道这些开在树干上的花，哪里来的自信与坚强，没有枝条仰仗，没有绿叶撑腰，独自漫步在这一春。枝头有那么多俏丽的花，谁会蹲下来端详它呢？也许这一生，都是在孤芳自赏罢了。所谓坚强，大概是没人可以替代的勇敢吧。长在树干上的花，开得挺励志。

看见一朵完整的花，静静地绽放在土地上，仿佛还在枝头一般，因为它应该还没有做好飘落的准备。

一场春雨，花飘落到一丛绿草中，演绎一场生命的邂逅。尽管是落英，却一点也不凄凉，黛玉葬花，葬的是心情罢了。

这样的日子，走在路上，抬头是景，俯首也是美好。一花瓣，一叶片，安宁静好。

这世间的风景，只有亲历才有随处可拾的感动。

那些美丽的女人们

又是天寒地冻的季节，不仅路边的植物变得颜色单调，走在街上的女人们也失去了色彩。蓝的、黑的，各种臃肿的棉衣裹住了众多曼妙的身材，漂亮的高跟鞋被平底靴代替，飘逸的长发被棉衣领子、帽子挤得仿佛刚刚起床还没来得及整理。街上，突然少了好多生机。

前几日刚与朋友谈及女人是怎样的赏心悦目，这种欣赏似乎与外貌无关，因为一个养眼养心的女人，已不能用“长得漂亮”这么肤浅的词语来形容。她的美丽来自一种气息，比如生活中的精致。同学建了一个名字叫作“今天吃什么”的群，群成员是一群热衷厨艺的女人，很多人我并不认识。每每打开微信，群里都很热闹。

每天，各种让人垂涎的美食被摆放在一个个精致的餐盘里，眼前则是一个戴着漂亮围裙的美女，眉梢带着笑意，嘴角挂着满足，麻利地为心爱的人准备三餐。尽管我不认识她，但我固执地认为，她一定长得特别漂亮，这种漂亮带着烟火的香气，隔着屏幕都让你向往。

曾经参照群里的图片尝试烹饪，尽管不甚满意，也还是得到了家人的称赞。然而，我终究不是个爱进厨房的女人。那些美丽的厨师，一定心中满满都是爱。因为爱，她们光彩照人。

因为对家庭教育感兴趣，曾经考取过几个职业资格证书，由此结交了众多好友，也进了好多的专业群，却很少在里面发言。群里时常发布一些周末的课程，我纠结要不要去听。可惜每次都会找到各种各样的借口不去。然而，看到好友一直不间断地学习，心中也着实羡慕她们的激情。一个对自己有要求的女子，她的美丽便成为气场，感染人，激励人。这样美丽的女人，心中是有一股劲的。

从集市上买的花束，插在花瓶里养着，如今还剩下两枝。还有一周，它待在我的办公桌上就两个月了，花枝有新开的花朵，此时正艳。曾经因为清洗花瓶碰掉了花枝长在水里的根须，担心它会就此告别。没想到，它还是努力地盛开了。离开了土壤，它能够再度开花，也让人心生佩服。像不像不被生活眷顾与宠爱的女人，历经沧桑，依旧笑对生活呢？有经历的女人是美丽的，她能够在兵荒马乱的生活中依旧淡定优雅。这种美丽动人心魄。

每每有阳光照到花枝的身上，我仿佛能听到一声满足的叹息。心怀希望，终究会等来阳光。这世上，让你失望的事情有很多，同样，带给你希望的事情，也常常会在转角处遇见。所以，大胆往前走的姐妹都会有好运，也会一直美丽着。

河水被冰封了，荷还在吗？在的，你看到的是它冬装的样子，她充满活力的心藏在水底，等待下一个春天的到来。就像换了冬装的女人们一样，在等待一个让自己绽放光彩的春天。心中有期待的女人是美丽的，这种美，终其一生，如影随形。

那些叶儿

北方的秋，总有不可言说的风韵，待满目的绿如花般绽放完光彩，秋意便如约而至。秋日的午后，一座山间的院子里，一口上了岁数的水瓮，被洋洋洒洒的红叶片缠绕着，阳光洒下来，心情便如梦般缥缈。

煮茶，听风，然后在每一个叶片上写满思念，终究还是叶短情长。时光还在，我们却在时光里渐渐老去，看尽似水流年，却依然信守着地老天荒。如果可以，你愿不愿意停留在某一个季节里？

叶片爬满院墙，绿意还在，它们躲在了岁月的一角，这里秋风很清浅，所以只是点点的红。坦然面对光阴的那些藤蔓，每根经络里都已写满了故事，渐渐老去，依旧可以风姿绰约，像不像时光里的那些美人，年华逝去，不再拥有水灵的外貌，却日益风雅美丽。

一根藤选择了一棵树，缠缠绕绕地向上生长着，像个柔情似水却又内心坚定的女子，可以低眉颔首地微笑，也可以昂首与大树一起面对风风雨雨。树和藤的爱情，不知是从哪一个春天开始的，在世人眼中，也许是柔软的依附，殊不知藤也可能是树的信仰与骄傲。你看到的也许不是你可以理解的，所以，不要擅自揣摩。

这世上能够打动你的，大多是内心的喜欢，也许这份喜欢你并不自知，但遇到，然后驻足流连，便是心意的自然流淌。然而总有人压抑着自己的喜欢，于是路过也视而不见。春风，夏花，秋日的暖阳，这一年，我们已然走过了三季，是否依然了无痕迹？

你以怎样的姿态活着

家庭群里，姐夫发来一段视频，拍的是姐姐在马路上边走边吃糖葫芦的样子，背景能听到他和姐姐开心的笑声。视频长度十五秒，我看了三遍，因为除了糖葫芦的甜，还有生活的甜。我喜欢，迷离的灯光下那略带甜味的夜色。被咳嗽折磨，冬天我便很少在晚上出门，饮食也有所忌口，日子过得似乎越来越小心翼翼。

当你的生活因为某种禁忌变得拘谨，该是多么的寂寥无趣。人往往是这样，喜欢把所有的怀念都安放在失去之后。心心念念的一定是自己不曾得到和已然失去的，而那些正在身边的，却很少挂念。

所以，与其怀念，不如相见。

晚上，闲暇时光便给绿植的叶子喷水，看它们水灵灵的样子，满心欢喜，心绪也渐渐安宁。欢喜和安静，从来不矛盾，安静的心也可以有雀跃的欣喜。就像今晚听了几首老歌，拍了几片叶子，随意写下几段文字，心意热络，情绪淡然，这样的状态，其实也有点甜。

你在以怎样的姿态活着呢？每个人都不一样，有人日子很苦，活得却很甜，有人日子很甜，过得却很苦。选择怎样的姿态，便选择了怎样的生活，一辈子还很长，把每一个苦日子过甜，才是对自己最好的慰藉和呵护。

小区南门的路口常年有个水果摊，卖水果的女摊主年龄没我大，但因为常年风吹日晒，日渐苍老。女摊主的老公偶尔会在水果摊帮忙，每次他在，两人便会打闹调侃。我曾怀疑男人不是她老公，因为他俩相处的状态一点不像生活多年的夫妻，而像一对热恋中的情侣。

他俩的确是夫妻。

原来，世上还有把夫妻陪伴处成时刻热恋的婚姻。天冷了，得继续守着水果摊，女人很苦，可是守着这样的婚姻，她的心里也会很甜吧。再苦的日子也甘之若饴，这样活着，简单而深刻。

这世上，总有人比我们苦，也总有人比我们甜。谁也不懂别人的苦，却很容易感知别人的甜，其实，我们的心灵一直是向阳盛开。

当向往变成执念，你便会朝着你喜欢的方向生长，再苦再累，心也甜。

因为，你正以自己喜欢的姿态活着。

秋风吹过的心事

“霜降碧天静，秋事促西风。”今日，霜降，秋天的最后一个节气。此刻，秋风正从窗外路过，我们站在秋天的渡口，看到了冬的身影。往往，在我们回首时才发现四季的轮回太匆匆，从春走到秋，所有的故事都发生在过去。

清晨的公园，有一位老者每天面朝湖水独自锻炼，一身肥大的练功服，常被晨风吹得飘起，有一番仙风道骨的风采。我关注老人是因为无论舞剑还是太极，他的动作总和放的音乐无关，想快便快，想慢即慢，完全不受音乐控制。某日路过，老人在做广播操，节奏竟也和小音箱里的口令完全不一致，能够不被这么强烈的节奏干扰，他的内心该是多么笃定。

你会不会被外界干扰呢？大概很多人会吧,也许是习惯了,也许，只是在意着别人的眼光，因为太多时候，我们要随大流而不能特立独行。是我们活得太明白，还是一直糊涂着？也许，有人在装明白，有人在扮糊涂吧。装扮着的人生，从春走到秋，只是一场风的心事，路过，转眼无踪。

我们循规蹈矩地过着约定俗成的生活，似乎更加心安和坦然。其实日子总会深深浅浅，心情也会起起落落，但不影响我们每天一脸平静地面对来来往往。

心，之所以可以代表思想和生命，大概便是源于它的强大与宽容吧，心里，盛得下我们想放进去的所有，包括你不想告诉别人的那些心事和情绪。

收到了闺蜜送的生日礼物，尽管快递迟了几天，拆开的过程依然充满期待。是一套漂亮的瓷器，她说“可以提高饭菜的颜值”，我说“为了配上它们，我要好好练厨艺”。这世上，不仅仅是两个人在一起需要般配，很多事物也需要般配，赏心悦目的生活大概是由众多的般配幻化而成的。

眼前的美景与你的心情般配，景缱绻，心柔软。一段文字和你的心意般配，淡墨素笺，浅望尘缘。一壶清茶与你的口味般配，轻轻静静的淡雅，却留香于唇齿之间。这世上，所有的般配，大致都始于美好的期待吧。

我们喜欢一切都圆满，比如春，就该是明媚的，夏，就该是热烈的，秋，就该是澄静的，冬，就该是纯粹的；身边的每个人，就该是幸福的，身边的每件事，就该是顺遂的。这样的期待，便是与自己的生活般配。秋风起了，落叶遮不住你爱笑的眼睛，愿你笑意从心而来。

晚安，霜降之夜。

秋日雨夜

一场清冷的细雨，凉了周遭的空气，乍冷的日子，有点不太适应。待在屋子里，隐约能听到细碎的雨滴声，这样的夜晚，一卷新书，一盏香烛，一段心情，不负所有遇见。书是女儿送的，香烛是好友送的，这世上，有人与你心意相通，是让人安心又幸福的事。

那盏香烛埋在花丛中，一个简单的烛杯从花团锦簇的热闹中脱离，然后燃起暖暖的光，慢慢散出淡淡的有点甜的香气，这才是它本来的模样。可是，如果没有了那些花朵的点缀，只有一个很简单的包装，会不会喜欢的人就少了很多？

光阴背后，再浓郁的尘世味道，也会渐渐平淡如水，繁华落尽，是清风明月般的淡然。所以有人说越长大越孤单，孤单是因为我们走出年少时的喧闹，却无处安放灵魂，于是浮躁、焦虑、油腻，到了心累的中年。如若可以，学学那盏香烛，静静地燃烧，慢慢地散香，然后等待别人记下这一剪时光，可以见于文字，也可以刻于心底。

所以，遇见，别急着表白，先问问自己是否真的喜欢，于某个人，于某些事，于世间万物，都是如此。你的喜欢，因为真心，会让尘世开出繁花。

让尘世开出繁花的，一直是你的心思和情绪。让心长成一棵会开花的树，在四季轮回中，可以留下一地花香。如果你愿意，随时都可以遇见最好的年华，还有最美的时光，哪怕正处在有些慌乱的日子里。

我们阻挡不了晨昏日暮，也抵挡不住时光的流逝，唯有在擦肩而过的时光里稳住自己的脚步，不至于跌跌撞撞，不至于心生恐慌。

长长的日子慢慢走

三月的第一天，有点阴，很暖，一个工作材料写写改改了一整天，总是不满意，心中便有了几分烦闷。年龄越大，便越发现生活时常不能令自己满意，其实在意的只是别人的眼光和看法而已。有时，真该告诉自己“我只能做到这样”，而不是“我还可以更好”，放过自己之后，豁然开朗，也许事情会出现转机呢。所以，合上电脑，拿起手机，去给花花草草拍些照片。

三月，草木蔓发的日子，总是让人有所期待。瓶中的花儿，那些红的、绿的早已凋落，只留下一片素白和淡黄。艳丽的姿色不如朴素的清浅更长久，所以情绪也是这样吧，太过浓烈，终究也是不好的。淡淡的愁与淡淡的喜，才是安然过日子的样子。

身体时好时坏，心情也会跟着起起落落，其实心里明白，左右身体的大多不是外界的诱因，而是心理在作祟。然而“明白”与“做到”之间隔着接纳和坦然。看着花儿，心里多了几分坦然。让自己心意转变，也许只在一瞬间，一朵花，一片叶，甚至是一缕春风。

那些花儿，从冬走到春，大概是我养的最久的一束花了。瓶中的水换了一次又一次，它的枝条被剪了一节又一节，因为用心，所以长情吧。

日子走得太快，所以匆忙间会忘记了一些事，顺便忘记了心中的某个意念。如此想来，我终究也是浮躁的，太想得要结果，却忘记了本该慢慢走。

很暖的三月

三月的第二天，天气依旧很暖。夜里的风，微凉得恰到好处，好友相聚的夜晚，连空气都这么体贴。小酌，然后高声欢笑，竟是这般舒畅。

女儿两周才能休息一晚，这一晚，我如她一般地开心。高三的生活，有点“兵荒马乱”，距离高考的日期只剩下“两位数”，和女儿谈话越发谨慎，我想，天下的母亲大概都是如此吧。没有人能够心大到不关注儿女的学业，尽管知道关注的结果可能事与愿违，因为孩子都有自己的学习节奏，我们所有的干预，都会打破她的节奏。为了“母慈子孝”，是时候管住自己的嘴巴了。沉默，然后发现，不唠叨可舒缓自己的情绪。

由此我们发现，对别人的指责和抱怨，不但不能减轻自己的怨怼，反而会让自己陷入自怨自艾的境地。没有谁该担负着别人的希望，与其全身心地期待着别人，还不如想办法对自己充满希望。比如在春风荡漾的夜晚，和三五知己，小酌，畅谈，然后发现除了昨天和今天，你们还有可以畅想美好的明天，这就是好友一直都在的好处。

这一生，我们不知道有多少人会与我们邂逅在红尘中。有些人，一直都在，那就好好珍惜；有些人，会转身离开，那就好好道别，与其怨恨与纠结，不如及时放下，让往事随风。

三月的第二天，天暖，人好，我很喜欢。

深夜鸡汤

初秋的夜晚，风从窗外吹来，似水般清凉。蛐蛐在窗下唱得正欢畅，加班，让人心烦气躁，努力让自己的心思宁静，却有一种无力感，这是一种有挫败感的不良情绪。接到女儿的视频聊天邀请，于是顺理成章地放下工作，陪女儿聊聊。

她跟我分享丰富多彩的大学生活，我跟她吐槽加班的无奈和辛苦。互道再见时我恍然发现，我俩的对话角色在不知不觉中发生了互换。曾经，许多个夜晚，她跟我倾诉埋头苦读的劳累，我给她描绘未来生活的美好蓝图。时光，不经意间，总会改变些什么。两个聊天的人，总得有个人卖惨，另一个人才有炮制鸡汤的兴趣，不管这鸡汤合不合口味，总归是有营养的。

我很喜欢开在路边的各色喇叭花，总觉得它的绽放有着毫无保留的姿态。曾经采摘回家，但每次它会很快枯萎，一点不像小野菊，会在一个陌生的地方继续鲜艳。所以，有些美好，只可以远远地欣赏。

夜更深了，蛐蛐儿仍然没有入睡的念头，它们不是第一天在窗外鸣唱，为何今晚我才觉察这份热闹？人的感觉也是很奇妙的，有时灵敏，有时迟钝，我想能够让它们不断变换的，大概是心境吧。你能听到蛐蛐叫吗？那么，此刻你的心情又是怎样的？

此刻，我的心思变得宁静，然后我发现刚才乱糟糟的蛐蛐声有了节奏和旋律，就像能在深夜里听出钟表声的韵律一般。

我想，大概是女儿分享的美好使我的心境有了变化。但我更愿意相信，是我重新掌控了自己的情绪。这一点，会让人更加开心。

没有谁的人生不会偶遇“兵荒马乱”的场面，相信这一切很快便会过去。这碗鸡汤献给心境有些不佳的好友。

深夜私语

春日的小城，夜已开始深了，街上的车也少了很多，坐在窗前，听到小区广场上还有几个男孩子在打球，不知道他们的妈妈此刻是否也坐在窗前，等待他们回家。

不喜欢看电视，手边也没有特别喜欢的书，于是，时间变得好长，长得以为墙上的表偷懒了。忽然希望那些男孩子能晚一点回家，让我能够听到他们的嬉闹声，还有篮球在地上或篮板上跳动的声音。这声音充满了生命力。

今日看到一篇文章提到“幸福体质”，据说拥有这种体质的人，无论在怎样的环境里都能活成幸福的模样。让我来想象一下，拥有幸福体质的人什么样子呢？从生理角度上讲，是在不同的季节里，都能不慌不忙呼吸的人，从心理角度上讲，是泪点很高，笑点很低的人。我的理解也许狭隘了，但我坚持这样认为。因为呼吸自由便不会抱怨环境，因为泪点很高便不会抱怨别人，不抱怨的人，才能靠近幸福。

那些孩子们还是各自散去了。他们走进不同的家中，面对自己的母亲，也许会有准备好的水果和笑脸，也许会有酝酿好的斥责和白眼。希望，每个孩子都是平静的，因为无论他的妈妈是怎样的外表，爱他的心是一样的，只不过她们的体质不同而已，有人的“幸福体质”强壮一些，有人的“幸福体质”柔弱一点。

海子说，“从明天起，做一个幸福的人”，我曾经很不理解，为什么要从明天起，而不是今天呢？后来我想，把对美好和幸福的期待寄托在不知道要等多久的明天，也许这就是诗人的浪漫吧。因为从今天起，似乎多了些世俗，像极了承诺，一点也不浪漫。但我还是喜欢从今天起，这也许就是我和诗人的区别。

那就从今天起做个幸福的人吧，听风，闻花，在每一条小路上缓缓走过。看一只飞虫慢慢爬上花瓣，等它身上沾满了花香，我再吹一口气，把它送回原来的地方。后来，因为香气，它找到了心爱的“姑娘”。

从今天起，做个幸福的人，记下每一株植物的名字，还要记住它们对风微笑的样子，然后把所有记忆打包，存在一个安全的地方。

从今天起，做个幸福的人，然后把自己的幸福通知那些喜欢你的人们，当然，记得用他们也喜欢的方式。

从今天起，做个幸福的人，无论是否面朝大海，只要春暖，花一定会开。

从今天起，可以有趣地工作，也可以无聊地生活；可以只争朝夕，也可以虚度一段没用的时光；从今天起，把记忆也化成远方，有岁月可期待，有时光可回首，今天的你，便是幸福的，明天也是。

生活，当如子柒

李子柒很火，网上有人赞她，因为她那唯美的视频中的田园生活让人心底生出诸多美好；也有人在骂她，说她是个骗子，用多重滤镜来欺骗我们的眼睛。骂者坦言，农村的生活哪有这般美好。骂者很耿直，但我想他活得一定不幸福，因为他对于美好，就连假装相信都不愿意。

无论李子柒炒作也好，作秀也罢，骂她的人还是一边看一边骂，如果真的不喜欢，会连看的想法都没有。所以，我相信，她的点击量都来自喜欢之人的积累。至少，我是很喜欢的，用了滤镜又怎样，反复摆拍又怎样？把平淡甚至辛苦的生活用唯美的镜头讲述，李子柒代表的是一种生活的态度。

生活，当如子柒。春种，秋收，夏雨，冬雪，年年有四季，年年有欣喜。古风，美食，遇见子柒，遇见心仪。她骗了你又怎样？甘愿被骗，甘愿追随，也是活着的态度。

今日，雾，重度污染。翻出许久以前在威海拍的照片，蓝天携白云，阳光明媚。寻了一处农家院子，看凌霄花爬满墙头，没有滤镜，依旧美不胜收。心暖，欢喜。老公说，我们最大的遗憾是在老家没个院子，颇为认同。然后想：如果在农家，我能不能活成子柒？

其实，活成子柒，是不是在农村从来不是关键，有一颗子柒的心，哪里都是桃花源。“春种一粒粟，秋收万颗子。”你种下什么，便会收获什么。心存美好的人，掩藏了种种不如意，播下一颗希望的种子，于是生出众多希望。对于李子柒的美食，我更喜欢的是制作过程以及品尝时的愉悦，所有美好，都值得尊重。

世间之事，有因有果，结一颗怎样的果皆因种下怎样的前缘。不拆穿滤镜，便是不拆穿生活，岁月不饶人，但人可以饶过岁月，“青青子衿，悠悠我心”。如果生能尽欢，应该可以死亦无憾吧。

今日的天，气压很低，空气污浊，坐在阳台随手拍外面，然后把图片发给好友，她说，“烟雨江南”。原来，心中有江南，处处是江南，我没有她的睿智，幸而有她。有人告诉你，那是美好的，哪怕是虚幻，只要你愿意相信，心便愉悦。

是谁纵容了你的肆意

自从三八节被称为女神节，女神们都在三月天里活色生香。

从妇女节到女神节，仿佛肆意了好多。和朋友们一起过节，席间有男士说到道：“年龄越大，越怕老婆生气，别看在家吆吆喝喝的，老婆一瞪眼，啥脾气也没有了。”在座的男士纷纷点头。

饭后，和老公步行回家，问老公：“真的是怕吗？”老公答：“是珍惜。”很有道理，两个人从年少轻狂一路走来，甚至走得跌跌撞撞，却没有松开彼此的手，走到今天，你牵的那只手，已然分不清是自己的还是对方的，可是如果松开，俩人都会疼。所以珍惜的，是对方更是自己，人已到中年，往后只能称余生，有什么理由再惹自己伤心生气呢？

因为过节，老公送了我一束花，女儿颇有微词，“浪费，还不如折现”。没有经历爱情的小女子，体会不到女人收花时的心情，花里，是没有金钱的味道的。

我把花束拆开，重新插瓶，女儿说："还是包在纸里好看。"没有收过花的小女生确实不懂，短暂的美丽与长久的生长，婚姻里的女子会选择后者。因为我们更期待的是一份长长久久，而不是烟花般绚丽的瞬间。所以，老公浪漫也好，木讷也罢，愿意用心守着你，便很好。

作为女子，有人在你的世界里，横刀立马，护你周全，自然是好的。如果那人不在，你依然可以做自己的女神，买自己喜欢的衣衫，走自己想走的路，看自己爱看的景，纵自己四季潇洒。穿着花衣，你可以温暖喜欢你的那些人；戴着盔甲，你可以勇敢面对不爱你的那些人。愿哭便哭，想笑便笑，你肆意活着的样子，很美。

是谁纵容了你的肆意，终归是内心的淡定与从容，是对世事的理解和宽容。没有谁可以无忧地走过一生，那个宠着你的人，或早或晚会离开。你先离开，是幸运，他先转身，是命数。

太阳出来了

楼上的小朋友在家中是不用脚走路的，而是每天驾车穿梭在每个房间，听上去很忙碌。车的质量很好，底盘肯定很重，因为它行进发出的声音让我想到了坦克。小朋友那旺盛的精力让我们赞叹，基本全天无休。

女儿今年上高三，午休时间弥足珍贵，我上楼与邻居协商：中午让车休息两个小时。邻居很讲信用，中午基本没了动静，偶尔的两声响，很快被镇压，有时会响起几声哭声。可怜的小孩。

早上七点半，车声再次响起，今日小孩起得比往常早了一些，车从卧室轰鸣着去了客厅，原来晚上睡觉，车都是放在床前的，可见孩子多么喜欢他的这辆车。如今能够以这样平常的心接纳繁难，要感谢过去的经历。女儿小时候，曾被楼下爷爷调侃："家里开了个工厂吗？”宠溺的语气中听不出指责，我很感激邻居的包容，他也曾经历我现在所经历的。

感同身受，不仅是心思敏锐，更多的是共同的经历吧。那些看爱情片看得泪流满面的人，大多是经历了难以放下的情感。一棵树心有洞，不影响枝繁叶茂，一颗人心有洞呢？我觉得也不会影响他云淡风轻地过日子，因为人有个很大的本领，那便是隐藏自己本来的样子。

转了一篇文章《好人为何抑郁》到朋友圈，引发诸多好友的感同身受，没人往自己头上戴好人的帽子，可每个人都有隐忍和委屈，压抑自己的攻击性，是大多数人的选择，只有少数人才能真正活出自我。我们羡慕别人的肆意洒脱，却永远成不了那个人。

世上的美景，没有从天而降的，需要你迈出脚步，甚至舟车劳顿，长途跋涉，所以有人说，旅行是一件很辛苦的事情，我从不这样认为。旅行对于我来说，是唤醒，唤醒心底那颗大名叫作“幸福”，小名叫作“满足”的种子，让它开始生根发芽。我希望这样的种子有一天能长成一片森林，所以我喜欢旅行，从来不觉得辛苦。

由此可见，影响情绪的从来不是事件本身，而是我们对事件的认知和态度。比如楼上的轰鸣声，让我想到了女儿小时候那些肆意而为的日子，回不去的是时光，回得去的是美好的心境。

不能出门的日子，翻翻相册，重温那些在陌生风景里的心境，让心再次出发，也是一些可以掌控的小美好。

“世上本无事，庸人自扰之。”正本清源，事情自然就简单了。那些让你压抑和委屈的事情，换个认知态度，便也没什么大不了的了。

窗外，太阳出来了。

途中遐思

女儿用自己的零花钱给我买了一支大牌口红，我说颜色太艳，却被女儿嫌弃不懂时尚。第二天女儿追问我用过她买的口红了吗？别人有没有说什么？我撒谎道："别人被你的孝心感动了。"被嫌弃地说道："真是无聊的中年人。"

后来一想，她想听的大概是对她眼光的肯定和欣赏。看来不管哪个年龄段的女子，都有一点似海底针的小心思吧，被人猜到便欣喜，无人理解会失落。

此刻，我在火车上，有人把手机外放音量开得很大，让人心烦意乱，想制止但却犹豫了，于是自我安慰一番，再听竟然不那么刺耳了。所以有些情绪的问题，会自己找到解决的方式和通道，积极地暗示自己，便有很好的治愈功能。

车厢里有个小孩子不知为何哭了起来，妈妈怕影响别人，用手捂住孩子的嘴，结果哭声更加撕心裂肺了。妈妈无奈地放手，孩子没过多久主动停止了哭闹。有些情绪在宣泄的时候用堵的方式是不可取的，让它发生便好。这何尝不是另一种治愈呢，不开心了，就像个孩子一般地哭泣吧。

车窗外，不知是雾还是霾，已然看不到远处，想象着雾气笼罩之下的一个个陌生城市，心底泛起涟漪。没错，我喜欢一些陌生的地方。

晚间遐思

晚餐后，坐在窗前的电脑旁加班，墙上钟表的滴答声渐渐消失，心情也渐渐由初始的躁动变得平和，当我们能够潜心去做一件事情时，内心就应该是平静而祥和的吧。

加班的夜晚，夜色美好。

窗外，不知什么时候下起了雨，开窗，一片清凉的淡淡的芬芳。又是一个雨夜，雨声很动听，索性放下手中的事，专心听了一会儿。

今晚，小区里的路灯未亮，不知什么原因。天凉了，散步闲聊的人少了，所以也没人去计较路灯是否按时亮起。

楼下，偶尔驶过的汽车，让小区的路上忽明忽暗。楼上，亮着灯光的人家也是忽明忽暗，各个频道的电视节目在夜晚上演着。

夜，可以如你所愿地安静，也可以如你所想地热闹。

那么我们的内心呢，是向往平静与安宁，还是渴望热烈和繁华？大概每个人都是不一样的，就像我喜欢雨夜，但有人会讨厌雨夜。

无论怎样的喜好，能够让自己心生满足，都是极好的。我们不知道，明天会面对什么，但我们总该明白怎样面对今天的自己。

比如此刻，关上电脑，翻翻手机相册，写写文字，让这个夜晚完美收关。

一个人，如果始终相信世间的美好，便会变得越来越美好吧，这种美好和年龄无关，和长相无关，它是会融到骨子里的清新，无论你面对怎样的生活，依旧散发着独特的清香，而且历久弥新。

假期里约闺蜜吃饭，她愉悦地述说自己最近一直在加班。她口中的“加班”我无法想象有多么劳累，但她的声音告诉我，她很享受这样的忙碌和辛苦，因为她相信付出终会有回报。

所以，你相信什么，便会遇见什么。那么，我们为什么不选择相信美好呢？

相信总与希望并存，所以，要相信，我们所希望的一切总会如约而至。

冻龄玫瑰

节日收到的玫瑰因为一场寒风停止了盛开的脚步，因为懒，一直没有收拾花瓶，想等瓶中的雏菊凋落后一起扔掉。晚上抽出花枝，发现枝条仍是绿色的，没有干瘪与枯黄，花苞依旧是当初含羞的模样，不同的是，花瓣有了些许的褶皱，仿佛一个经历岁月沧桑的美人依旧眼神清澈地望向尘世。也许这就是传说中的冻龄吧，对于冻龄，有人会认为是容颜依旧，此刻看来被冰冻保鲜的不是容颜，而是姿态。世事无常，宛如初见。

选了个古朴一点的瓶子，重新摆放花枝，被冷风吹过的花，果然是不一样的神态。容颜易老，气质永存，在纷繁喧闹的世间，不慌不忙，就像这束被风吹过的玫瑰。

我把外面有点干硬的花瓣扯下几片，里面的花苞依旧软软的，原来冷漠刚硬的面具下，有一颗柔软的心。只是被冷风吹过，便成了如今世人看到的模样，如果不靠近，又怎会看到错过花期依旧柔软的花蕊。

白日里，再看那些花，无滤镜、无美颜，像极了做得逼真的绢花。这世上，真真假假，有时也很难分辨，偶尔带着点糊涂过日子，心不累。花的心情也是如此吧，遇见再冷的风，吹皱了容颜，却吹不走心中的阳光明媚。何为生，何为死？“情不知所起，一往而深，生者可以死，死可以生。”

春去春来，花谢花开，春依旧，人依旧，情依旧，心依旧。这样的感觉很好，冻龄的美好，保质期是一辈子。

我们更期待一个结果

周六下午，完成了一项原本自己认为短期内很难完成的任务，发送邮件的瞬间，感觉身体的每个细胞都散发着愉悦。人们常说，过程比结果更重要，可是过程大多伴随着煎熬，而结果却会让人欢喜。所以，我们的内心还是喜欢结果的。

晚上，和几个年轻的朋友聚会，同样心生欢喜，因为他们身上有我喜欢的阳光和热情，睿智与淡然，能够接纳但不臣服，善于改变而不自负。人与人之间的共鸣，和年龄无关，和时间无关，有些人，你认识了很久，宛若路人，有些人，一见如故。

秋凉了，每次路过公园的小河边，都觉得水很沉静，大概是过完暑假的孩子们都散了，没有了那些欢闹声，夜静了，一切就都静了。人大概也是如此吧，心静了，便没了好多杂七杂八的烦恼。让心安静的本领，有人天生就有，有人要用一生来学习。

每天，我们都会在这个城市里来来往往，却很少能停下脚步将它仔细端详。有些美好，因为没有一颗安静的心来欣赏，便与我们擦肩而过。

小城的夜晚，灯光不甚明亮，白日里稍显拥挤的街道越来越宽敞，你可以慢慢走过，可以想一件事，可以念一个人，可以听一首歌，可以哼一段曲，夜是你的，你是自由的。

我很喜欢夜色渐浓、行人渐少的街道，这是一个很有安全感的小城，深夜的街道会包容你所有的疲惫与不开心。秋风迎面，夜凉似水，让心中生出淡淡的情愫。

路边的楼房里，灯光渐熄，亮着的窗口越来越少，那些忙着赶路的车，是正要离开，还是刚刚归来？无论是离开，还是归来，他们的心中大概都会有一个期待，期待一个地方，期待一个人，期待一个想要的结果。

夏日的雨

夏日的雨，大多会让人心情舒畅，不像秋雨一般忧伤，不像冬雨一般寒凉。夏日的雨夜，三五知己相约，轻酌慢饮，谈笑风生间不辜负这清凉的雨夜。好久没聚的好友，好久没聊的那些话题，无论往事还是前情，都和这雨夜一样美好。

看到细雨滴在水面上，心中会泛起阵阵涟漪。同样是水滴，如果从天上来，力量就大了好多。所以，你内心的力量，应该也来源于你思想的高度吧。唯有豁达的心，才能无所畏惧。生命的每个阶段，无论是好的还是坏的，都是必然的经历，笑也好，哭也罢，只是情绪的暂时宣泄，该走的路，还是要接着走下去。笑着走，应该比哭着走轻松很多。有人陪你走，应该比自己走热闹很多。

好友说，不能再晚睡了，要爱惜自己的身体，我特别同意。可我喜欢不管天有多晚，都要坚持把想做的做完，我不知道这是个好习惯还是坏习惯。仔细一想，能够让自己心安，大概不是坏事吧。

下了一天的雨，让夜晚变得清凉。无论明天是晴空还是阴雨，都会找到让自己喜欢上寻常日子的理由。

昨天再美好，我们也回不去，明天再糟糕，也得去经历，往前看，才是最美的生活姿态。频频回头，会影响你前行的速度，往前看，也许会遇到你期待的美景。所以，别说什么如果，也别提什么曾经，否则只会徒增懊恼，生活，始终宠爱那些热爱它的人们。

夜晚挺好，雨挺好，一切挺好。

写一夏情深意长

每天，红尘中有各种相遇与重逢，我们总期待着心想事成和圆满，然而事与愿违还是会出现，于是我们常常边感恩边苛求，究其原因，大概是我们想要的太多了。

我们期待这个夏日凉爽，却忘记了热烈本来就是夏的模样。夏日的阳光太炙热，让人避之不及，然而透过绿荫看到的阳光，是否会有你心中期待的颜色。

不能远行的夏日，在小城的公园里，寻一处人少的小路，独自走过一片光影斑驳。仿佛这个世界没有别人，只有你自己，于是，人静，心安。走过这一路，知了的叫声被屏蔽在心门之外，只有自己的脚步声，还有树叶之间的窃窃私语。

偶尔抬头，看到那遮云蔽日的树枝。没有风，却有一股清凉从脚下升起，独享这份清浅的凉爽。

远处看着很平整的路，走近了，一点都不平。穿着高跟鞋，诸多不便。所以，无论穿着哪种鞋，都要看好脚下的路，这样，才能走得稳，走得远。

你的世界，如果站满了别人，或许就不能这样悠闲地走路，悠闲地拍照，悠闲地瞎想，悠闲地做自己。这个公园里，每棵树都不一样，每一片叶子都不一样，可是，它们都活得那么舒展，仿佛在这里，只有它自己。

我蹲着拍了好几棵树，却怎么也拍不出它们特别挺拔的样子。世上最好的关系，也许就是能够平静地看着对方的眼睛，轻松地说出心底最真的话，这个世界，如果还有别人，但愿他是和你拥有这种关系的人。

我们穿越人海找到那个人，然后，悄悄地把他放在心上，开心了，失落了，你总想很快找到他，把这一切告诉他，他只要听到就好。如果没找到那个人也没有关系，找条没人的小路，一个人走过去，听树叶窃窃私语。

夏夜，有点热，一只知了还在窗外叫，我知道，它失眠了。

心安，夜安

今天的阳光，炙热地让人叹息。这世间，本该柔情以待，风闲水静，一室幽兰，方可与之执手言欢，心底期许一声“来日方长”。当下，夜光如水，简约宁静。

女儿放假了，带回了零零散散的小礼品，仿佛刚刚出游归来一般。亲手给我缝制的小包，漂亮甚至招摇。初见的夜晚，女儿拽着我的胳膊各种絮叨，尽管我咳嗽得每根骨头都在痛，却因为这些絮叨暂且忘了痛。每个孩子都是上天的恩赐，在尘世中温暖你，治愈你。

拿着手机对着这个小包拍摄，无论怎样都拍不出它的惊艳。对于我的举动，女儿很开心，因为我把她的心意留在了心间。总有一天，它终会变成一件安静的旧物，蒙上岁月厚重的尘埃，但这一件旧物，会打开曾经的记忆之门，让我重遇风景，重遇深情，重遇那些光阴里的故事。

在业主群里看到有人卖新鲜的扇贝，订购了一份，不足十分钟，卖家已送到楼下。卖家是个年轻的女子，就在我家对面的小区，很有活力和热情，我很喜欢。仔细地把那些贝壳清理干净，女儿很用心地把它们摆到锅中，如果是我，恐怕是倾数倒入。万物皆灵，你善待的一切，都会对你生出情感，食物也是如此，所以它会更加美味。

之前老公从网上买的四大名著的连环画，这些旧物，也有一段尘封的往事。小时候曾视若珍宝的那些连环画，随手翻了几本，却也只是读读字儿，那些费尽心思描绘出来的画面反而被匆匆略过。成年人，还是急功近利了些。

其实，在漫长的光阴里，你与万物的相逢都只需刹那，或擦肩而过，抑或一眼永恒，一切自有安排。我们如一株草木，不避红尘，无论悲欢，与明月清风执手言欢，曾经心心念念的人和事，终有一天会道别。

我不太擅长打理往昔那深沉的岁月，所以记忆总是零零散散，那些能把小时候记得清清楚楚的朋友，总令我惊为天人。然而余香犹在，万物情深。时光易老，心情不老。

每个夜深人静的夜晚，有文字相伴，心安，夜安。

心动，岁月无伤

小区楼房最近在做外墙保温，来了好多外地工人，在小区的空地处搭上帐篷住了下来。这几日，不用上班的邻居常常聚到楼下，邻里之间似乎热络了很多。以前不爱与人打招呼的邻居，偶尔也会站在楼下和大家寒暄几句。我每天上下班，都会得到叔叔阿姨们热情的问候，间或聊几句工程的琐事。邻里之间的照应，越来越像家人一般，这样的感觉真的很好。

傍晚散步，常看到三三两两的工人凑在一起，或打牌，或聊天，或悠闲地走来走去，夹杂着外地口音的小区里热闹了很多。日子就是这样，当你习惯了平静的生活，偶尔的喧闹会带给你一种更新鲜的刺激，让你的心思也活络了起来，开始热切地关注着每天的变化。平日里熟视无睹的一切，渐渐入眼入心，仿佛刚刚从麻木中醒来，重新打量这个生活了十几年的地方。这个地方，正在一天一天变得崭新。有变化的日子，总是让人期待着。

当我们对周遭的一切不再关注，每天的日子仿佛是昨日的复制品，我们的心就开始变得沉寂，这种沉寂带来的不是安静，而是乏味。这两天，经常去散步的公园里正在布置节日花坛。每日清晨，环卫工人运来各种各样的小花，摆出各种各样的造型，于是每天早上，公园门口各种美的创意，总会给晨练的人们带来一些惊喜，我不知道环卫工人能不能感受到这份惊喜。我想，应该会的，因为越来越多的人会在这里驻足停留，赞叹一番。没有人不爱美好。

每日清晨路过的那一池水，也是时常有惊喜的，因为水中的倒影似乎每天都在变换着。每次路过这里，我的脚步都会放慢，看一池林木从淡淡的绿到浓浓的彩，赏一池云锦轻轻地来又匆匆地去，一池世间繁华，一池浮生若梦，光阴的故事，总会让人心生眷恋。即使是个小小的池塘，每天都那么好，那么新。所以，要么心动，要么动心，你终会遇见你期待着的小美好。

今晚跟女儿视频聊天，她翻着高数课本对我说："如果有一天我疯了，就是被它逼的。"其实，太多人为自己画地为牢，然后抱怨着自己不自由，却不知打开牢门的钥匙，一直握在自己的手中。

学习也好，工作也罢，都如生活一般，你觉得轻松便过得自如，你觉得辛苦便活得艰难。不要去羡慕别人的轻松，也许他刚刚从夜路中走来。

这世上，有太多比我们不容易的人，却依旧很努力地活着。所以，请告诉自己，“我没有资格抱怨”。

阳光可以照进心底

两天，去了四家幼儿园，晚上，脑海中依旧回荡着老师和孩子们的对话。我很喜欢老师眼中有光的可爱样儿，我更喜欢孩子们一本正经的小天真。一个人只有做喜欢的事时眼中才会有光。卢梭曾说：“做有意义的事情，其本身就是对生活的享受。”生命的价值，绝不能用长度来衡量。一花一草，一虫一鸟，一阵风，一片云，一个短暂停留的眼神，这世上，等待我们去感受的太多太多。

从暑假开始坚持晨练，渐渐习惯了早起，于是每天可以看到太阳刚刚升起的样子，晨练的人很多，阳光照在每个人的脸上，我不知道又能照进多少人的心底。深夜，有人在朋友圈发泄自己的烦躁和郁闷，文字里散发出绝望的气息，第二天清晨再翻看朋友圈，发现已被删除。心灰意冷，大概每个人都会有吧，我很理解那些在深夜里卸下面具的疲惫者。白日里，我们都在刻意美化自己，暗夜里，没了刻意与防备，一切现了原形。

路边公厕的窗户上插着两朵小花，想起春天这个公厕里面，曾经一个矿泉水瓶里插满了桃花。我猜，打扫这个公厕的一定是个眼中有光的人。

活着，不是呼吸，而是运动，或身动，或心动。“身体与灵魂，必须有一个在路上。”这话一点毛病也没有，它不是文艺青年的矫情，而是讲要有价值地生活，也是我一直在努力实现的生活。

晚上的时间太快，不知不觉就到深夜，一直觉得“晚安”这词特别好，每一个夜晚，都能安心入睡，每一个清晨，都能愉悦地醒来。

早上好。

相信就会遇见

两个性格反差很大的人在一起是什么感觉？默契度几乎为零，所以是很难玩到一起的，刚刚接触欧卡牌，想拉着老公一起玩，他很抵触，我只能自娱自乐。不甘心，于是我再次提议，“我们来测个字吧”，结果他故意将字反写，不知是质疑我的技术还是害怕我真能看懂。

最简单的彩虹卡，在我强烈的抗议下，他才漫不经心地抽取三张，每人三张，分别代表身、心、灵。我把我俩的卡放在一起，变成了三个组合。

“我很高兴我在这里。”竟然如此的契合！我不禁高兴地笑出了声。能够哄别人开心，是本事，可以哄自己开心，是能力。

我们的中年生活日渐慌乱，需要勇气，更需要健康。与自己的身体对话，与自己的心灵对话，试着透过潜意识看清自己。我相信它有治愈功能，在你看到它的那一瞬间，能获得面对一切的勇气。

心理学家荣格曾说道：“当你开始探索潜意识之前，它一直导控你的生活，而你却管它叫命。”所以很少有人知道，我们现在的生活状态正是由自己的潜意识决定的。

我们不知道未来会怎样，却可以许下心愿。吸引力法则说明这样一个道理：无论你的注意力或能量集中在哪个方面，也无论这种注意力或者能量是消极的还是积极的，你都在吸引着它们成为你生活的一部分——这便是心想事成的秘密。

简单一点，即“你相信什么，便会遇见什么”。

有趣的人生才高级

办公桌上，玻璃瓶中的两支绿萝最近似乎在疯长，也许它始终是按自己的节奏生长，只不过我最近不常见到它。工作的地方一定要有点小情趣，比如绿植，会带给你不一样的情愫，这份情愫会让平淡的工作生活变得有趣。

有趣的人生，一定要认识一些有趣的人，他们有一个特点，那就是活得挺带劲的。哪怕生活有各种不如意，有趣的人都会找到让自己幸福的种种理由。有趣的人，不是假努力真消极；有趣的人，会一本正经地胡说八道；有趣的人，会调侃不如意但从不怨天怨地。你身边的人，有趣吗？

有趣的人生，一定要去做些有趣的事情。有趣的事情，是解压良药，是开心密码。比如在我看来，让长长的绿萝藤蔓爬过键盘，就是件很有趣的事情，尽管只是一刹那。再比如在我看来，晚上靠在床头敲出一行行文字，也是件很有趣的事情。

有趣的人生，一定会有舍弃，因为有趣的人，会坦然面对得失。川流不息的人海里，有人喜欢你，那是因为他欣赏你的有趣，有人不喜欢你，是因为你俩气场不和而已。我们没必要让人人喜欢，那样太累。

电脑键盘上有那么多按键，闭着眼睛我们能摸到想按的那个键，但让你准确说出它们的位置，恐怕有点难。所以有时候，身与心的分离也是常态。有些事情，也许凭着感觉去做就能做好，思虑太多，束缚便多，这样的人生会越来越无趣，也越来越不高级。脑子这东西，该用的时候用，不该用的时候就让它休息，跟着感觉走，脚步越来越轻，越来越温柔。

我一直纳闷，那些长在水中的根须，并不健壮，而且只喝水，怎么会为每片叶子输送那么多的营养。也许，这两支绿萝就是活得挺带劲的那一类吧，无论是长在土中，还是生在水里，努力活着，方才不负此生。

每个人都有可能面对生命中的不公，电影《银河补习班》中被冤屈的马皓文说：“每个人都有自己的一座桥，把自己的桥修好，在我看来，是世界上最大的事儿。”这世上有很多事情是我们控制不了的，但我们可以控制的是我们自己。所以，不要别人说什么就信什么。信自己，更有趣一些。

有趣的人生，无论身在哪里，都可以活成一道光。

雨夜，赏画品字

窗外下雨了，尽管只是雨丝，看不到雨珠从暗黑的玻璃上闪烁着滑落，但有雨的夜晚总是让人心意缠绵。女儿的油画作品历经一周，在这个雨夜完工。她拍下的画面，带着一些清凉的滤镜效果，简单的画面透着温馨。我想，她更关注的是外在以及写意的感觉。也许，这就是年轻吧。而我，完全不同。

我拍下的画面，更温暖。岁月，横在我俩之间，是无法跨越的审美品位与心意相通。但彼此的认可，是生活最美的馈赠，她说，“愿意像我一样，活得稍微虚伪一点，因为太过真实的自己就只有自我，能够让别人喜欢的那个我，一定是有伪装的”。我同意，谁不是在平凡的日子里匆忙地完善着自我。匆匆长大的我们，还会更加美好，你说是吗?

日子走得太快，路上的车也快，人也快。今天有个同事问我：“如果现在回到马车出行的时代会怎样？”我想，那会少了很多浮躁吧，不再想很快到达一个地方，不再想很快得到一个结果，不再想还有谁跑在了我的前面。每一天，都可以用自己的节奏呼吸，用自己的脚步丈量，这样的日子好还是不好？有人说，“得不到的才是好的”，其实我认为，得不到的那种感觉才是好的。

好友把我曾经写下的文字，写在了漂亮的扇面上，当我看到照片，欣喜之余再读内容，竟然有些疏离。心境，便是如此，也许下一秒你便再也想不起此刻的自己。抓不住的，不仅仅是时间，还有现在的自己。所以，我一直认为，记录是个很好的习惯，在你想留下记忆的每个瞬间，让时间停滞在你喜欢的那一刻。窗外的雨声，似乎越来越大，夜深，人静，与窗外的风雨无关。

如果不能眠，那就等清风徐来，与你谈笑风生。

再读《人生》

雨夜，重读《人生》，同一本书时隔多年再次捧起，读时心境竟大不相同。年少时读书，关注的是情节以及那些男男女女的爱恨情仇，如今读书，是在读“人生”。曾经很憎恨高加林的行径，如今再看他的经历，竟然理解了他的选择。我想，人生重来，他还会选择抛弃巧珍，不然的话，他就不是那个怀揣梦想的高加林了。

其实，也许我们每个人心里都住着一个“高加林”，对于人生的选择，也会受梦想和环境的影响。如果我们没有舍弃过什么，那只能说明想得到的那些还没有足够的诱惑力，能够让我们义无反顾。

一个人在低谷里的痛苦与挣扎，一定会伴随着种种不甘，所以当他发现一条光明之路时，他会头也不回地奔向它，这才是人性和真实的人生。所以，不要随意评判别人的选择，不要轻易把各种道理讲给别人听，你不是那个人。人生就是这样，你当初理解不了的，总有一天会明了。

冬夜的雨，下得很细很密，窗户关得严严实实的，听不到雨声，偶尔有车经过，才听到水花溅起的声音。

放下书，轻轻把窗户推开一点，空气很潮湿，没有想象中的凉，索性把窗户全打开，趴在窗口看了一会儿，深吸一口气，心里很满足。这场景如果被某人看到，又该说我“没脑子”了。有些话，听得久了，要么认同了，要么漠然了，习惯会让人变得没有了强烈的感受。

岁月很长，我们习惯了谁，谁又习惯了我们？我们改变过谁，谁又改变过我们？岁月很长，我们习惯了怎样的生活，又梦想着怎样的生活？其实，习惯与梦想可以同在。只有习惯没有梦想的日子，就像一潭沉寂了很久的死水，只有梦想没有习惯的日子，就像一丛长了很久依旧无根的浮萍。我们习惯着今天的日子，但会梦想着每一个明日。值得期待的日子，大概是这样的——因为心无所恃，所以随遇而安。因为心之所向，所以素履以往。

冬日雨夜，读一本旧书，重识故人，然后，生出一些新的想法。

潮湿的夜色，温润的心情。冬日的雨，也可以不冷。

在清醒的时候幸福地活着

下午回家，小区内，远远看见地上坐着一位老人，旁边站着一位年轻姑娘，无奈地左右张望着，似乎在寻求帮助。

紧走几步赶过去，问道：“老人跌倒了吗？”

姑娘回答：“我姥姥，年龄大了，患有阿尔兹海默症，走累了在地上不起来。”我和姑娘一左一右，边劝说边把老人扶了起来。姑娘柔声说：“姥姥，我们回家吧。”

老人嗓门很大，冲着姑娘嚷道：“婶子，我不去了，我得回家喝口水。”说完，老人朝马路奔去，姑娘一把拽住，想让老人再跟她走已然很难，因为老人双手抱着路边的灯柱，说啥也不放手。

姑娘借我的手机给她妈妈打电话，然后说：“姐姐你走吧，我妈妈一会儿就来。”

确认不需要帮忙后，我离开了，边走边想，老人的女儿来了，不知道她是否认得，是否能跟着女儿乖乖回家。

曾经有人问我："精神病患者痛苦吗？"

我想，他发作的时候大概是不痛苦的，因为他完全沉浸在自己的世界里，就如刚出生的婴儿，而当他清醒的时候他该是痛苦的，因为很难面对。

如果下一刻，我将不是我，那就让这世界混沌下去吧。

网络上有个叫趣测的软件，闲来无事，做几个题目乱测一通，竟然测出我心累指数99.9%，大概是这平台的最高值吧。如果信了，我便真的累了，这就是心理暗示的强大之处。

所以，这样的测试如果是正向积极的，我选择相信，如果是消极的，那就告诉自己"游戏而已"。每个人的日子，都不该被负面的情绪来消耗。

身体与情绪，本就形影不离，你糟蹋自己的身体，情绪会不满，你消耗自己，身体也会抗议。所以，有些身体的病，来自心理的不健康。

洒满阳光的小院，是我特别喜欢的地方，只是看看图片上的院子，也觉得满足了几分。人的欲望，也是不可以纵容的，就像前几天朋友说的，"我们现在的物质生活比小时候好了那么多，却很难再有小时候那么强烈的幸福感了"。

我们的幸福感为什么下降了呢？大概是被欲望驱使的吧，想要的太多，便很难满足。所以"到底是穷人幸福还是富人幸福"，这个问题的答案应该是"知足的人最幸福"。

也许有一天，我们也会衰老到忘记身边的一切，那么在失去记忆的最后一刻，你会后悔吗？

我希望，在我清醒着的最后一刻，我记得的是这四个字——此生无憾，因为我在清醒的时候一直幸福地活着。

奔赴欢喜

人这一生，角色很多，行程自然也多，为人子女，我们喜欢奔赴父母的身边，为人父母，我们开始习惯奔赴子女的生活。中秋，带着妈妈来到女儿刚刚开始生活的城市，一起走过她曾经走过的街道，看灯光照亮眼前的背影，陌生的街道似乎也有了家的温暖。

很多时候我们喜欢上一座城，大抵是因为一个人，带着欣喜赶往一座城，大多是奔赴那个人。陌生城市里的团聚，俯首听到花在开，抬头看到月正圆。

我们这一生的欣喜，大概多半来自家人吧，因为牵挂与羁绊，才有了这一世的情深意长。在一起的笑颜，离别时的背影，烦恼时的争吵，开心时的打闹，用柴米油盐的烟火煮成了有滋有味的生活。

我们这一世的欣喜，还来自我们的朋友，你有没有发现，随着年龄的增长，我们的圈子越来越小了，最后能够留在你身边的几个人，我们称之为知己。

我们渐渐发现，喜欢在一起说说话的只有寥寥几人。

我们这一世的欣喜，还要留一些给自己，学会享受没有他人的静谧，学会感受独处时的轻盈。一个人，不害怕，不矫情，可以独自走过一段无人的街道，可以独自消化一段无法言说的心情，无论悲喜。我们奔赴别人，自然也会奔赴自己。

雨滴划过窗前，世界很模糊，内心却清晰。你是否懂自己？或许，你还没有别人了解你自己，因为，我们似乎很忙，忙着揣摩各种事，各种人，却没有时间来看看自己。懂自己，比懂别人更快乐。

生活，本来就是简单而纯粹的，游园途中，一家人购买了观光车票。途中景色宜人，放弃乘车改为步行，路上捡到一根天鹅的羽毛，不舍得扔掉，便在手里把玩了半天，好心情也跟随了一路。比起浪费的车票，我是赚了还是亏了呢？某年某月的某一天，当我想起那根漂亮的羽毛，嘴角会溢出微笑。我想我赚到了。

生活，就是这么简单，欢喜，也不是很麻烦。

内心温婉地面对世界

成年人所面对的诱惑不比孩童时期少。然而他和儿童面对诱惑时又有着太多的不同，因为儿童无须控制天性，他们可以追逐自己想要的任何东西，哪怕撒泼打滚。

成年之后，每个人都必须活在规则之中、道德之内。所以，很多时候，你想要的自由，只是想想而已。

你所痛恨的和你所喜爱的，如若犯了禁忌，最终只能装出一副云淡风轻的模样。所以，当有人做了你不敢做的事情后，你是否会有羡慕之情？关于羡慕，它在有些人的生命里会一直存在，小时候，羡慕别人的父母，成年了，羡慕别人的爱人，老年时，羡慕别人的孩子。这样心怀羡慕的一生，其实是悲哀的。

一个温婉得体的女子，她的家庭生活应该是幸福的，因为她看上去是一副内心富足的样子。

活在这世上，没有谁比谁容易。所谓好运，大概便是温婉地面对世界吧。

小区的长廊下，下班时分，总有个老人坐在那里，估计是小区里养老院的老人吧。连续几天，我路过时他都会问我一句“几点了”？虽然我不清楚此刻的时间对于他有多么重要，但我都会认真地看一下手表，告诉他准确的时间。某天，远远地发现老人依旧坐在那里，下意识地抬起手腕，才发现今天忘记戴表，就从包中取出了手机，果然，老人很快便问：“几点了？”

也许，他只是想和别人说句话而已，因为他不仅问我，还会询问其他路过的人。

也许有一天，无论我们曾经如何温婉地面对这个世界，我们也会如老人一般，失去一些记忆，无论是好的，还是不好的。

那么，在这之前，安放所有的美好与希望，保持内心富足。

那么，从今天开始，不要羡慕任何人，因为你拥有的，便是你最想要的。

穿越时光的心情

面朝阳光等待花开

深呼吸，仿佛可以嗅到春的味道，相信，花儿很快就会开了。从没有一种期待像此刻这样热切，因为有太多人相约春暖花开。

坐在窗前，整理一些材料，抬头，窗外太阳强烈，我们，活在这珍贵的人间。

这人间，因为珍贵，所以值得敬畏。我们敬畏山河湖海，敬畏草长莺飞，敬畏这个让我们自由呼吸的大自然；我们敬畏蓝天，敬畏绿地，敬畏阳光，敬畏星辰，敬畏一切生命。

因为敬畏，这人间英雄辈出。午后的阳光，透过多少家庭的窗，闲适地洒在宅在家里的每个人的身上，这份闲适，在这样的时刻，又来自于多少人的坚守呢？

总有人，在你不知道的地方护你周全。

感恩那些努力护我们周全的人们，他们是光，他们是爱。要相信，我们看见了光，便拥有光，我们看见了爱，便得到爱。而我们能做的，便是努力活成有光和爱的人，温暖自己，温暖家人，温暖这个人间。

我们相信自然的美丽，就像相信人性的纯粹，仿佛黑夜里眼前的那盏路灯，可以穿越冬夜，照亮脚下的路，照亮眼前的景。

枯枝已经开始萌芽，荒草中已有点点的绿，萌动的是生命，也是希望。这世间的美好，总在萧条之后更加美好。

愿你，如水般温柔，似树般强壮，为这世间万物动容，却不被凄风苦雨所伤。

我们信任这个世界，可以让我们从容地走在每一片土地上，不疾不徐。

我们信任这个世界，可以让我们走在自己生命的道路上，面朝阳光，春暖花开。

春雪之后

一场立春之后的雪，洋洋洒洒地下着，我期待眼前的一切能够变成白色。然而，不经意间，那些飘落的雪花便消失在无人的街道。春雪，遇见寂寥的街道，隐藏了来过的痕迹。

水面，结了薄薄的一层冰，春寒料峭。树上的干花，保持着盛开的模样，它从冬天走来，准备迎接下一个春日。在有涯的生命中，期待岁月的轮回。生命，总是令人感动。

女儿早起做的肥牛西红柿面，营养很丰富。她说，“忙活一小时，吃完十分钟”。是啊，生命的意义不仅存在于品味美好的瞬间，更在于创造美好的过程。居家办公，被烟火熏得日渐丰腴。在每一个平常的日子，认真地吃好每一餐，便是好的生活。

期待一个温暖的春，期待花红柳绿，满目阳光。期待一个凉爽的雨天，雨丝缠绵，走过那条来时的小路，风轻雨静。我们很安宁。

期待一个热情的盛夏，满眼翠绿。期待一片晴空的午后，知了藏在一片浓绿中，度过一段发呆的时光，连空气都是静止的。我们不慌不忙地活着。

期待一个水波不兴的秋日，站在秋的渡口，回想从春走到夏的一路风光，对那些点滴的痕迹心心念念。我们总会心有羁绊。

我们是孤独的，但不寂寞。

今晚，月朗星稀

今晚的月亮很亮，星星很少，“月朗星稀”一词还是很有道理的。是的，太耀眼的光芒，让那些小星星隐藏了自己。我们的眼睛，总是会先发现那些令人瞩目的事物，比如正月十六的皓月当空。今晚的夜空，让我想起了前几天的星空，那些知名与不知名的星星在眨着眼睛，那是苍穹之光。

每天，从朝霞到星空，大自然都美好得不能言说，你，有多久没有仰望星空了？

今晚，老公跟女儿谈心，时间过了很久，女儿没有不耐烦，反而频频点头称是，作为旁听者，我很感动。我一直认为他不善言辞，原来只是未到动情处。

大家有多久没跟孩子谈心了？

对于已成年的女儿，无论学习、生活还是感情，都是当下需要父母关注的问题。题材不新，贵在内容生动，没有空洞的道理和说教，只有成长的经历和感受。我想，这也是女儿愿意听的主要原因吧。

我们，有多久没有跟家人谈谈自己的想法了？在一起，便是相互陪伴，不仅仅是身体，灵魂也在做伴。

生活太琐碎，能够像发现月光一样发现生活的光芒，有时确实很难。因为我们太容易沉溺在不经意间的时光里，迷失在烟熏火燎的日子里，忘记了当初，忘记了曾经，忘记了很久以前怀揣着的梦想和美好。

选择过一段怎样的生活，和环境无关，和内心相连。

女儿做了网红凉皮，没有想象中的好吃，我们的味觉似乎适应了太多添加剂的味道。就像生活适应了呼朋唤友的日子，习惯了灯红酒绿的夜晚，便忘记了平淡相守才是真正的生活。

所以，趁着在一起，一起做想做的美食，一起说想说的话题，何尝不是生动而美好的生活呢？

没有谁是教育者，我们都是学习者，学习好好生活。

养了一株白菜花

一棵白菜心儿，因为水灵，被放到了一个盛水的碗里。几天后，它长出了很健壮的茎，茎的尽头长满了花苞。生命就是这么神奇，带给你不一样的感觉和惊喜。

烟火红尘与诗酒琴茶，不违和。

没有人不爱花苞欲放的时光，怎么端详都是一副青春的模样。人生，飘缈若尘，淡若清风，耐人寻味的总是那些老去的时光。

怀念，是美好的思念，无须与人语，静思淡行，饮尽数年。

浮世清欢，各有各的幸福。看着那棵白菜心儿渐渐有了来世，说不清是它幸运还是我幸运。

生命里的每一刻，都会留下痕迹，是安心葬在一个温暖的角落，还是荼靡花开直至凋零，很难说清哪一个更好。

欲开的花，是嫩嫩的黄，春之初的颜色。这一切，是它前世从未邂逅过的色彩和容颜，前尘旧梦，含笑饮尽，所以，它应该庆幸，不是吗？

我们，是否与它一般，经历着前世今生和因果轮回，我想，大概没有人真的明了。

你愿意信，那它便存在了。

宿命，不尽是悲观，它能帮你在不经意间找到让心灵飞扬的白月光。

傍晚下班回家，白菜花开了，花瓣对称，花蕊娇嫩，静下心来，能嗅到浓郁的尘世味道。

它的前世，是一颗粗壮的大白菜，它的今生，竟然如此娇羞与艳丽。

那些迎春的花儿，容颜和水中的白菜花，差别并不大。所以，你的前世是谁，其实并不重要，没人在乎你是一棵果腹的白菜，还是迎春的花儿，只要你的姿态足够漂亮，同样会令人惊艳。

所以，以漂亮的姿态过好今生的每一天，趁着年华盛开，方才不负这锦绣人间。

看朋友圈有人分享“荠菜飘香”，休息的时候，寻了一片地，按照记忆中的模样，挖了很大一兜新鲜的野菜。

计划收工的时候，路过的妇人告诉我，那些不是荠菜，我不甘心，拍了照片给常常挖野菜的妹妹征询答案。结果让我很失望，因为一个下午，手被挖菜的小工具磨出了红红的小泡。

回家的途中，心情却是越来越美好，因为刚才那段听着歌儿在田地里寻宝的时光，阳光暖，风正憩。

这段记忆躲过尘世纷繁，清香永存。

其实，只要你愿意，每天的某一刻，都可以美艳不可方物。天气好的时候，仰望天空，阴雨绵绵的日子，看一湖烟雨。

世间的美好，你在意便好。

花无言，月无语。这些美好，你在意便好。

挺好的一天

午后的窗外，阳光挺暖，那些蓝的、绿的湖水，泛着光，却又躲在阳光里独自休憩。三月中旬，春风来，花欲开，或多或少，总有一些性子急的抢了先，比如小区里的玉兰，已开到花瓣低垂。

上午外出买菜，沿着湖边慢慢走出去，这样走明明是绕了路的，因为喜欢，便不计较时间的成本。也许今后很多人的观念会发生改变，比如消费观，比如对待生命与健康的态度。经历，对于生命来说，如果每次都是积极的，也不枉我们人间走一遭。

从鹅黄到翠绿的柳枝越来越柔软了，一阵微风吹过，它们便飘动得厉害。那些寒冷的日子里，没有叶片的枝条被风吹起，是没有这么婀娜的。有生命力的枝条俏皮地摆动着，像极了马路上那个甩着马尾辫的年轻姑娘，步履轻盈，无所畏惧。

我在这里慢慢走，没有急匆匆地赶往想去的那个地方，间或掏出手机，拍张照片，然后看看今天微信运动里面的步数和排名。仿佛那些步数的积累，正带着我走向一个更加健康的明天。

小时候我曾经坚信，人离开这世间，就会变成天上的一颗星，从有限到永恒。后来长大了，我们不再相信童话，但那些相信童话的日子，又会变成美好的回忆，任岁月沉淀成永恒。

那日，在花店看到了一盆彩色满天星，很喜欢便把它搬回了家，让它们盛开在我的目光里。花朵很小，却很热闹，叶片有淡淡草香，花店老板说，“它们的生命不会很长久，花落了就不会再来”。

一丛花花草草盛开在窗台，有阳光进来的时候，它们很明媚，被夜色笼罩时，它们很静谧。在有限的时间里，活出自己最美的样子，谁说草木无情，它们只是不语而已。

时光停在你眼里的每一天，其实都挺好。

春分之夜

夜
用一首歌的时间
从喧闹走向了寂静
午夜的收音机
已不再轻轻传来那首歌
你
睡了吗

花盆里不知名的小草睡了，叶片紧紧靠在一起，仿佛在睡梦中拥抱着自己。白日里，它舒展张扬的样子，却是极近阳光与明媚。哪一个是它本来的样子，它不语，我亦不知。

养了一年的小花，也曾枝繁叶茂。因为春节出门，疏于照料，叶片已枯萎腐烂，没舍得连根拔起，因为有些生命和它缠绕在了一起。本是装饰花盆的火龙果小苗，从清幽幽的一丛长成了乱刺丛生的一盆，还有野草夹杂中间，从没想过要去清理它们，任其野蛮生长。

精心照料与任其野蛮生长，你更喜欢哪一项？我的花花草草，一直在野蛮生长，经常会有不知名的小草给我带来惊喜。比如那株含羞的小草，它的眉目之间，似是在唱那句“白天不知夜的黑”。

我们付出真心，总会期待一个想要的结果。一棵盆景，我用了心，自然希望它长成我心里的样子。如若不然，心底会有些不平。我已经那么好了，为何你就不能成为我想要的样子？

所以，世上不乏伤心人。

曾经，一棵很漂亮的兰花，在精心呵护之下却离我而去。因为我总觉得它需要水，终于有一天发现它的根部已经腐烂。我把它送回了花圃，希望它能重新活一回。除了觉得它很贵，还因为它的花形清雅脱俗，终究不想放弃。

所以，并不是所有的好心都可以办成好事。也许，你的好意，别人恰好不需要，所有的付出最终只是我们一厢情愿罢了。

今日春分，同事问我：“春分是什么意思？”我不懂节气，没有答案，另一位同事姐姐说：“寒暖平分，昼夜平分。”听到姐姐的解释后，我突然特别喜欢这个节气。不偏不倚，刚刚好的日子。

天，越来越暖了，柳枝越来越妖娆，我对老公说：“还是四季分明的北方好，可以遇见不同的风景与心境，比如此刻的春，看上去充满了希望。”如果四季如春，我们还会认为柳枝发芽、春苞涌动惊艳吗？再美的景，看久了也会疲劳，所以我们即使过着安逸的生活，依旧会有出走的冲动。

无心，再美的景也入不了你的眼。有情，再平凡的小草也会美艳。人与事，不也是如此吗？

忙碌的一天，回到家夜色已深，坚持到小区的公园里走了一圈，因为今天走的路太少了。

一到夜晚，我的嗅觉特别灵敏，淡淡的花香，很远便能闻见。我不知道是哪种花散发的幽香，沿着路边挨个闻，终于被我找到了，很高兴地跟老公说："就是它的香气。"

我想，如若是白天，肯定有路人会笑我傻。

为什么我们在白天不会有夜晚的样子？也许，白天，我们是别人期待的模样，只有夜晚，才是自己的样子吧。就像那棵不知名的小草，白天，张开手臂拥抱世界，夜晚，环起手臂拥抱自己。

白天，我们活在别人的眼里，夜晚，我们活在自己的心里。

春分，春已至，花已开。

你的风景，正在来。

好久不见

晚饭后外出串门，走在一条好久未走过的路上，好久不见，一切熟悉而又新鲜。不知何时，街上的路灯换了，这条已不再年轻的路变得明亮、绚丽，路灯会变色，灯光变幻，时时影响着身边的那棵树。

我想，树和路灯，大概也喜欢这么生动的夜晚。

不曾觉得能够在大街小巷自由行走也是一件这么快乐的事情。那些或明或暗的路灯，让刚刚发芽的树枝风情万种，抬头，仿佛遇见了一树繁花。夜色已浓，街边的小店已道晚安，树影昏黄，疏影横斜。

步行穿过一个开放式小区，孩子们在嬉闹，姐弟俩在打羽毛球，骑着小车的孩子来来回回地穿梭，忙碌的身影被路灯拉得很长。路旁，妈妈们一边留意着自己的娃娃，一边热络地聊天。

这世上，最让人忘不了的是什么？有人说，是“得不到”和“已失去”。我们总是渴望着那些“得不到”，然后怀念着那些“已失去”。那么，失而复得，是不是既满足了我们的渴望，又慰藉了我们的怀念呢？

那些当年的风景，诉说着旧时的心境，我们的深情依旧如故。

爱与自由，一个是能力，一个是状态，拥有热爱一切的能力以及自由的灵魂，便是我想要的生活。

趁年华，折几枝山花，品几盏美酒，诉几段衷肠，如此，不负这锦绣的人间。

趁年华，去想去的地方，见想见的人，做想做的事，如此，不负这盛世的繁华。

时光不会老去，老去的是心境，所以，开心的人常常会忘记年龄。

在烟火红尘中，煮一壶月光，品两缕清风，让花香从指尖滑落，在得失之间，修篱种菊，安然自在。

在烟火红尘中，三五知己，披着满天星光，烟熏火燎地烤着串，借着酒劲说着大话。

所以，无论雅俗，只要你喜欢，这一切，都可以抚慰疲惫的灵魂。

好久不见，别来无恙的春天。

那些花儿

春日，雨。闺蜜的厂子里海棠花开得正艳。她知道我喜欢花，便在蒙蒙细雨中为我剪下了满怀的花枝。抱回家，心里满满的欢喜。

是雨的缘故吗，花瓣看上去低垂，也许是因为跟着我走了好远的路，所以这些花的情绪有些低落罢了。

找来一只手工陶瓶，梳理了花枝，很用心地把它们摆放到合适的位置。粗陶的花瓶配这样的花，刚刚好。

这瓶枝条粗壮的海棠，被我放在了床头的橱子上。枕着一树花香，夜色也会生出几分摇曳的姿态，浮世三千，有谁和我一样独爱这花香弥漫的朝与暮。

女儿摘走两朵开得正好的花儿，说要做个书签。用花瓣做的书签，无论藏在谁的故事里，都会带有丝丝的甜，仿佛初恋。

那些短的枝条被我摆在了小书桌上，老公在加班，一大捧花摆在他眼前，他一边抱怨着桌子快被我占满了，一边夸赞“还挺好看”。

那些花苞和花朵已渐渐醒来，有些已经恢复成长在树上的模样。也许，它们感知到了我的喜爱。你对植物表达爱意，它会变得越来越漂亮。所以我相信，众生都是有感情的。

长在枝头的花朵，总会有一丝傲娇和清冷，所以它的样子，还是有些不同的，就连影子都是一副清淡的样子。

你来，它淡然，你走，它疏离。这世上，人与人不同，花与花自然也是不一样的。

开在下面的花儿，似乎更喜欢热闹的生活。它们挤在一起，更像尘世间那花开花落，彼此守望，彼此知晓。

楼下有两株丁香花，它的花瓣纤细，花语很多，忧愁、思念是关键词。那些小小的花瓣颜色淡淡的，仿佛隔世的思念那清清浅浅的环绕。

花儿开到了栏杆里面，来来往往的人，身上总会沾染些花香。身带花香的人，也会平添了几分幸运吧，因为丁香花还有一个花语，那就是“光辉”。

向往光明，但不惧怕黑暗。我喜欢它叫“光辉”。

时光不语待花开

有人说“世事无常”，因为我们不知道明天究竟要面对什么，无论是糟糕还是美好，总要去面对明天。

我认为人生有三样东西最美，便是当下相携走过的温暖，温良如玉的昨日回忆和永远在前方等待你的美景。所以，无论是当下还是未来，光阴中的每一步都是经历与修行。

某日，好友相聚，妹妹说：“再难的事情也不能影响吃饭和睡觉，哪怕上一刻泪流满面，这一刻依然要大口吃饭，好好睡觉。”我觉得特别有道理。我们最应该善待的始终是自己。

七情六欲安放在每个人的身体里，正因这些情绪，我们才完整。开心了，放声欢笑，难过了，不勉强自己笑对，因为当眼泪擦干，往事便会随风。

豁达的人生，不是一生装扮成小丑，画着微笑的妆容，扮出一副开心的样子，忙着取悦别人。

花开逃不脱花落，缘聚终归会缘散，有些人，越走越远，有些事，越来越淡，那些远去的人和事，被渐渐遗忘，不再提起。

有人说“红尘是客栈”，我们每日的相逢与离散，只是为了一个归宿。身边来来往往的那些或熟悉或陌生的过客，能够随遇而安固然是好的，倘若不能，洒脱比安稳则更需要勇气。

或三五好友，倾诉衷肠，或独自漂泊，寄情山水。我们，可以随光阴迁徙，与岁月相依，如此，不负遇见。

如果相信地老天荒，那就继续痴心守候，倘若看淡了是是非非，那就转身离开。

三月末的阳光带着清爽的暖意，裹挟着花香飘荡。三月末的星光，清冷中夹杂着明媚。空气暖了，天空也温和了许多。

很快，便是“人间四月天”，一树一树的繁花盛开，燕子在梁间呢喃。时光不语，花开有期。那些期待的风景，已经有了归期。

有谁来过，又有谁离开，无论是缘聚还是缘散，都交付给岁月吧。插在花瓶中的树枝像长在树上一般，努力生长。为它换一瓶干净的水，轻轻一碰，落英缤纷，那一桌的花瓣很漂亮。所以，花落的姿态比花开时更多了几分不可言说的浪漫与洒脱。

三月末，时光从不语，却道太匆匆。

火辣辣的周末

傍晚的收音机里传来F4的《流星雨》，舒缓的旋律在车内回响。路上的车辆来来往往，我开得很慢，享受着独自在音乐中游“车河”的时光。

想起同事今天的话，“堵车了别心急，可以欣赏一下那些车和人”。有人在摁喇叭，带着焦灼与不安，有人陪你在车中看夕阳，耳边响起“落在这地球上”。

有没有闻到一缕幸福的味道？我闻到了，此刻，朋友为我刚做的小龙虾就在车里。

晚餐，女儿边为我剥小龙虾，边跟我讨论韩剧里唯美的爱情。今晚，我可以不劳而获的条件是允许她在我脸上练习化妆。享受是要付出代价的，我很明白这样的道理。

我同意她对于爱情的观点以及对于韩剧的评价，尽管她并没有实践的经验，纸上谈兵的底气来自她从小读过的那些言情小说。

饭后，我摆弄着花瓶中的花，女儿催促我快点，因为，为我化好妆后，她就要去开班会。

灯光太亮，照着女儿为我化的大浓妆，她笑得前仰后合，还阻止我卸妆，她想等爸爸回家，看我出丑的模样。

窗外，施工的车辆在轰鸣，还有人为了生计连夜奔波劳碌。此刻我能够安静地坐在窗前，想一些心事，絮叨一些琐事，是幸福的。

房间里，暗香浮动，疏影横斜，白日里有多少喧嚣都被这香味冲散了。温柔的星空应该也让你感动，细腻不矫情，才是最好的选择。

女儿跑过来跟我分享某平台排名第一的歌曲，有着复杂的旋律、高亢的音域。我喜欢深情舒缓的歌，仿佛好友的倾诉。

人到中年，比青春年少时更加专一，比如喜欢的歌曲。

为好友的小龙虾拍照，旁边搭配了两瓶花，有点艳俗，但却有火辣辣的感觉。

实实在在的日子，可以过得肆意洒脱，也可以清新脱俗，不是用眼看，而是用心品。

关于爱情和情书

时光那么快，已然是2020年的第三天，21世纪20年代的到来让我感觉猝不及防。日子在盼望着的时候，会觉得悠长，但在怀念的时候，也会变得深远。

所以，这一生，既可以山长水远，也可以一念永恒。

窗台上的花儿，已在我身边已盛开了三年，盼着它开花，是悠长岁月里我最悄无声息的等待，等着，等着，花就开了，等着，等着，年就来了。

花开的时候，是遇见，也是告别。

这些花儿，无声无息地开着，没有幽香散出，因为它们的香气在我的心里。如果恰好也在你的心里，那么，某日，暖阳下，我邀你一起品一壶清茶。

无诗，无酒，依旧可以话年华。

这些花儿，一点也不名贵，但它年复一年地开放，绽放它最好的年华。

无风，无雪，但有花，有月，胜似好年华。

这是一封写给岁月的情书，你懂，我很开心，你不懂，我亦不在意。

“静好”这简单的两个字，却要用一生来读懂。

夜，安好

阴沉了半日的天空，终于有雨滴落了下来，打在窗上，仿佛轻轻柔柔的思量。

天一点也不冷，有雨的冬日，总让我想到南方，青石板路上正泛着清澈的光芒，你的脚步，湿了一路，这样的日子，油纸伞太过刻意，还是让雨打湿一头散落的黑发，每次回眸，都会有丝丝雨滴划过脸颊，这雨滴，是属于你的。

那一日，你还是个喜欢扎着麻花辫的姑娘，身上带着栀子花的清香，是否有个少年，牵了你的手，带着一腔孤勇，许你满天的星光。

那些誓言，如今是否化作烟火的依偎？那些星光，如今是否已映入你含笑的双眼？那个少年，如今是否记得当初的栀子花香？

我想，是的。你还是当年那个姑娘，经年的烟火，沧桑了容颜，却藏不住你羞涩的眼神，满目星光，穿越时光，暖暖望向伴你从青丝到白发的少年郎。

是谁，会带着前世的记忆来到今生，那些随风的往事，又会在哪一条小巷被弯腰拾起。我不得而知。

没有前世的记忆，必然是挺好的，一切都那么新鲜，这世间，这四季，无论雨天还是晴日，每一寸光阴都是崭新的。

每一寸光阴，都染满了尘世的美好，岁月交替时，洒落一地姹紫嫣红，拾起光阴，拾起你独爱的那一抹颜色。

人生，其实就是一场懂得。懂得失去，懂得舍得，懂得遇见，懂得告别，懂得时光不老。

有人说，遇见都是最好的安排，这一生，安然接纳，然后，悠然浅笑，于是，岁月便温和了许多。

冬日的雨滴落在夏日的玫瑰花瓣上，它轻声说，时光可以慢点走，因为那个青花的瓷瓶，还在深深的岁月里静静等候。

纵有千寒，心中永暖。

世界很大，我也独愿做那个千万次踏过同一块青石板的姑娘，透过那扇雕花的窗，看春柳晃乱了木桥，看轻橹又把春柳摇散。

一池烟雨，一池阳光，一池锦瑟年华。

世界太大，欲望太多，如果只要一笔一墨，一页素笺，就能绘下这世间的绝世容颜，这样的光阴，也是值得等待的。生命，本来就是寂寞的，一个人来，一个人走，兜兜转转，有守候，必然有等待。

世上的寒，终究抵不过心中的暖。我在等那一场春暖花开，仿若等那个扎着麻花辫的姑娘穿越烟雨，携香而来。

彼岸花，隐藏了颜色，却藏不住满心的欢喜。我在等什么，你一直知道，如此，多好的岁月，多好的你我。

都说红尘最深，我独愿，心事清浅。

此刻，穿越花海，是那个爽朗的北方小姑娘，轻轻地悠荡，浅浅的笑容，还有，满目的星光。

夜，安好。

听，雪落下的声音

盼了好久的雪，终于来了，有人说它下得很认真，有人却道太敷衍。

朋友圈里是深深浅浅的雪景，透着多多少少的喜欢，有大人，有小孩，大大小小的脚印连成了片。

飘雪的日子，总要做点什么才应景，我在电脑前忙碌了一会，又把花瓶中的水换掉，顺便剪掉那些枯萎在雪夜里的枝枝叶叶，一切，又像当初那么好。

此刻，斜倚床前，想为这雪天写一段文字。

“我慢慢地听，雪落下的声音，闭着眼睛幻想它不会停。你没办法靠近，绝不是太薄情，只是贪恋窗外好风景。”

一段歌词恰好应了此刻的景。雪落下，你可曾听到了声音？如果有，那又是怎样的声音呢？

我想，那是心底有花在开的声音，轻轻柔柔，沁人心脾。

我想，窗外，空气一定清澈得让人心醉。踏雪，浅笑，如果可以，那就在雪地里奔跑，然后放声欢笑。

想起，某年那个初雪的夜晚，和几个好友围炉品酒，谈天说地，犹记得当初的好心情。

想起，当初似乎也有文字小记，于是翻找了一遍，无果，随后释然，记忆深处，情在便好。

想起，某年那个初雪的清晨，和女儿相约早起，只为了在雪地里抢先留下我们的脚印。然后，看着只有我俩脚印的那一片雪地，傻乐。

想起，某年那个初雪的午后，一觉醒来，天是白的，地是白的，来来往往的有情人，牵手到白头。

原来，天地之间，还可以仅存纯洁。

终有一天，我们会想起今日的初雪，那又是怎样的一份心情呢？

雪落下的时刻，我在听雪，你在哪里？

那些飘飘洒洒的雪花，是否走进了你的心里？

一起听，雪落下的声音。

那日遇见

好些日子没有出门了，某个阳光暖心的正午，穿过小区的花园，积雪仍在，空气中却没有一丝冰冷的气息。

那棵孤零零的松树，一半树荫，一半阳光，一半欣喜，一半忧伤。或者，它根本不懂忧伤，因为从春到冬，它似乎都是一个模样，安静地生长，不疾不徐，无声无息。

下雪的时候，不曾出来拍雪景，此刻，看到草坪里的雪却仿佛新的一般。从小区门口买了点豆腐，提着它蹲着拍照很是不便，索性把它放在雪地上，被雪滋润过的豆腐，是否会更加美味?

往年这里种的是三叶草，每到冬日，总是满地枯黄，这两年换成了麦冬草，即使在寒冬里，也是一片深绿。生活越来越美，不是吗?

远处的浓绿是女贞树的树叶。耐寒的女贞树冬天也是不落叶的。我曾在很多个冬天里拍过它深深浅浅的绿叶，只是因为它能始终绿在北方的冬日里，不惧四季的植物，我打心底喜欢它。

夏日里浪漫的紫藤已经枯萎在白色的廊架上，站在冬的路口，想念整个夏天的风花雪月。手中的豆腐因为在冰雪里待久了，已变得有些硬了，那就带回家涮火锅吧。无论怎样，自己愿意就好。

阳光下的女贞树很有生机，只看其叶子，看不到冬天的影子。安然地活在四季里，享受生命的美好时光，那些过往以及将来，念与不念，都已无关紧要。

阳光正好，我站在树下，仰望挂满果实的枝头，远处的萧条，成为虚化的背景，目光所及，皆是美好。每一刻，因为心动，都值得珍藏。

阳光很好，无云，也无霾。

有雪的春日

立春后的雪，下得很厚。我在窗边，等到湖边无人。

穿衣，下楼，无人的路上，女儿用大大小小的雪球袭击我。

雪球砸在身上，瞬间散开，有些顺着衣领，有些顺着鞋跟，融化在我的肌肤上，凉凉的，然而却到不了心底，你明白这样的感觉吗？

我始终没有躲避。我们渴望这样的嬉戏，就像渴望去那条烟熏火燎的烧烤街。

今年春节搬到了很少有人居住的新小区，我所在的这栋楼，只有三户人家在此居住，周围的楼房也是如此清冷。因为每家的作息时间不一样，很少见到我的邻居。

突然这么静，刚开始有点不适应，慢慢地开始享受这寂寥的感觉，特别是在飘雪的日子里。

清晨，夜晚，或者某个都在休息的午后，你可以在楼下无人的街道上漫步，这在之前住了很多年的小区里是不可以的。

某个阳光浓烈的午后，我在楼后发现了一株挺特别的植物，我不知道它的名字，这次，也没用手机软件去查询。它叫什么，突然变得不重要了。它让此刻的你心动，驻足，然后记住它当下那安然的样子，才是生命最重要的价值。

它和那些草一样，还没有返青，但它炙热的色彩，温暖了整个冬天，也温暖了周围的枯荣。

每日里的阳光，或浓或淡，时阴时晴的日子，我们已经习以为常。

天气左右不了心情，就像黑夜无法让你迷失一般。

能够左右我们心情的，始终只有我们自己，能够让我们迷失的，同样也只有自己。

今日，雪。

阳光正明媚

萨冈说："所有漂泊的人生都梦想着平静、童年、杜鹃花，正如所有平静的人生都幻想伏特加、乐队和醉生梦死。"

平淡安稳终叫人难耐，热闹新奇尝多了也不过如此。也许，我们向往的，始终是不一样的生活。

今晚，读完厚厚的一本小说，合上书，心情像一个装满酸甜苦辣的瓶子，说不清什么感觉，各种感觉却又在打开瓶盖的一瞬间扑面而来。

读书，无论是会心一笑，还是泪盈满眶，皆因我们总会在别人的故事里寻找自己的影子，顺便幻想着自己的各种幸运。让我们对号入座的，是幸福和圆满的结局。

这，也许就是人性吧。

我喜欢花花绿绿的热烈，也喜欢清清白白的纯洁。初春的雪落在安静的树上，像粉妆素裹的美人，让人心动。我很容易动心，一本书，一片雪花，一段话，一首歌，皆如自由清澈的笑容，让人念念不忘。

看到朋友圈的美食秀，隔着屏幕，都能闻到诱人的香气。能够把居家的日子过得活色生香，也是一种积极的生活态度。愿此后余生，都是甜蜜。

我们把热情与努力交付给了生活，在经历了一番或平平淡淡，或跌宕起伏的情节之后，希望有一个幸福圆满的故事结尾。

就像童话的结尾，王子和公主过上了幸福的生活。

此后，平安，顺遂。

是谁路过你的生命

今天的春雨不够缠绵，冷冷地飘落下来，少了该有的浪漫和诗意。春雨过后的夜，气温很低，房间里没有暖气，早早便窝在了床上。

白日里，车里的收音机里播放一首熟悉的老歌，我能跟着断断续续地哼唱歌词，却如何也想不起歌名，只记得当初听到它的时候，还是为考试答错了一道题而烦恼的年纪。

时光太久，那些零零碎碎的回忆已经不能完整地串起一首歌。

时光走了很久，曾经以为，每个人生命里的那个重要的人，一定是参与过你成长历程的那个人。如今看来，有一些人，因为一种行为，甚至一句话，都可能成为你当下的重要的人。

我喜欢“情怀”两个字。你的身边，有人拥有“情怀”吗？他们是否路过你的生命，激励你一起前行？

无论工作还是生活，有情怀的人都是幸福的，这份幸福自带光环。所以，每个人生命的长度不同，质感也是不一样的。

生活与工作，不是一场比赛，而是一段旅行，沿途都是风景。要知道，被时光消磨掉的可能是当初的那份冲动，随岁月沉淀的，大抵是深情。

深情，是宽厚的，不疾不徐，不卑不亢。你看不到它的存在，但在某一刻，你会为某一段时光热泪盈眶。

晚上翻看朋友圈，看到老公发的女儿和同学一起完成的公众号推文。问他在哪里找的。他说他关注了女儿大学的公众号。我很惭愧，因为从未参与女儿的大学生活。

我不知道女儿是否看到了爸爸发的朋友圈，有人在默默地关注着她。

为人父母，我们不是在孩子的生命中路过，而是和她共同经历生命。所以，无论她走多远，无论她长多大，我们，始终是她生命中重要的人。

十月里的闲聊

秋日的一个午后，在电脑前整理一些文字。阳光照在背上，已经开始有了让人舒适的暖，墙上半明半暗，光影有了深浅。

拍下光影跳动的瞬间，顺便记下此刻的心意，有些事，欢喜地做，光阴也暖。

晚饭后，去好友家串门，闲聊一会儿。回家途中，突然想去看最近很火的电影。用两秒的时间做决定，用两分钟的时间网上购票，然后，开车前往目的地。

晚上八点，小城的街道上，车来车往，有多少人是在回家的路上，有多少人又在出门的途中呢？

有些事，想做便做，不然下一刻心会转念。

这个城市，人们睡得越来越晚，是否代表着越来越年轻呢？向往着远方的生活，却最眷恋这个生活了几十年的地方。

街灯很亮，照得周围明晃晃的，这个城市很小，来来往往的车，总会偶遇一两个熟悉的车牌。

有些地方，待得久了，心底便生出诸多的踏实和温暖。

换了一条路，路灯灯光是暖暖的黄，照得心里也是暖暖的。

十月的夜晚，窗外，风静了，虫儿已睡了，很安静的夜。

纪念有点凉凉的夜

傍晚下班，风起，凉意起，竟有了深秋的感觉。突然明白了“冷静”一词的含义。原来，冷冷的空气可以让内心更加沉静，从而去真切地感受浓浓的秋意。

其实，很多时候，热来自内心的躁动和不安。所以，冷与静，应该是相辅相成的。

回家，楼下阿姨一如既往热情地和我寒暄，今天，有了新的说辞。比如，今天我是从哪个门进来的，那里有没有发生变化。

与同事聊及童年，他说，“能快乐回忆童年的人现如今也是快乐的，因为他的记忆会自动储存美好”。这说法不错，就像眼中所见皆风景一样。

有些人，会一直遇见美好，所以就一直很简单并快乐着。

前几日，看到朋友圈有人说，“秋天，是希望的季节”。

我记得，她明明在春天和夏天也这么说过，我想，在即将到来的冬季，依旧有“希望”两个字吧。

能够把希望从春说到冬的人，也确实心存希望。

这世上，努力的人总是让人敬佩，无论是努力工作，还是努力生活。

如若不是心存热爱，谁会拼尽全力呢？

读书，比起了解作者的思想，更重要的是要有自己的想法。做人，又何尝不是这样呢。比起揣摩别人的心思，更重要的是明白自己的内心。

享得了繁华，耐得住寂寞，谁不是在展现着他性格的双重性呢？所以，无论对错，表达自己就好。

我们总是渴望着自己不曾拥有的，这也是希望，不是吗？如果一个人连渴望都不曾拥有，在我看来，这是悲哀。

所以，尽管渴望。

有人说，“有孤独，才能保持澄澈”。

是的，孤独，可以让我们更清楚地看见自己。

安，有点凉凉的秋夜。

期待的感觉

小区门口新种了一丛小花，很普通的花，造型也一般，却让即将到来的节日充满了仪式感。物业很有心，尽管业主群里常常会有业主发一两声牢骚，但大家很明白，谁也做不到让所有人都满意。

虽然小区的卫生有时清理不到位，但保洁阿姨们特别热情，每次见面热情地打招呼，让你不好意思再抱怨，这个世界还是充满人情味的。

好友说，“假期的前一天比假期更让人心情愉悦”。

我有同感。

很多时候，期待的感觉胜过拥有。我们也似孩子一般，期待着每一个假期的来临。

休息日的前一天是不需要早睡的，没有压力的明天让夜晚的时光更加悠长。

有人在放烟花，绚丽的色彩映满了窗。我用手机拍下来，只拍到模糊的一团光。

有些美好只是瞬间，无法挽留，就像今晚的烟花。然而，烟花稍纵即逝的灿烂却照亮了很多人的天空。不知今晚有多少人和我一样，看见它来过。

我录了很短的视频发到家庭群，姐姐问我：“在哪里？”

我们已经很久没有在小城看烟花了，她以为我去了外地。

我喜欢假期出游，可是随着年龄的增长，出行的脚步不再像以前那样随性。因为，有了太多的羁绊。

想念多年前的傍晚，偶尔的一句闲聊，就可以开车几百公里，连夜赶去一个陌生的地方。

我们的生活，是自己的，也是别人的。因为，谁都不是一座孤岛。

明日，就是十月了，这一年的日子比往年快，也比往年慢。

快快慢慢的日子，有深深浅浅的烦恼，更有丝丝缕缕的幸福。

我们过着的，也许正是自己需要的生活。有欣喜，有遗憾，有偶尔的小抱怨，也有满足的那声叹。

九月的最后一个夜晚，有烟花相送，有明月相伴。

好好告别，好好期待，每一天，每一月，每一年。

懂你的喜欢

周五的傍晚，有雪落下，开车回家的途中，看路灯映红了窗外的那些白的雪，雨刮器不动，那些雪花慢慢凝结成块，然后滑落，车窗很暖。

收音机里，主持人赞叹着那些特别文艺的文章，有人说他想开一家早餐店，名字就叫“早点见面”。

清晨醒来，看到窗外有残雪尚未消融，外面的气温似乎很低。

朋友圈卖衣服的姑娘一遍又一遍地说，“今冬会是六十年来最冷的一个冬天，快来买羽绒服吧”。

屋子里很暖，水仙花开了一朵又一朵。

早早出门，不是很繁华的马路上已经结了冰，阳光照下来，路面亮堂堂。

小心翼翼地行车，偶尔有骑电动车的路过，大多两脚垂在车的两侧，不得不出门的日子，还是要谨慎一些。

喜欢下雪的日子，却不喜欢这样的路面，喜忧参半的心情，大多是在有雪的傍晚。

热闹的大马路上湿漉漉的，无冰也无雪，原来，冰雪只喜欢安静的小路。

花店里的兰花开得刚刚好。每次去花店，总会带中意的花花草草回家。和老板相识已经十几年了，不常问价格，从来都是选好了算个总数，价格很贵的话她会提前打招呼，在我看来，她是个实在人。

这个城市很小，在这里生活了几十年，好多路人就变成了熟人。

有些喜欢大概是因为日子久了，习惯了。在这儿的几十年里，习惯了这里的一切，每次从一个陌生的地方回来，总会有莫名的亲切和欣喜。

尽管，曾有人说我不适合这座城。

可是，我们常常因为一群人，更爱这座城。所以，从未想过真正离开，每次都只是短暂地告别。

在这个小城里，慢慢过着或冷或暖的日子。四季分明的北方，其实挺好的，如若四季一个模样，是否也会厌倦呢？

人就是这样矛盾，既能日久生情，也能日久生厌。

因为我喜欢倚床头，他便买来了很厚的靠背。有人懂你喜欢，知你冷暖，便是很好的日子。

北方的艳阳里，大雪纷飞

12 月 13 日，大雪纷飞。很久没有看见这么大的雪花，每一片在手机屏幕里都清晰可见，坐在窗台看漫天飞雪落下，有人从桥头走过，步履和雪花一样，缠绵流连。

初雪的清晨，开始想念一份热气腾腾的食物，有着刚好烫嘴的温度，想象着它会很妥帖地温暖着整个身子。

用两秒的时间，决定中午吃饺子。

在北方，饺子是有着特殊寓意的，过节有它，喜事有它，开心了有它，离家时也有它，一盘热腾腾的饺子端上餐桌，普通的日子也有了仪式感。

所以，把时间花费在食物上的每一分钟，都是美好的。制作美食所带给人的舒适，存在于它们变化的每个瞬间。食物是有灵性的，你的喜爱，才是对它们的成全。

春日里的荠菜，在冰箱里沉睡了一个夏天和秋天，如今唤醒它们，在大雪纷飞的冬日，竟然依旧鲜亮如初。

如果美好的时光也可以像它们一样被冷冻存放，那么往后余生，笑靥如花是你，心底温柔也会是你，因为，目光所至皆是美好。

如若不能，那就在不开心的日子里，也来做一盘饺子吧，让这颗心不再颠沛流离，从此安好妥帖。

约了好友一起来吃饺子，能够一起吃饭的人，都是带着几分喜欢的。喜欢就在一起吃饭，一起吃好多顿饭，慢慢把喜欢变成了深爱。

这一生，人来人往，我们要遇见好多人，能够在生命里留下痕迹的，大概就是那些在一起吃了好多顿饭的人。

一起吃饭的交情，不用冷藏也会像那些春日里的荠菜，无论艳阳高照还是大雪纷飞，总是鲜亮如初。

今日的雪花和艳阳，交替出现，一上午，窗外忽明忽暗，仿佛时光穿梭。

下午，它们厌倦了互相躲藏，北方的艳阳里终于迎来大雪纷飞，就像日月同辉，原来没有什么是不可以的。

雪停了，出门走了一圈，天气冷得很，可是那些落在路面上的雪花还是不见了。

脚下的路，一定是有温度的，不然那些雪花不会着急地化成一片潮湿。

2020 的 12 月 13 日，我在北方的艳阳里，看过大雪纷飞。

有雾气升起的夜

晚归的夜晚，沿湖边步行回家，空气很潮湿，湖面上雾气缭绕，仿佛身在南方，很惬意。

想拍下这样的画面，可惜手机拍出的图片少了眼中所见的朦胧，除了那些光，便是一片黑，我明明看见了灰，却无法将它呈现。

有些美好，也许只能长存心底，无法还原和再现。

很少在微信上转发鸡汤类文章，中午看到一篇文章讲磁场，觉得有点道理，转发后有朋友在文章下留言："道理都对，做到很难。"

突然想起电影《后会无期》的台词："我们听说过很多道理，却依然过不好这一生。"

也许，能不能过好这一生，并不在于懂得多少道理，不用讲大道理的人生，是否会更加快乐。

很多时候，我们纠结，往往在于想得太多，看似明白，未必真懂。

自从那日水仙窜出了花苞，每日下班回家，总会端详一番。今晚发现那个最大的花苞长得有点丑，不知明天是否会惊艳。

也许，每一朵花在盛开之前都会经历这样的挣扎；也许，没有一个生命会安逸地长大；也许，那些看似轻松的生活背后，都有不为人知的艰难和委屈。

我们很愿意对世人露出光鲜亮丽的一面，也许只是证明：懂不懂道理，这一生都会过得很好。

我们的状态，便是对生活的暗示，你呈现的也许是你想要的，也许是你厌倦的，无论怎样，它们都可能成为你的将来。

所以，我很同意画家竹久梦二那段话："我多怕你总是挂在嘴上的许多抱怨，将会成为你所有的人生。"

不抱怨，过好一生。

有人曾说："一个人缺什么便会显摆什么。"我不太同意这样的说法，能够拿来显摆的，也许就是我们最满意的生活，无论正在发生还是即将发生。

满足当下和期待将来，都是一份美好的情感。

能够显摆，其实也需要力量和勇气。让自己幸福，本来就是了不起的本领。

今日，阴雨，空气不是很清澈，有人说霾来了，我宁愿相信那是雾。

浮世清欢

周末，薄雾，窗外缥缈。

窗台上的水仙，悄然开出了白色的花，翠绿的叶围着白色的花朵，淡雅中带着风情。

白色的小花总是让人觉得素雅，它们一朵两朵地开着，却各有各的方向，有点孤寂，一点不像旁边盆里的长寿花，一团团挤在一起，热热闹闹地盛开。

花开得清雅怡人，不枉名字里带着“仙”字。

“浮世清欢”，这盆花让我想到了这几个字。世间百味再浓郁，终有一天我们也会钟爱一盏清茶，或许仅是一杯无味的白水。

流年似水，终将洗去铅华，褪尽纷繁，最后只剩下简简单单的时光，安然若素。

“我用一生等你，你不来我不老，等到那月亮圆了，这炊烟飘缈，候鸟已归巢，相思还安好。”多么美好的期许呀。

周末的午后，一壶白茶，几缕花香，在沙发上迷迷糊糊打个盹，仿佛一刹那，又仿佛是红尘一梦，饮尽了千年。这世上，哪有什么世外桃源，在烟火红尘中能有这样的清欢，便已经不负天地恩泽。

这几朵白色的小花，于荏苒岁月中恬淡洁净地呼吸着，仔细端详，花瓣上隐约有露，让屋子里添了一丝清凉。

中间的花蕊，黄得很新鲜，越发称出花瓣的白，这朵花于清净处生出了欢喜心，是清清浅浅的那种欢喜。

就像小满带给人的欢喜，不浓烈，平和中的欣欣然，便让你眉眼带着一丝笑的模样。

这几朵花，看着是一样的，却各有各的方向和活法，躲过纷繁，冷暖自知。

浮世清欢，自然是各有各的欢喜。

一盆并不昂贵，甚至有点廉价的小花，也能带来一份满足和欣喜，清静之中方能生欢喜。

如若可以，愿你枕香入梦，寻个天地修篱种菊，轻易躲过这尘世间的纷纷扰扰和众多烦恼。

与凌晨同在

晚上回家，走近窗台，闻到淡淡的有点甜的清香，低头发现那株养了很久的金边令箭开花了。有凝结的露珠一般的液体正在渗出，那些香甜的味道大概来源于此。

这株植物，很久以来并未入眼。在我看来，它硬朗的外表并不适合放在室内。如今它开花了，才发现它也有甜甜的柔美，所以此刻，我是喜欢的，全然不记得曾经嫌弃过它。

我们在自己的世界里行走，也在别人的岁月里穿行，徘徊在世间，就像昼夜交替，日月轮回，你在自己世界里的样子也许别人并不认识，但是，这并不重要。

简单一点，便会快乐很多。心意简单，是一件很酷的事情，大多时候，纠结是因为想得太多。

哪怕是好奇，也可以带着点可爱的笨拙，像个小孩子一般。所以，我一直很喜欢那个看到新的东西会一惊一乍的老同事，和她在一起，特别简单和快乐。

其实每天我们都活在妙不可言的期待中，不是吗？比如那棵自己不喜欢的植物竟然按照我的心意生长了，那么多年，它对于我的无视不急切，不慌张。如今它开花了，也许这是它内心所期待的，也许不是。

我们活在彼此的岁月里，或熠熠生辉，或黯淡无光，其实那都是别人的眼光。如果可能，我愿意像一棵植物那样，不急切，不慌张，慢慢地长。

当我们对价值的追求过于急切，痛苦也会从内心升起。不慌不忙的日子里，也许你期待的正迎面而来。

心是看客心，人是剧中人，有谁又能把感性和理性完美融合？

想念的味道

周末，开了一天的研讨会。一群人努力把一件事情做好，过程辛苦却感心安和美好。

晚上，好友聚在一起，畅饮酣聊。在一起，不设防，也是心安和美好。这个世上，总有一些事和一些人，逆光而来，带给我们渴望的温暖与幸福。

我们，大抵都渴望一段无须设防的关系。很多时候，会因为别人的一个举动、一句话，便开始对他敞开心扉。所以，人，终究是简单的。

人若简单，关系自然会简单。好友相聚，谈及对儿女的感情，谈及对一件旧物的留恋，像孩子一样表达自己，并不是多么困难的事情，只需自己简单，而恰好也在一段无须设防的关系里面。

提及一首老歌，有人念着歌词："想念你的笑，想念你的外套，想念你白色袜子和你身上的味道。"他说前面的想念只是视觉上的感知，不足以动人，唯有"味道"一词，方知在身边的温暖。

想念的味道，应该像含泪的微笑吧，你无法说清是悲还是喜。我们，终究是有感情的，无论是一件旧物还是一个故人，又或者仅仅是一段经历。

在最深的红尘中，遇见想要的温暖，也许当初不自知，挥手作别，方知那些当下还没来得及珍惜，便已成为过往。

我们收藏着记忆，也许会历久弥新，但大多会日渐清淡。渐渐忘却，与薄情无关，只是因为生命里的来来往往，已成习惯。

所以，想念的味道，即使清浅，也会安然。

冬日里的河面，有冰亦有雪，你可知有温暖的暗流正在路过，有阳光照过来，清晰可见。

有人就像这冰面，波澜不惊，内心的暖流需要用心去看。有人就像这阳光，只要在，时时刻刻温暖可见。

我们，终究是不同的。然而，不要拿阳光来攀比，你可知阳光也有倦了的时候，那些阴雨的日子，也常常遇见。

我们，终究是不同的。也许我们都在互相羡慕着，只是不自知。

一寸光阴一壶酒，年轻时也许是烈酒，待时光老去，渐渐成了一壶温暖的黄酒。我们想念烈酒的味道，却更享受黄酒的温暖。

现世安稳，有什么比得过当下的心安。所以，想念的味道，会带着如今的甜。

有阳光透过枯枝，带着清冷的温暖。世间所有的暖，都不及你内心的温度。这世上，最让我们想念的情，都来源于自己的内心，内心暖，想念都是暖的。

想念的味道，像阳光的味道。

亮堂堂的夜晚

研讨会上，先听别人说，然后我说给别人听，在倾听与表达之间不断切换，是个有点辛苦的活儿。

突然很羡慕那些能够不停说话，还能够保持精气神的人，也很羡慕那些一直倾听，还能保持专注的人。无论哪一种，我都做不到，所以，我会觉得辛苦。

晚上，跟女儿视频聊天，我俩隔着摄像头对视，她嫌弃我皱纹渐深，我吐槽她体重渐增，互相挤对的话题越来越多，于是我跟她聊学习，她跟我说没钱，方可终结我俩没有营养的谈话。

想起某次一起逛街，我俩一直在互相调侃，卖衣服的美女用很真诚、很羡慕的语气说："你们母女感情真好！"

感情很好吗？我俩似乎对彼此并没有太多的依恋，聊天的内容也从不涉及思念，在她看来，这个话题有点肉麻。

于是，无论谁先拨通电话，对方都会问："干吗？"回答是千篇一律的"不干吗"。随后再开始讲各种无聊的话题。

结束了今晚的聊天，决定出去走走。时间还早，竟然有了困意，只因屋里暖气太足。人果然不能一直待在舒适的地方，时间久了，便没了精气神。

今晚，月光很亮，没有路灯，但到处亮堂堂的，抬头看向天空，天空也是清澈明亮。

被月光拉长的身影忽深忽浅，我把手插在口袋里，慢慢走，影子摇摇晃晃，这样的感觉，有点像小时候走路的样子。

一个亮堂堂的夜晚，走得越远，心里也越清澈，脚步也越来越轻松。离开一个环境，就会收获不一样的心情。

很庆幸选择了出来走走，不然就错过了这个亮堂堂的夜晚。

走出了很远，回头望去，远处的灯光，有我家的一盏，那么多星光一般的灯光，也让夜晚变得亮堂堂的。

心里亮堂，便会有光映出来，让人身上带着光芒，无论清晨还是日暮，无论晴空还是阴雨，一直带着光。

多好，这亮堂堂的夜晚。

我们的二十二年

二十二年前的今天，我嫁，他娶。

今日清晨出门，我问他：“晚上如何安排？”他说：“实惠一些。”我问：“啥叫实惠？”他说：“吃饭、买衣服。”

有道理。

那一年的今天，也这么暖。

仍记得，那一年结婚日的第二天，天空开始飘起了雪花，不知明日，会不会有雪。

那年那日的雪，下得很厚，我穿着红色的衣服，和他挤在红色的小摩托车上，风从脸庞划过，需要大点声音，才能让对方听清我说了什么。

很奇怪，那天吸入那么多的凉风，肚子里依旧热乎乎的，就这样，吹着凉风，喊了一路，从老家回到了我们的家。

婚后某天，路过小区附近的水果摊，想买点水果带回家。摆摊的小伙热情地招呼：“嫂子，想要点啥？”我放下东西扭头便走，那时还接纳不了“嫂子”这个称呼。

我回家抱怨：“他怎么知道我已婚，叫声姐姐也比嫂子好听啊。何况，他长得比我还老。”

他说：“你每天跟着我回家，人家不叫你嫂子叫啥？”

是啊，有哥哥自然就有了嫂子。那年的旧事仿佛还在眼前，竟然已经跟他回家二十多年了。

当年不愿意当的嫂子如今成了孩子们口中的“大妈”。

二十多年的时光，把一个陌生人熬成了亲人，记性不好的我清楚地记得当年那些琐事，无论是好的还是不好的，而他，却早已不记得了。

也许，对于婚姻，男人和女人的体验是不同的。就像今晚，我希望有一点小浪漫，而他活得更加现实一些。

其实，无论这个纪念日过得浪漫还是实惠，两个人，都不会在意到底谁将就了谁。因为，我们已经过了较真的年纪。

不再较真，不仅仅是将就，更多的是开始懂得宽容。

很多人的婚姻里，会明显有强势的一方，有人说话语权来自婚后第一架，其实无论输赢，我总觉得将话语权拱手相让大多是心甘情愿。如果不是这样，谁愿意死心塌地被别人控制一辈子。

那个婚姻里柔软一些的，只不过爱得更深一点罢了。

那个和你一起回家的人，在别人眼中是什么样子不重要，关键是他在你心中的样子。

婚姻里的崇拜会提升彼此的幸福指数，所以你将他看作什么，他便是什么。

谨以此总结二十二年的婚姻生活。

有雨的周末

这个周末，细雨蒙蒙，撑着伞沿着湖边慢慢地走，周围寂寥。风声很小，已然变凉，垂着的柳，少了几分柔软。

湖水日渐清浅，枯黄的芦苇和蒲草露出大半个身子，岸边的树黄黄绿绿，色彩斑斓。植物和人一样，有的经不起岁月，有的却拥有与时光对峙的能力。

湖边无人垂钓，走了一圈，没有碰到一个路人。这样的天气，人们大多喜欢待在屋子里，一壶清茶，一盘瓜子，看一部或喜或悲的电视剧。

阴雨的日子，大多心情放松，所以有人喜欢呼朋唤友，似乎阴天也是一个节日，值得庆祝一番。

我和女儿都喜欢这样的天气，我喜欢是因为雨的悠长仿佛拉慢了时光。女儿喜欢是因为年轻的她不喜欢晒太阳。也许，喜欢从来不需要什么理由，只是一种本能罢了。所谓一眼万年，只是一刹那的感觉而已。

所以，喜欢也只是一种感觉，不需要解释得明明白白。当然，也有人会不喜欢。

坚持晚上写文已有几年的时间，闲散地记录着时光里的碎片。每个写文的夜晚，内心祥和，我喜欢这样的感觉，就这样坚持了下来。

有朋友问我，为什么总睡得那么晚？也是习惯使然，我喜欢在做完全部事情之后躺在床上玩手机，然后放下手机，便可以入眠。

有些习惯，明知不好，却很难改变，就像我们能讲出各种大道理，却常常在很多事上犯糊涂一样。我们知道的，和我们做到的从来不是一回事。

成年人的好处，大概就是放纵了自己，还没人管教。

今日的细雨，在枯枝上凝结成珠，我拍不出它们的晶莹，便向老公抱怨手机不行。即使是个成人，也会找各种各样的理由来解释自己为何做不到。

好友问，什么是自由？自由，如果用想干什么就干什么来解释的话，似乎肤浅了一些。自由，应该是内心的感受，在很多次身不由己的时候，心底依旧可以不羁。

哪怕在这个本该闲适的周末，你依旧被琐事缠身，心底依然可以有一处烟雨美景，让你欢喜，让你释然。

这个世上的欢喜，淡淡的就好，太过浓烈，反而更容易患得患失，过于跌宕起伏的心情，有些伤身。

等一颗露珠落下的时间，也许很长，不要着急，我们可以慢慢等。如果没有时间来等待，那就轻轻地碰一下枝头好了。

或快或慢的日子，只要喜欢就好。

听雨的夜

今夜，有雨从天上来，细细碎碎的沙沙声，一点都不像冬日的夜雨。我把窗户打开，清清爽爽的风，穿越漆黑的夜，带着潮湿与温润，轻轻拂来。

时光穿越，让你忘却了季节和时间。此时已是很晚，躺在窗台，等待有风穿过指尖。这样的夜，适合说一些莫名的心事。

手指在手机键盘上敲打，常常敲错字，已经没有了当初的灵敏，想起有个姐姐说过，随着年龄增长，会越来越嫌弃自己。

对自己不满，是多么让人难以接受的事情。我们尚且接纳不了别人对我们的不满，怎么能接受来自自己的苛责？如果连自己都不再喜欢自己的话，生命，又何谈愉悦。

年纪渐长，眼神不再清澈，却愈加意味深长。你的眼神，包含了你经历的一切，好的坏的，笑过或者哭过，淡然抑或纠结。

不记得从哪一年开始，喜欢拍背影，假装很有意境，其实是不愿正面入镜。喜欢逃避，却给了逃避一个冠冕堂皇的理由。也许，这是成年人的悲哀。

朋友圈有两三个朋友，无论是发心情还是励志鸡汤，喜欢用自己的自拍照。说心里话，我很羡慕这样的状态，喜欢自己，哪怕是滤镜下的自己，都是一种让自己幸福的能力。只要把自己哄开心，日子过得就开心，多么好的生活状态。

没有人不喜欢美好，就像没有人不热爱生活，那些倦了的，一定是被什么蒙蔽了眼睛。

这一周，明明刚刚开始，却觉得已经过了好久。原来，时间的长短，并不是那几根针走过的格子，而是自己走过的那些深深浅浅的心情。

也许，当我们把心用在让自己感觉幸福的事上时，才是真的喜欢自己。

这场不像冬雨的冬雨，很容易让人胡思乱想。

这一天

清晨，有雾气从水面升起，天空很灰，湖面很暖，如果没有远处的塔吊入镜，倒是有点烟雨江南的意境。

清晨，陪老公回老家的途中，车很多，大多奔向一个方向，所以在前往老家的路上，罕见地堵车了。

这一天，太阳依旧升起，尽管有点迟，但是足够暖。有风从河面吹来，芦花浮动，有几分秋日的妩媚，荒凉的从来不是色彩，而是心底。

那些落光了叶子的枝枝杈杈，在水面上也能妩媚多姿，所以，心底有什么，眼睛就会看到什么。

这一天，女儿发来一张献血证的照片，她竟然没跟我们打招呼就跑去献血了。和她一起去的同学因为血压低没有得到那个红本本。和女儿视频，她笑得很开心，因为医生说她的血压很正常。

这一天，忙忙碌碌，却很难把那些琐事梳理清楚，中年人的生活，日渐慌张。也许，让你慌张的不是生活，而是那些无法厘清的心情。

这一天，老公从网上买了一个装满老歌的 u 盘，回家的途中，一首接一首地听，让人回忆起喜欢这些歌时的岁月，只是如今听来，已不是当年的心境。

这一天，从清晨的雾到夜晚的风，都挺暖。

人间值得付真心

今日，竟然立冬了呢，还没来得及仔细端详层林尽染的秋日时光，又将迎来霜满天的清冷时刻。

日子，总是那么匆忙。

因为我的气管不太好，所以不喜欢北方的冬日。怕了那些扑面而来的冷冷的风，总想着如果生在南方该有多好。最近，和南方的朋友一起在徐州参加培训，她穿着丝袜、纱裙，竟是夏初的打扮。我身着冬装站她旁边，好奇地问：“你冷吗？”她笑着说：“哪里会冷。”

生命，总是有太多不同。

就像那些花儿，有的喜欢在暖阳里绽放，有的却要盛开在冰天雪地里，开在每个季节里的每一朵花儿，都会不虚此行，因为总有人为它而驻足。

每一个生命，都曾得到过关注，或多或少。

零点，收到了女儿的红包，数额不大，心意满满。我问老公：“微信红包是不是可以定时发送？”他说：“人家是不睡觉在等那个时刻呢。”这份心意让人感到如此幸福。

我们在意的，大多是一颗真心罢了。

愿意真心待你的人，自然会想办法讨你欢心，愿意真心待生活的人，自然会对这个世界满怀深情。

这个秋天，一直心心念念去看漫山遍野的红叶，可惜，这一季鲜红的叶没有等我。

人生，就是在不断地错过和遇见。

山川湖海，在眼中，更在心里。这么好的山山水水，这么好的人间，值得真心一片。

我们喜欢的，不仅仅是路过的山一程，水一程，更是路过的那一程心情。

有人说，高度不同，看到的世界就不同，颇以为然。人生就像爬山，越往上，所见越多，越是感觉世界美丽，风光无限。

人在谷底便是“俗”，人在山顶就是“仙”，中国的文字，总是让人赞叹。

今日，立冬，秋已尽，冬将至。转眼，又是一年中最后一个季节。

天会越来越冷，有人说，在冬日里要大口呼吸，这样会让自己看上去热气腾腾。

热气腾腾的日子，心花怒放的人生。

人间，向来值得我们真心付出。

远方的夜晚

陌生城市的夜晚，在入住的宾馆附近散步，闻到了花香。寻到一处店门口，繁花似锦，熟悉的、不熟悉的大大小小的花都簇拥在一起。

花丛中间，有一张木质的摇椅，空着的椅子上，弥漫着花香。有点湿漉漉的清新，和夜晚的露无关。这就是南方的城吧。

我想，这个店铺的主人一定爱极了生活，不然那些枝枝杈杈不会如此肆意地生长。

我相信，一个充满生机的人，才会放任这些花花草草肆意地活在四季里。

这座南方城市，既有北方的硬朗，又带着南方的柔美。随处可见的很大的树长得很齐整，也很茂盛。此刻的北方，有着黄叶、红叶还有绿叶的叠染，这里，还是一片有点深的葱绿。

好多的店铺亮着灯，人却很少，繁华中的寂静，也是这座陌生城市的夜晚给我的初印象。

有新生的枝条从黑暗中探出来，很娇嫩，像北方城市里的春天一般，生机勃勃地舒展着。

想起电影《小人国》里的一个片段，一个小女生站在高处大声地喊："我呼吸到了风景，风景，风景，新的风景。"

我也呼吸到了风景，原来，风景真的可以被呼吸，而不仅仅是被看到。

我还闻到了桂花在夜里飘香，脚步追着香味便寻到了那棵不是很大的桂花树，它藏在一个角落里。我从枝头摘了一粒花，一路嗅着回到房间。

我把它放在了床头，今夜，梦中闻香。

庭院

周末，适合读一些闲书，说一说那些闲适的心情。阳光很暖，读了白落梅的《我想有座庭院》。

那日，恰巧去了朋友家的庭院。在我们老家，不叫庭院，叫作宅子。

南方的庭院和北方的庭院自然是不同的，种植的植物不同，布局也不一样，比起南方人的浪漫细腻，北方人更讲究实用。

随着物质水平的提高，越来越多的院子里除了种植蔬菜，花花草草也占据了好多的空间。甚至有些南方的花卉也开始在北方流行，比如桂花，我在很多院子里闻过它的香气，仿佛到了江南。

朋友的院子里最惹眼的是一棵山楂树，个儿不高，枝繁叶茂的，一串串山楂压弯了枝头，任它们在秋风里热烈着。

一棵长满山楂的山楂树，无论从哪个角度端详，都带给人喜悦。

院中的大水瓮里盛满了清水，是用来洗涮的，旁边明明是有自来水的，可是从水瓮里舀水的感觉更好一些，它带着时光的记忆。

我很喜欢满枝的山楂，想剪一枝带回家，要用专用的剪刀才行。树枝被拿在手里，有黑黑的蚂蚁在上面爬动。为了不把蚂蚁带回家，在朋友的授意下，我将整根树枝泡在了水瓮里。

你明白那种肆意的感觉吗？不用考虑是否卫生，山楂从树上摘下来就放在了嘴里，手指尖有一只蚂蚁也恰好路过，轻轻一吹，飘落到土里，然后它又爬到了一片菜叶上。这是一只喜爱绿色多过土壤的蚂蚁。

不知是年龄的原因，还是心态的转变，那些曾被别人嫌弃过的小洁癖渐渐不见了，仿佛回到了小时候。

小院的一角堆满了零零散散的树枝和树根，看上去很有艺术感，其实它们是用来烧火的。

白天在单位忙碌地工作，傍晚回到小院，劈柴，生火，看炊烟飘过村子里大大小小的胡同。

朋友送我几枝干枯的莲蓬，放在桌面上，拍了张黑白照片。那些烟火幻化来的诗意，更让人动容。

心中有个小院，也就有了喜欢的时光。

离开或者走近，有心意，也有了心情。

在每一个日子里幸福着

今日，教师节，这个节日我已经过了二十七个年头儿了。

清晨，收到的第一个祝福短信，竟然是一个不常见面的朋友，除了有点意外，更多的是感动。被人记得，是件很温暖的事情。我们，已经好久不见。

节日的意义，大概就在于唤醒沉睡的幸福。在每一个平淡的日子里，因为赋予它一个名字，这个日子就会充满甜蜜。

这一天，收到了几个大大小小的红包，也送出了几个祝福的红包。自从有了微信，我们习惯了在特殊的日子或送出，或者点开一份祝福，哪怕红包里只有一分钱，也会带来兴奋和满足。换种方式，幸福变得很简单。

一年之中，还是平淡的日子居多，没有人天天过节日一般的日子。那些隐藏在寻常日子里的小感动，需要用心才能发现。感恩是一份态度，感动则是一种能力。有的人就丧失了这种能力，看似冷静，实则麻木。

麻木的人生，看似淡然，却也着实无趣。不是吗？每天循规蹈矩，重复着昨天的生活，谨小慎微地过着自己的日子，虽无波澜，却会一眼望穿数年。数年之后，依旧无回忆，无向往。

所以，还是要对这个世界怀揣热情。一水，一舟，一夕阳，阴晴冷暖，都呈现不一样的姿态，你为它驻足，它便回馈你美好的记忆。

这一生，我们不知道要走多少路，如果走出的每一步都面向想要到达的地方，那么，即使四季轮回，依旧春暖花开。

那个让我欢喜的物件

清晨，天色未亮，空气微凉，顶着星星出门，回到家已是傍晚时分。有点儿累，心情却雀跃。

因为，今日回家收到了一份礼物，它在来的路上走了二十二年。在心底，它已经是我时光里的旧物。

那年新婚，他说："我要给你买个梳妆台，因为一个女人应该拥有一个梳妆台。"

那年，我们的房子很小，那年，我们的存款很少，那年，我仅有的两瓶护肤品撑不起那张古典风格的台面。

后来，我们搬了好多次家，梳妆台，成为一个旧梦。

每日总是匆匆梳洗，来不及精致地装扮自己，唯一的化妆品是一支随身携带的口红。时间紧，常常拿手机屏幕当镜面，简单快速地涂抹。

今晚，第一次在梳妆台前端坐，生出几分感慨。眼角的鱼尾纹在幽暗的灯光下也如此清晰，眼神早已不再清澈，容颜竟然生出了旧物的颜色。

你再爱时光，也留不住它。

女儿说："出门记得抹点口红，不然真是个黄脸的大妈。"我记得这句话，可是无法阻止时光把我变成大妈。

从未觉得内心荒凉，却会生出几分落寞。

如果能把每一次心动收藏，是否能保持永远的澄澈。

假期的时候，和老公朋友一起去了山里的民宿。走在大街上，看见一只狗躺在路中央休息，你靠近，它也只是懒洋洋地看你几眼，继续将头埋下。

它悠闲的样子，会让你开始羡慕一只狗的生活。

这里的夜很快就安静下来，这里的村民们早早便已待在家里不出门，八九点的光景，街上空荡荡的。如果不结伴，一个人是不敢走在路上的。太安静的地方，会让人生出一丝不安。我们，还是离不了这喧闹的尘世。

傍晚的时候，在街上闲逛，看到路边开满了小白花，以为是野生的小花，采了一朵在手里，才发现是韭菜花。

正保持着采花的姿势，有户大门打开，一个大叔提着水桶走了出来。有点尴尬，刚想解释"以为是路边的野花"。

大叔憨厚而热情，抢先说道："你都摘走吧，我家不吃。"不忍拒绝大叔的好意，匆匆摘了一小束，致谢离开。

心静，心境，让一切变得简单。

很怀念那个傍晚，很喜欢今天的傍晚。

余生还有很多个傍晚，有怀念，有欣喜，如此甚好。

欢喜

作家毕淑敏说："学会与自我相处，世间一切关系都在滋养着我们的生命。"作家林清玄说："以清净心看世界，以欢喜心过生活，以平常心生情味，以柔软心除挂碍。"很多人看过这些句子，却很难走进其中的意境。

把心放平，就是一泓平静的水；把心放轻，就是一朵自在的云。你若成功，有人羡慕，也有人嫉妒。倘若无法把持一颗清净心，那就注定半途而废；倘若能够视若虚空，便终能渡劫飞升。

欢喜心，就是知道自己这样做有什么意义，所以做的时候内心非常欢喜。好比农人播种，看着小苗茁壮成长，心里就充满了希望，很快乐，也很有干劲。以欢喜心做事，事事皆为我而生；以感恩心待人，人人皆为我而来。

以平常心生情味。当我们读懂了时光，才知道自己需要的到底是什么。每天辛苦付出，不过是一颗平常心。

以柔软心除挂碍。所谓柔软心，是指把自我减低、减少、减轻，不在人际间架设心防，也不为自己设想，心胸全然敞开。

唯其柔软，我们才能敏感；唯其柔软，我们才能包容；唯其柔软，我们才能精致；柔软心是大悲心的芽苗，柔软心是我们在俗世中生活，还能时时感知自我清明的源泉。

清净心，欢喜心，平常心，柔软心。正是当下我们开启幸福生活的密码。然而再幸福的生活，都有不如意的时候。世界总是优劣并存，注意力在哪里，你的心就在哪里。

有一颗清静之心，红尘的喧嚣就无法动摇你的心；有一颗欢喜之心，生活中的不如意就影响不了你的心情。

人的一生，不是每个人都能时时拥有完美。万事如意只是一句美好的祝愿，只有怀着一颗平常心，才是人活在世间的至高境界。

有柔软之心的人，就像水一样自如，懂得顺应情况变化，或绕圈、或转弯，这就是所谓的“柔能克刚”。

似水一样的女人，可包容，可浸润，应该是很多人喜欢的，似水一样的男人，有深度，有张力，也是很受欢迎的。

似水一样的年华，不断遇见各种美好，同样让人心生欢喜。

收放自如的人生

从没想过，一个人的语速会反映他的心理状态。一直认为，说话语速的快慢是人的性格使然，但当我看到《收放自如的人生》，联系身边的例子，觉得确实有点道理。

一个急于把控话语权的人，除了说话急促，腔调明显，还有语气强势，声调高昂。反而那些内心自信的人，说话始终不疾不徐，声音不高不低，语气不卑不亢，仿佛闲庭散步般从容，收放自如。

这一切，和人生多么的相似。太过急匆匆，定然是奔着结果，太过慢吞吞，又是瞻前顾后。生活，定然是急不得、躁不得。

收放自如的人生是什么样？我想，一定是跟随着自己的内心，不是为了让别人对自己满意，而是让自己满意。一定不是急匆匆地赶路，一定不是左顾右盼。

我们的日子，必然是自己过的。

今晚，陪女儿把她喜欢的韩剧追完了。

“什么感觉？”她问道。

“挺好的！”我说。

“能不能不这么敷衍？”她有点不太满意。

我真的觉得挺好的，因为如果没有她一再相约，我不会有闲情和时间走进如此纯美的爱情。这种感觉让我仿佛回到了青春时代，那段可以为了爱情热泪盈眶的青涩年华。

追完剧，我说："我该读书写笔记了。"

"再给你听一首歌。"她很殷勤。

歌曲很好听，可我开始拿起书本，并没有认真去听，然后随口说道："你为什么不用听一首歌的时间来读一篇文章呢？"

她很不悦，转身去了自己的房间。

有点懊恼，因为我也讨厌说教。

此刻，她的一首歌和我的一篇文章，其实并没有价值高低的区别。我希望她用听歌的时间来读书，只是我想让她过我所设定的生活。

跟随自己的初心，生命中所有的美好都会如期而至。

奔赴喜欢

浮云吹作雪

今日大雪，却无雪。

听了一天的课，回家途中，天还没有完全黑，傍晚的天空，星月同辉，云霞缠绵。

已是冬月，站在路边看彩云旁那弯弯的月牙，看星星从云后透出光芒。究竟是云在动，还是星在动？

不是云动，不是星动，是我的心在动。

满湖的云，随风飘荡，一池云锦。

冬月的傍晚，天黑得特别快，看云天渐渐一色，夜来了，世界变得简单而宁静。

我站在原地守望，经年如水，凡尘的你我，向往澄净与平和，抚慰孤独的灵魂。

夜幕，凡尘。

今晚，煮了一壶据说是可以止咳的茶汤，它本无须与茶兑饮，可味道欠佳，我便在壶中放入了喜欢的茶。来自两个世界的它们一起在壶中翻腾，开始一个故事，结束一段往事。

世间万物，都各有各的归处，一盏茶也是如此，再浓郁的香味也会渐渐如白水一般纯粹。

看着它从容地洗去铅华，一盏美好，一盏慈悲。

尘世的暖意终究不会消散，今晚，一壶茶温暖了夜色。想出去看看星空，只是想想而已，我们终将臣服于现实。

窗外的彼岸，灯光迷离，仿佛听到了虫鸣。

这世间的道理，有些人一刹那便明了，有些人却一生也无法参透。明了，然后放下，便会如清风明月般自在。

这样的夜，你在做些什么？

我在听歌，写字，给白日的喧嚣寻一个沉静的借口。

想要想起一些往事，却发现它们已零零星星散落在了流年里，拾起一些碎片，却始终无法把它们拼完整。

那些碎片，也渐渐不敢确定是否真的存在过。

记忆，走着走着就散了，就像有些人。

岁月的炉火，烹煮云水生涯，日子在茶中过得波澜不惊。

如水的经年，留下的是一本厚厚的名为《经年往事》的书。

终有一天，我们会告别所有的爱恨情仇，蓦然发现，茶盏之中，本是一杯清淡无味的白水。

翻开厚重的《经年往事》，竟然无字。

做不到心无尘埃，亦不去背负太多的执念。

今日大雪，却无雪。那就浮云吹作雪。

世味煮成茶

很暖的周日清晨，在单位边听课边加班，两台电脑一起工作，仿佛回到了小时候，昏暗的灯光下，一边看电视，一边写作业，剧情紧张时，笔下的字会错行，但是那些字从不会出错。如小时候一般，课听得很动容，材料写得也满意。

也许是小时候养成了一心二用的习惯，所以写字时喜欢听歌。就像此刻，耳边响起薛之谦的《你还要我怎样》。

他在深情地唱着："有一天晚上，梦一场，你白发苍苍，说带我流浪，我还是没犹豫，就随你去天堂。"没有犹豫地说走就走，究竟需要多大的勇气？

朋友强烈建议我一定要去趟西藏，他说，"那里的天空会净化我的文字"。我很向往，也很担心，怕那里的空气会令我魂不守舍。

俗世，喧嚣，充足的氧气，适合我这样听着歌写着字的世俗女子。

是的，我也渐渐发现，我的文字带着越来越多的世俗的味道，为何，我不得而知。

也许，我越来越贪恋这世俗的温暖，也许，中年女子渐渐老去的样子便是开始絮叨这琐碎的尘世。

我会记得一朵花的清香，更会记得某天遇见的温暖。如果必须选择，如今的我，会选择温暖。

谁不是在青春年少时，曾经疏狂一醉梦清秋，可是或早或晚，我们都会生出沉静庄重的模样。无论是怎样的模样，都要好好度过这一生，去能去的地方，见想见的人，做喜欢的事。

我们都是凡间的一粒尘埃，最终我们都会悄然落在某一个角落。

阳光下，寂静，相守。

今天的傍晚，看到了两个太阳，一个在天上，一个在水里，目光所及皆是温暖，心之所向皆是晴天。

有没有人在为你而来的路上，有没有人告诉你他喜欢你，无论你正在喜悦还是忧伤。

陌上花开，有人正缓缓归兮，岁岁年年，阡陌之上，有芬芳的花香。

每一次夜色袭来的时候，天边的晚霞都像在低声吟唱，然后裹着绚丽的色彩渐渐沉寂在暗夜里，水面风平浪静。

我是个世俗的女子，用文字描绘着人间的烟火味。

人间烟火味，是那些红的、绿的、水灵灵的蔬菜，在一锅热气腾腾的虾汤中翻腾的清香。

人间烟火味，是愿意挽起衣袖，盘起长发，洗手为家人做羹汤的模样。

人间烟火味，是那条悠长的小巷里冒着烟的大排档，是三五好友把酒言欢，笑着的模样。

从尘封了很久的酒柜上取出喜欢的杯子，慢慢擦去上面的尘埃，看它们在灯光下闪着光的样子，不是因为想喝酒，只是想看它们盛满酒的样子。

终究，还是喜欢这世俗的一切，终究，还是喜欢这人间的百般滋味。

余生，用一颗纯净之心，将这世间百味烹煮成一杯清茶，所有过往，都化作一缕清香。

人间清醒

好友来找我聊天，带了个礼物，一个不大却有些重的盒子，他让我猜，说我一定会喜欢。

我晃着盒子听声音，然后很肯定地说："一个壶。"

"不是。"他答道。

我猜不出，拆盒子的心情变得更加迫切。

我们喜欢的常常是意料之外的惊喜。如果礼物每次都可以猜得到，人生该是多么的乏味。

我边拆盒子边说："我喜欢拆未知的礼物。"

盒子打开了，是一个铜质的金灿灿的苹果。

我说："我从来不过西方的节日。"

他说："和节日无关，这是一个可以许愿的苹果。"

可以许愿的苹果是：在它的底部有一个机关，可以把心愿写好放入其中。

他告诉我可以写个心愿放到里面。

我说："等雨桐回家吧，她来写。她的心愿便是我的心愿。"

不知什么时候开始，我们的生命已不属于自己，我们的心愿已是别人的心愿。

我在如女儿一般的年纪，也有诸多心愿。如今，人到中年，竟然写不出什么心愿。

如果有，便是身边的每个人都可以平安顺遂，如此而已。

从不停歇流淌的岁月里，慢慢将心愿变成别人的愿望，渐渐将快乐寄托在别人的身上。

如今发觉，竟没有觉得有何不妥。也许人到中年，真的便将一个人活成了千军万马。

老公在追剧——《不惑之旅》。我偶尔看看，戴着有色眼镜评价“渣男”的恶劣行径，开玩笑说：“如果是我，也会这样选择，你也会如此。”他点头称是。

人人都会趋利避害。

人到中年，日渐清醒，日渐屈从于现实。

人到中年，逐渐懂得人间清醒之处。

剧中，陈建斌对梅婷说：“所谓反抗，便是敢于说不。”

具有说“不”的勇气，才能真正懂得选择，才能慢慢活成自己希望的样子。

已是中年的你，敢于说“不”了吗?

大概，我们过着的依旧是令人困惑的、从不说“不”的日子。

困惑是必然的，走向不惑的清醒，除了勇气，也要有足够的智慧。

梅婷对涂松岩说：“我凭什么要成为你退而求其次的选择？”

没有人愿意成为别人退而求其次的选择，同样，我们也不愿意自己的选择是退而求其次。

人间清醒，便是对别人的选择敢于说“不”，对自己的选择心满意足。

人到中年，便有了更多的“不可以”，所以人间清醒，便是中年的时光。

傍晚的时候，喜欢坐在飘窗上，看夕阳渐渐沉沦在夜色中，微醺处，是白昼到黑夜的清醒，是好好告别的离情别意，又是期待重逢的淡淡欣喜。

人间清醒，大概是黄昏时的不喜不悲，是清晨时的宛若新生。

第一颗星，随着夜色悄悄地来了。柔和的光，在诉说着自己的到来，不卑不亢，不过于明亮，仰望，它没有对着我们眨眼睛，一直有光，从未躲闪。

太过耀眼的光，是短暂的欢喜和心动，也许，不卑不亢地闪着自己的光，才是清醒的状态。

清醒的人，大概都在某一个地方认真而努力地活着。

我们要的，只是俗世中最平凡的幸福，看一朵花开，等一缕风来，做喜欢的事，爱想爱的人，如此而已。

一室幽兰正香

傍晚回家，走出电梯便闻到空气里淡淡的兰花香气。原本有些萎靡的精神不禁一振，对于花香，我向来喜欢。

屋子里，我的兰花正在次第开放，清幽的兰香，越走近越是嗅不到，却溢满全屋，甚至跑到了楼道里。

屋子里，那些早就开着的花儿依旧盛开，满满当当的花瓣热热闹闹地挤在一起，一点也不矜持。

昨日的课堂上，有位老师说，“春天是个繁花似锦的日子”。

其实，只要喜欢，每一个季节里都可以繁花似锦，不是吗？

有花苞探出了花盆，有点傲世的感觉，却依旧留恋在一起的感觉，没有一朵花是一座孤岛。

我们不停地遇见，不停地分开，再不停地相遇，兜兜转转之间，一样的孤独，一样的幸福。

昨日，有小孩告诉我们，孤独就是一个人。似乎是这样，似乎又不是。

有些人，一个人的时候并不孤独，走进人群反而孤独。

这样的道理，小孩子不懂，最好能够永远不懂。长大，本来就是让心思不再单纯的事情。

想起很久以前，我和小孩们聊有关幸运的话题，有个小男生对我说："幸运就是你认识了我们。"

愈是单纯愈接近真知，今生遇见那么多分量的单纯，是何其幸运。

最近一直在听课，内心安宁、幸福，我喜欢如此简单却又会常常遇见欣喜的生活。就像遇见兰的香气一般，心底会生出几分满足。

这一生，我们总要有一段时光活在自己的世界里，默默忍受孤独。可我们也会有大把时光忙着路过别人的世界，或者允许别人路过自己的世界。于是，有人会快乐着你的快乐，有人正幸福着你的幸福。

每一天，我们在自己的世界里忙碌着，退缩与坚持，中间隔着一层喜欢。

因为喜欢，所以坚持。因为喜欢，所以勇敢。你正坚持着什么，你又在为谁而勇敢。

世事纷扰，繁华处难得有一颗懂自己的澄净之心，喜欢着自己的喜欢，坚持着自己的坚持，勇敢着自己的勇敢。

渐渐长大，慢慢学会享受寂寞和孤独，无须陪伴，一个人也可以内心充盈。

只要心底不荒凉，自然会繁花似锦。心底花开的声音，温柔了漫漫余生。

余生，坚持喜欢，也要坚持勇敢。被时间绑架的记忆，唯留下纯粹的美好，如一室幽兰香，清雅淡定，不慌不忙。

你是谁的锦瑟，谁是你的流年

今日，有霾，气压低，略有不适感，情绪变得低落。

中午从集市上买了马上要绽放的小玫瑰，娇艳的红让办公室里有了阳光的味道。于是，对那些霾视而不见，心底也渐渐生出几分欢喜。

很多时候，我们分不清究竟是身体的感知影响了心情，还是心情影响了身体的感知。

听说今日会有雨，但一直到下班也没有看见雨滴。回家的途中，和同事调侃着天气预报里的“局部”。

今晚，我这里终于成为“局部”。送走了来做客的朋友，打开卧室的窗户，潮湿的凉风扑面而来。很快就要与十一月作别，因为今夜有雨，呼吸渐渐平稳。

作家白落梅说：“也许一生真的不长，但是亦可不必，仓促地要把生活的滋味尝遍。”既然如此，不如在缤纷的红尘里，留一份从容，把颜色还给岁月，把纯粹交给自己。

就像今晚，看一场冬夜的雨，从开始下到结束，不为诗意，不为风雅，只为把日子过成一杯平淡的白开水，或是一碗清粥。

删繁就简的生命，也许会少一些患得患失的纠结，多一些随遇而安的如意。

这是一个丰盈饱满的时代，太多的诱惑时隐时现，追逐诱惑，最终变为无奈的奔忙。

唯有让心在一片喧嚣中渐渐沉静，才可以安然享受四季的变迁，花在春天绽放，蝉在夏日鸣唱，叶在秋天飘落，雪在冬日飘洒。

轮回，是人间最美妙的清欢。

一扇冬日的窗，有清风路过，有细雨铺洒，我在窗前立了一会儿，终究还是止不住咳。

关了窗，听不到雨声，想静下心写一段文字，比起听着雨声，少了微醺的感觉，文字也不再缠绵。

风花雪月，终究抵不过现实的温暖。

想起早上问老公的一个问题：一个人离不开另一个人，究竟是因为喜欢还是习惯？

我追问，他不答。

沉默良久，他才说："生活哪来那么多的'感觉'。"

也许，我们都喜欢与自己不同的人吧。太过相似，总是少了生活的乐趣。那些与你不同的人，常常带给你现世的安稳，我们终其一生追寻的不过如此。

云水禅心入人间烟火，何尝不是最好的结局。

你是锦瑟，他为流年。而你是谁的锦瑟，谁是你的流年？

遇见很暖的周末

上周从网上买的勿忘我鲜花到了，打开快递箱子，看到一束湿漉漉的鲜花，本意是把它们做成干花的，所以先就在桌上晾着，然后放到一个古朴的篮子里。

前几日，发现有几枝花垂了下来，大概是未干透的花枝，腰身渐渐折了，初看觉得可惜，再看竟别有一番滋味。

周日的阳光，暖得如春日，沏了一壶花茶，淡淡的花香味穿过屋子里的光和影，开始一缕香的飘缈之旅。

最近在听一部小说，是女儿推荐的电视剧，因为觉得看电视太浪费时间，便找到了有声小说。故事有点玄幻，角色很生动，配乐也挺专业。特别喜欢男主人公的声音，低沉有磁性，让人有种安全感。

其实，无论是电视剧还是有声小说，都比不上带着墨香的书，可以任想象驰骋在字里行间。直白的表演虽然欣赏起来比较轻松，但会少了几分怦然心动。

我还是喜欢心动的感觉。一个跌宕起伏的故事，一段让人叹息的爱情。这世上有相依相守的圆满，自然也有求而不得的遗憾。遗憾收藏久了，便会生出几分向阳的温暖，每每忆起，嘴角含笑。

出去走了走，小区里的落叶近期不知什么原因疏于清扫，那些红的、黄的叶子铺满了小河里的水面和岸边的路，厚厚的落叶让冬日的脚下有了色彩。

这样的路，有人在抱怨，也有人在拍照。有遗憾，也有圆满，所以，有时候究竟是遗憾，还是圆满，我们也分不清。

也许，“得到”不见得是让人感到幸福的事情，好多人享受的是追求的感觉。

戴着耳机继续听小说，跟在老公的身后慢慢走，边走边在喜欢的地方拍照。

鹅卵石的小路在阳光下闪着光，鞋底是厚的，几乎感觉不到它们的存在，有一丝丝的小遗憾。

洒满柳叶的小路悠长到看不到尽头，那些叶子还有几分新鲜，踩在脚下，无声无息，仿佛它们不曾存在。

小路上没有行人，一个安静的冬日。

加快脚步，终于和前面的人并肩而行。低头不停地拍照，想拍张两人步伐一致的照片，总是拍不到，提醒了一下，才拍下一张同步的照片，还是有点刻意了。

太过刻意便少了随性的美好。就像那篮勿忘我，如果干枯的样子依旧是最初盛开的模样，是否太刻板了呢。

冬日的周末，空气温暖，落叶缱绻。

遇见，有因果

有雾霾的日子，喜欢待在屋子里，看着窗外朦胧的世界，想象着烟雨江南的温润潮湿。

前世，我一定是个江南女子，今生匆匆来到了北方，身体的记忆还未完全消失，就这样带着隔世的记忆生活。

总想做一个泼辣的北方女子，可以安然地度过每一个冬，无惧冬日的风与霾，肆意奔跑，大声欢笑。

也许，就在下一个冬，隔世的记忆我便会忘却。

有人说，“今生的所有遇见都是为了弥补前世的遗憾”。

前世，我一定是在长长的青石板路上，淋着蒙蒙的细雨，因为某个原因向往着四季分明的北方。所以，今生我来到这里，在每一个有霾的日子里期待着春暖花开，面朝大海。

有期待，才会让每一个冬日不那么难熬。

每个人都会遇见无法逃离的沮丧，或因为一些人，或因为一些事，或因为一些心情，又或者只是因为一些无法改变的现状。

日子久了，渐渐学会了坦然面对，那些看上去云淡风轻的自若，大多经历过心底长满荒草的凄凉。

慌慌张张的日子，不是因为寂寞，而是没有学会享受孤独。

我们都曾在偶然遇见后欣喜过，也许，中年之后，开始喜欢“圆满”这个词，尽管，有些圆满只是一个幻想。其实，花未全开月未圆才是最好的状态。

很多的不快乐都来源于总想得到自己无法拥有的，那么，快乐大概便是能够随时享受自己所拥有的。比如，能够在淡淡的沉香中度过一个安静的夜晚，看会儿书，写会儿字，这样的快乐也是极致的。

世间的美好，大概就在于不经意地抬头就能邂逅喜欢。

夕阳，映在水面，比在天空还要耀眼，就像把每一个日子藏在心里，每每想起，闪着光，带着暖。

所有的遇见，都有因果。

奔赴喜欢

立冬之后，白日越来越短。每日下班回家的途中，天色已暗，看车灯照亮路面，映着彩色的光，很漂亮。假装在一个陌生的城市，假装一切是刚刚遇见的样子。

来来往往的车排着长长的队缓缓前行，没有车鸣笛，不知车里的人是否和我一样，正在听一首老歌，心意浅然。

清晨出门，傍晚回家。有规律的生活，有人喜欢，有人厌倦。也许因为有不同的爱好，人和人之间的相处才变得有趣。千人一面，大概是很无聊的一件事，因为和谁在一起，都像是自己在照镜子。

日子匆匆，已近周末。

记忆随着年龄的增长在消退，究竟是岁月的痕迹，还是因为心不安静，不再纠结原因。努力改变，安然接纳，假装一切在刚刚好的年纪，一切还在刚刚好的状态。

刚刚好的状态，也许来自一个陌生人的鼓励。那日，遇见一个坐在推车里的娃娃，隔着老远仰着头冲着我喊“阿姨”，我看了看，前后左右无人，那么，可以确定的是小娃娃在叫我阿姨。

我看了看推车的奶奶，年纪与我相仿，她没有纠正孩子的称呼，而是和孩子一样奶声奶气地重复那两个字。我考虑了三秒，然后热情地回应了小娃娃。

也许这个小孩刚刚学会喊阿姨，还在反复显摆的阶段，所以无论多大的女性，都会称作“阿姨”。那又怎样呢？被一个还不会独立行走的娃娃称作阿姨，我瞬间觉得背都挺直了很多，脚步也变得轻松。

阳光真好，空气里都是甜甜的年轻的味道。

刚刚好的状态，更多来自于自己的心态。买了一条很长的裤子，长到裤脚在地上拖着，这样的裤子，在世人的眼里大概不是我这样年龄的女人可以驾驭的。

试穿时，在镜子前转来转去，犹豫不决。卖衣服的美女像发现新大陆一般惊呼：“姐姐你的手真白，比我的都白。”她的年龄大概与我女儿相仿，她也穿了一条裤角拖地的裤子。

我知道，每个卖衣服的小姑娘都会违心地夸着自己的顾客，时间久了，夸赞别人的境界会越来越高，态度也会显得越来越真诚。

有些话不必花心思辨真假，你当真，它就是真的了。

既然如此，我为什么不买呢？那条裤子我只穿了一天，便挂起来了，挺美，但也确实不太方便。那又怎样呢？我拥有了自己喜欢的东西，适合还是不适合，是世人的眼光，和我没有太大的关系。

我们都渴望活成自己喜欢的样子，那就好好地奔赴喜欢。

今日小欢喜

清晨，在一片晨雾中醒来，睁开眼睛便收到了祝福和红包，瞬间连空气都是甜蜜的。

有鞭炮声从远处传来，今天是个好日子。

清晨出门，没有了往日的车来车往，只有宽阔的街道和亮堂的心。

尽管一路红灯，但不急躁，可见人的情绪是可以被左右的，那些控制不了的烦躁，只是心意未到罢了。

我很喜欢和小孩子在一起的时光，简单纯净。即使啥也不做，就单纯地坐在一个喜欢的地方，和小伙伴说说笑笑，或者只是晒晒太阳，空气里弥漫着欢乐的味道。

好心情是会延续的。所以，一切是那么的安然和美好。

长大之后，渐渐懂得成全别人。然而，有些事可为，有些事不可为，懂得分寸便是成长。

成年之后，才知道不是所有的事情都在自己的控制之内，于是渐渐收敛了年少无知的狂妄。

感恩那些与我血脉相连的家人，对我没有要求，没有期待，让我无畏。

这一生，我走了多远，无法衡量，但有一人愿意包容你的笨拙与任性，无论多长的日子，都值得妥善安放。

感恩，那个愿意与我一生相伴的人。

在每一个特别的日子,那些爱着你的人都会毫不吝啬自己的温暖。感恩，所有一直喜欢着我和爱着我的每一个人，因为这些喜欢和爱，让我从未对这个世界失望。

来自外界的爱与喜欢，都是此生的意外收获。人的幸福感大多来自认为自己幸运，成年人的世界，少了羡慕，多了自知。

我们渐渐会懂得，所有的忧愁只是自寻烦恼。

在每一个寻常的日子里，找个可以让自己开心的理由，或者做些让自己开心的事情，都是善待自己。

在每一个寻常的日子里，找个理由让这个日子变得不寻常，用自己的好心情影响身边的每一个人。

在每一个寻常的日子里，尝试发现一些不寻常的事情，寻找一颗露珠，或是邂逅一只飞虫，遇见，用清净之心生出欢喜之情。

今日，很寻常，但很欢喜。

在每一个寻常的日子里，发现一些感动，或别人的一句问候，或好友送的一枝小花，都会散发诱人的芬芳。

这一世还很长，长得我们不知明天又会遇见什么。

如果时光有记忆，那些爱着我的人们和我爱着的人们，都会是欢喜的模样。

今日，小欢喜。

生命对生命的感觉

周一，室外阳光很好，屋子里有些阴冷，有了初冬的感觉。很多上班族在周一都会有些许的忙和乱，也有人说，周一是心理和身体的“双重过渡期”。从休闲状态切换到工作状态，总感觉有很多的事忙也忙不完。

周一清晨，我被反锁在了单位的卫生间。等待救援时，外面的同事告诉我沉住气，她会想各种办法打开那把坏了的锁。

我在卫生间里悠闲地刷着手机，等待的时光并不漫长。

后来想想，如果我没有带手机，会不会分分钟都感觉难熬？如果不是透过门缝看到同事们变着花样开锁，会不会心情越来越焦躁？一定是这样的。

同样的时间，因为不同的心情，变得长短不一。

所以，影响我们心情的从来不是事件本身，而是对待事件的态度。所以，与其抱怨那些琐事，不如转变自己的心意和态度。

世上的事，哪有绝对的好与坏呢？

阳光甚好，我在一片荒芜的土地上发现了新生出来的三叶草。有的连成一片，有的排成一行，在阳光下留下大大小小的身影。

阳光透过不远的树丛洒落下来，斑驳的光影，让这些小小的生命也变得陆离。生命与生命之间是相通的，带着和谐。

深秋，在日渐萧条中，一丛嫩嫩的绿，是否也会带给你一点点感动和欣喜。有没有感受到一种能量，或者是一种希望。

有人在感慨生活一地鸡毛，有人拾起散落的羽毛扎成鸡毛掸，掸掉了一身浮尘。

那些枯萎在秋日里的绿植，仔细打量，也别有一番滋味。三毛说，“我来不及认真地年轻，待明白过来时，只能选择认真地老去”。

认真地老去，美人迟暮，不是惋惜悲凉，而是优雅无畏。

人到中年，也不要过于急躁，慢慢来，属于你的都将出现在你要走过的路上。你会懂得。

这一生，说长很长，说短很短，不把时间浪费在那些消耗你生命的人和事上，而是静下心慢慢感受让你欢喜的世事和万物。

身边的人来来往往，在一起时好好相聚，分开时好好告别，不纠结，会让人生更有意义。

身边的事好好坏坏，顺利时感恩遇见，逆境时耐心等待。不厌倦时光的人生，最终一切都会如意。

已是中年，我们接纳也好，排斥也罢，生活总会有很多变化，只希望，能够永远不变的是对生命的感知。

周一，遇见阳光。

因为一些喜欢而欢喜

今晚翻相册看到了一张小花的照片，娇嫩的紫裹着淡淡的白，好久才忆起从哪里拍到的这朵花，那是个初春的清晨，我在学校的草坪里发现了它。花瓣饱满，色彩明亮，在一片枯黄的草坪中分外鲜艳。

一朵自己长出来的小野花，在春寒料峭的清晨，静静绽放。

因为这一朵小花，又翻出了一些老照片，其实也算不上老，此刻与那一刻的时光，只是隔了一个夏和秋而已。

每一年我们经历的四季，远看相似，仔细端详，都会有不同的发现，是时光变得越来越柔和，还是心意变得越来越温暖，不得而知。我只知道，每一年，每一天都会越来越好。我们会一直相信美好，然后义无反顾的奔赴美好。

今日，因为一些突如其来的事情，去听一堂心理课的计划被搁浅。人到中年，生命中的猝不及防渐渐变成了日常。

昨日，在不同的幼儿园看孩子们上课。我很享受这样的时刻，因为我喜欢听小孩子说话，常会给我带来不一样的触动。

题目：一只想嫁给猫的老鼠，被自己的夫君“安放”在他的肚子里，然后冠上爱的名义。

老师问：“这是一只怎样的老鼠？”

有孩子答：“这是一只悲伤的老鼠。”

这个答案意不意外？我不知道小孩子懂不懂悲伤的感觉，但她的答案甚合我意。因为在我看来，被别人以爱之名伤害就是一件特别让人悲伤的事情。

那些替别人做的主张，有多少是真的为了别人，又有多少是为了迎合自己的心意，你不是我，我也不是你，我们永远是不同的。母子如此，夫妻也如此。

一个才上幼儿园的孩子，有时候可以通透得胜过成人。

想起很多年前，一个小孩告诉我："再坏的人也有善良的时候。"直到今天，这句话依然让我感动。

相信人性，不偏执，不极端，可以让我们透过黑暗看到光明。心之所向，星之所在。

生命里的遇见，有喜悦，自然也有悲伤，悲与欢才能成就一个动人的故事。

晚归，喝了好多的茶，在没有睡意的夜晚，把闲散的时光变成闲散的文字。

有朋友说，"喜欢今晚"，于是，我也很欢喜。

奔赴喜欢奔赴爱

能够让你在夜间奔赴的，除了热爱的事便是喜欢的人。年轻时大多奔赴热爱，年长之后，开始因为喜欢的人，才有了不顾日夜白昼的奔赴。

在夜间抵达另一座城市，是一件让人特别有感觉的事。因为一座城市最美的时刻，就在华灯初上时。

深夜抵达一座城，然后告诉喜欢的那个人，我在，和你同城，共同期待一个凌晨。

透过宾馆的窗，夜色在低声吟唱，阑珊处，是这个城里来来往往的人，有的如我，只是这座城的过客，却因为一些人，喜欢上了这座城。

喧嚣的城市，在深夜依旧褪不去繁华。

团聚，然后和喜欢的人一起在这个城市的公园里走一走，心轻松，脚步亦轻松，万物可爱，即使是一棵枯死在水中央的树。

他问：“是故意的造型，还是自然的状态？”

我说：“一定是自然的。”

因为，没有谁会用自己的生命愉悦别人，再喜欢也不可以。

水边的花很奇怪，生长的方向都是奔赴那一池的水，是工人刻意为之，还是花的心向往之，我希望是后者。

水不清澈，胜在明朗，颜色自然，尽管有些不明的植物三三两两地散落其中。包容的内心，可以容得下万物。

水的颜色有点奇怪，但拍出来的色彩很美。有人喜欢流连，有人却视而不见。不把自己的喜欢强加给别人，是挺好的修养。

一座桥，很安静，一群人，很喧嚣，在喧嚣中看到安静，是时光的美好，亦是内心的明媚。

拍下了柳下的船，色彩我很喜欢，分享给喜欢的人。

她说：“手机确实不错。”

他说：“是技术确实不错。”

她不屑，“切”，他很认真地说：“确实技术有差别，起码审美有距离。”

有人愿意欣赏，无论是喜欢你的人还是喜欢你做的事，都是宠爱。

这次见面，她用了半个月的生活费给我买了一个很小的包，为我庆祝二十多天后才到的生日，被人宠爱的感觉，如这个雨夜一般，挺好。

人间值得，因为有那么多爱你的人和你爱的事。

又是雨夜

断断续续的秋雨在傍晚停止了，凉爽的空气里有潮湿的味道。很喜欢雨天，不仅喜欢潮湿的空气，还喜欢雨落下的声音，地面上泛起了水泡，喜欢被雨淋过更加清澈的世界。

计划今天完成的工作没有如期完成，傍晚只能带着资料回家加班。

回家的途中，买了这几天心心念念想吃的鲫鱼，很久不下厨的老公因为这条鱼在厨房忙碌。电视机里男主人公在大声地表白着，厨房里飘来了醋烹鱼的味道。这是个让人满足的夜晚。

打开闺蜜送的红酒，悬挂着的高脚杯已蒙上了一层薄灰，洗去尘埃，它们重新泛着晶莹的光。

饭后，因为红酒带来的兴奋，放弃了加班的想法，去了很久未去的湖对岸。

路面有些湿滑，却依然走得很快，边走边和老公聊着一些琐事，他却在敷衍着我。

湖面很黑，彼岸的灯光很亮，秋日的夜晚，路上没有几个行人，太多的人在自己的房子里亮起了一盏一盏的灯光，本是清淡疏离的灯从远处看去，光影绰绰，连成一片灯火。

清醒地活着，却不把一切看得太清晰，对于别人或者自己，是不是很好的状态？

今晚看到微信好友发的关于“优秀”与“幸福”的两个话题，想起几年前听过一位教授说“优秀的人都是痛苦的”，因为他对自己的要求永无止境。本着对教授所在学府的敬仰，以及对学者的崇拜，我也认为这句话高深莫测。

他还说，“优秀的人是孤独的、寂寞的”，因为别人无法进入他的内心世界。

当时，听完他的言论，我一边庆幸着自己不优秀，一边同情这位优秀的教授，因为他看上去确实不幸福。

我想，如果让我在优秀和幸福之间做个选择，不管什么时候，我都会毫不犹豫地选择幸福。

后来想想，优秀和幸福，并不矛盾。有的人很优秀，也很幸福。有的人不优秀，还很痛苦。

我越来越认可这样一段话：成功并非一定会伴随着快乐，但当你处在幸福状态之中时，你的潜能会被激发出来，成功的概率会增大。

所以优秀和幸福，其实是可以共存的。

此刻，听到窗外又响起了沙沙的雨声。万家灯火中，有些灯光已经熄灭，依旧亮着灯光的，或是人家不舍得睡，或是在等待着晚归的家人。

亮着灯光的窗口，照亮了雨的归途。

总有一个景会如了你的意

初秋的夜晚，有清风袭来，湖面如镜，不为风所动。

我在湖边，用软件的各种滤镜拍同一个地方，眼前的景忽明忽暗。

每一幅图都不同，就像不同的人在看同一个景，心情不同，颜色自然也不一样。

不过，总有一个景会称了你的心，如了你的意。

世上有“日久生情”这个词，也有“日久生厌”这回事，人还是那些人，景还是那些景，我们总是盼望着生出更多的情。

同一个景，换个不同的拍照方式就呈现出不同的美感。同一件事，换个角度再端详，也会有不一样的态度。

当你开始理解黑暗，沉默与平和就会来到你心头。只有那些不理解黑暗的人才会恐惧夜晚。

有些句子是否生涩，只在于是否击中了你的心。

一个人感觉合脚的鞋却会夹痛另一个人的脚。所以，我们必须接纳每个人的不同。

可是总有一些人会如你所愿，总有一些景宛若初见。在清清静静中生出欢喜，每一天都会心有所属。

很少拍黑白照片，今晚发现黑白的效果也不错。人都是会变的，变得越来越包容，变得越来越平和。

有变化的自己，挺不错的。

我喜欢有点灰又透着暖的颜色，在浪漫中溢出烟火味，是我喜欢的生活。

凉爽的秋夜，我站在同一个地方，看到了不同的景色。

乘着清风去了另一座城，返回时，有细雨飘落，星星点点，模糊了来来往往的车。

灯光高高低低地闪烁着，色彩斑斓，暖了路人的心。

遇见

晚归的夜晚，平日里很清静的小区里已看不到人影，空荡荡的街道带着几分冷清。

独自走在回家的路上，尽管回家的心情有点急迫，却被满天的星辰诱惑，拿出手机拍下繁星点点。尽管照片效果并非眼中所见，好在那些星星很清晰。

曾经尝试用手机拍星星闪烁，拍闪电划过的刹那，拍露珠滑落的瞬间，都未能如愿。这是第一次用手机把星星拍清楚。尽管天空不是那么黑，但星星依旧可以那么亮。

今晚的云层很飘缈，或许带着雾气，因为它很轻盈。

中午散步时发现小河边竖起了铁丝网，那些长在河岸边的小野花，一丛丛的，被高高的铁网圈在了不可触及的地方。

太多的防范，减少了美好。就像人与人之间，太过戒备，快乐也减少了。

午间的秋风，微凉，舒适感恰到好处，树叶开始飘落，温润了路人的心。

四季的流转，带不走欢喜的心意，欢喜的风，欢喜的雨，欢喜的落叶，以及雪落下的声音。

今晚，繁星点点。我们，满目星光。

有雨的周末

周末，雨。初秋的雨，淅淅沥沥的，带着凉意又裹着温暖。有叶片从树上飘下来，撒一路缠缠绵绵的眷恋，时光，温柔的岁月，无论在哪一个季节里。

有雨的周末，喜欢窝在家里，闻香，煮茶，听喜欢的歌。

小区里的海棠果熟了，那两棵最好的树今年依旧被果子压弯了枝头，看上去挺辛苦的。

傍晚时分，路过，从枝头摘了三五个果子，边走边吃，清脆，酸酸甜甜缠绕在唇齿之间。

我一直认为对一棵果树最大的尊重就是将它们的果实妥善安放在一个温暖的地方，然后用它的味道芬芳别人的心情。

初秋的细雨里，依旧有花盛开在角落里，秋日的花看上去带着几分倔强，就像个不服输的孩子。

被音响和灯光萦绕了一个下午，头有点痛，看到这些花时，仿佛从暗沉的屋子里走到了田野，心意清新。

初秋的傍晚，依旧有植物在发新芽。生命，时时刻刻都在展现新的容颜，不用心就会错过。

没有人不爱鲜活的生命，就像我们总是深爱着每一寸光阴，只是有人把喜欢挂在嘴边，有人把喜欢藏在了心底，有人用假装不屑掩饰着自己的喜欢。

花儿开了，果子熟了，邻居家的小狗不再冲着路人故作凶猛地狂叫了。我相信，你会喜欢这每一天的不同。

小区门口有棵大树，当初移植过来后，枝头的枯枝没有再泛绿，从大的树杈处慢慢生出了新的枝叶，枝叶越长越大，渐渐遮住了那些干枯的树枝。

一棵树，枝头的沧桑和枝杈的繁荣正在渐渐交融。一念忧伤，一念欣喜，是大多数人的模样。

雨还在下，今晚的蛐蛐儿歇息了，虫鸣不如雨滴的声音大。大概是我更喜欢雨落下的声音，便刻意关注了它。

心在哪里，收获便在哪里。声音也是一样，你希望听到什么便真的可以听见。

红红的小果子从一片绿色中探出头来，它们淋过雨的样子更加可爱。这种果子不可以吃，尽管它很好看。

有些灵魂只能远远欣赏，有些灵魂可以和你共舞。所以这世上，有人是路人，有人是知己。

长长的凳子上,有几片飘落的叶。世间所有的相遇,都是久别重逢，所以，珍惜遇见的每一天，以及每一个愿意走近你，或者愿意让你靠近的人。

此后余生，相互温暖。

期待下一个有雨的周末，可以闻香，煮茶，听喜欢的歌。

如果你愿意，我们可以一起。

这一日

清晨早早外出，归来已是黄昏。湖边夜钓的人已经摆好了架势，路旁草丛中的蛐蛐儿开始迎着夜色低声吟唱，无风的傍晚，晚归的人有些疲倦。

手机关机一天，清静中有一点点焦灼，想逃避又怕错过的感觉，不知你有没有过。

简单的晚餐后，点燃一炷鹅梨帐中香，青烟飘荡，一缕馨香中带着一丝丝清幽和甜蜜，暗香浮动的夜晚，心情愉悦，打开电脑，完成了两个需要今天完成的材料。

女儿发来视频邀请，眼睛和心思都在电脑的屏幕上，对她的问话回答得甚是敷衍。没聊几句，便互道晚安。聊天，也是一件需要专心致志去做的事情。

整理好了材料，抬头，那一柱细细长长的香已燃尽。用一炷香的工夫完成一两件事情，倦怠的感觉也随青烟消失在夜色中，有时候我们的倦怠仅仅是因为拖延。

因为怕下午犯困，喝了很浓的茶，此刻，舌根处是有些苦苦的味道。人的味蕾也是有记忆的，它会记得那些路过的甜蜜和苦涩。

好友深夜送来给我买的鞋子，闪闪的、亮晶晶的，是我从未尝试过的风格。人生有些“第一次”成全于别人的推动，因为从未尝试过，便对“第一次”有了深深的记忆。

能够被深藏的记忆，就像今晚的香，带着甜甜的味道，渐渐冲淡了舌根上的苦。

想起那晚山间的雨，灯光下沿着屋檐串成亮晶晶的水帘，我拿着手机拍了好几遍，却无法拍出眼中所见。

雨敲击房前的檐，声音有点大。朋友说，“听雨的夜晚心会很安静”。

想起那晚山间的花，开在一垄垄的蔬菜中，烟火中带着浪漫，生活，活生生的才有意思，不然只是活着而已。

赏花的夜晚，心意嫣然，那些可以让你欣喜的事情，不是因为它是它，而是因为你是你。

用心倾听的每一天，都会有欣喜的遇见。

许一世倾城

外甥结婚了，大姐累得喊脚疼，脸上却堆满了幸福满足的笑容。能够让人感到幸福，哪怕再辛苦也会带着甜蜜。

一间房，一个家，里面最初住着两个人，慢慢会变成三个人，然后是更多的人。

一个女人，从最初守着这间房，她最大的幸福大概就是看到越来越多的人走了进来。

婚礼上当众互相表达心意的一对新人，许下的既是诺言，更是一份心意。择一人深爱，相约共白首，这么简单的心意，需要倾尽一生温柔岁月的勇气。

这一世，两个人在漫长的岁月里，烟火之味胜过琴棋书画。让理想照进现实，用现实温暖理想，很简单，也不易。

想把梦想过成寻常的日子，让寻常的日子生出想要的诗意，深爱已足够。深爱那个一心想娶（嫁）的那个人，深爱那个新的家。

我们喜欢一座城，大多是喜欢上了城里的某个人。缘分就是这么奇妙，距离常常因缘分的深深浅浅变得短短长长。

当别人偶然提起一座城，心里会生出几分缱绻，那么在这座城里，定然住着你喜欢的某个人，或者她曾经在那里生活过。

在对的时间遇到对的那个人，然后倾尽一生的相守，何其幸运。

我们总是渴望朴素而又绚丽的深情，愿意为某人许下承诺，从此柴米油盐是他，风花雪月也是他。

茫茫人海中的两个人，相遇不易，太多的人擦肩而过。你的名字，我的名字，今生写在了一起，一生一世。

参加完婚礼，傍晚时分，在蒙蒙细雨中，抵达一个陌生的地方。夜色初上，站在空荡荡的院子里，感受着岁月悠长。我一直喜欢一些有年代感的地方，很容易让人想到地老天荒。

细细的藤蔓穿过纱网，在一个陌生的地方默默生长。前往一个陌生的地方，除了喜欢，大概还有向往。

在每一个寻常的日子里拥有幸福和欣喜，大概也需要喜欢和向往。

夜色暗了，灯光亮了，雨声大了，院子依旧空荡荡的，身边吵吵闹闹的，内心却安静柔软。

我们想要的其实并不多，在哪里不重要，和谁在一起才是最重要的。

很晚了，女儿淋着雨蹲在路上，低声唤着远处的一只小猫，小猫也低声回应着，却始终不愿靠近她。

女儿后悔没从今晚的餐桌上给小猫带点消夜，没有行动的善意，小猫不太敢相信。其实，人也如此，不是吗？我们对别人的好，总是要付诸行动的。

夜色已阑珊，雨声仍缠绵，挽起一帘幽梦，许下一世倾城。

你会记得些什么

有个朋友说他特别不喜欢黄昏，因为小时候的某些记忆，每到黄昏时刻总会生出几分凄凉。

小时候，我也不喜欢黄昏，因为每到黄昏便会肚子痛。听人说黄昏时肚子痛叫“夕阳痛”，名字挺好听的。

后来我长大了，肚子不痛了，我想知道“夕阳痛”究竟是什么意思，竟然从百度上搜不到这个词。那个当初告诉我这个名字的人，柔情中怀了很多的善意。

天色渐暗的傍晚，和女儿一起出门，看到远处的霞光之炫目甚于刚刚亮起的路灯，催促副驾驶座的女儿帮我拍照。

也许这霞光不是她喜欢的，拍下它只是为了迎合我的喜好，所以照片看上去远没有眼中所见的美。

黄昏很美，除了天边的云，还有奔赴约会的期待，以及忙碌一天后即将见到家人的欣喜。

黄昏很美，每一个黄昏都是不同的，每一道晚霞，每一朵云彩，都独一无二地存在着，瞬息万变。

有质感地存在过，哪怕时间再短，来世间走这一遭，便是值得。

小区里的树，一直规规矩矩地生长，看不出有太大的变化，也许是长得太慢，也许是有人刻意修剪。某日清晨散步，发现有树叶正在探过小区围墙的栏杆，摇曳风里，顿觉这棵树多了几分风姿和傲骨，因为它可以按照自己的心意生长。

小时候，我们不清楚自己究竟想要什么，所以以父母和老师的话为信仰。长大后，明白了自己的心意，可也失去了肆意的勇气，一遍遍向现实低头，然后给它起个好听的名字，叫作“成熟”。

成熟的人懂得掩饰自己的情绪，成熟的人懂得隐藏自己的欲望，成熟的人，更懂得迎合一些人和事。其实，我们也喜欢身边的人成熟，不是吗？所以，我们也在努力成为别人喜欢的人。

同样一个人，有人说他成熟，也有人会说他圆滑，有人说他情商高，也会有人说他太世故。就像同样一件事，有人当作好事，有人当作烦恼。

我很喜欢当初跟我说“夕阳痛”的那个人，心中有美好的人才会想到这么美好的词。

我的茉莉花有一些开败了，有一些新的花苞盛开，把它放在窗下，开着窗，味道变淡了，不知道窗外的风是否也嗅到了一缕花香。

可以共享的美好，一定记得不要吝啬。

风会记得一朵花的香气，就像我们会记得某一个黄昏的欣喜。

你，会记得些什么？

买了一盆有用的花

晨练，湖面上有蒙蒙的雾，因为缠绵悱恻。路上的行人脚步匆匆，似乎走得太过功利。

如果，可以带着情怀锻炼身体，是否会更加快乐？边走边拍照，路上有熟悉的人在打招呼，回应大多敷衍，这样的清晨，无法共享内心的感受，唯有独自品味。

傍晚，是万家温暖的灯火，有我的家，有你的家；有我的爱人，有你的爱人；有等我的人，也有你等的人。

世间烟火之气，俘获凡人之心。那些琐碎的嘱咐和絮叨，唯有爱你的人才愿意说，唯有你爱的人，才愿意听。

因为假期外出，花盆里的花在我归家之时已然枯萎。很心痛，可惜世上的事来不及后悔。

也许，花儿也需要相守与陪伴。值班时，从集上买了一株长满花蕾的茉莉，安放在空荡荡的盆里。花儿是否喜欢这样的安排，我不知道，我不是花，不知花的心思。

也许屋里太暖，花儿开得太着急，夜晚的时候，它们竟然变了模样，繁花似锦。

如果这世上有人懂你，一定要记得珍惜。懂你的花开时节，懂你的心情迫切。何时开，怎样开，时光不言，岁月不语。

“花未全开月未圆，寻花待月思依然。”我们总是期待着，喜欢着，世间万象，莫不如此。

摘了几朵开得正好的花儿，放入茶盏，茶的浓郁加上花的香甜，不知是茶打扰了花，还是花惊扰了茶，味道一言难尽。

太过苦涩或者太过香甜，都不是生活的味道。你想的和你要的，是不是一回事，不在事而在人心。

喜欢或浓或淡的茶，亦喜欢有层次香气的花，这世间，从来不是非此即彼，我们可以爱着的，一直很多。

很少喝白开水，一直在尝试各式的茶，它们带给我不一样的感受，就像经历不同的人和事，世间百味，万般美好。

女儿把一大把花装入玻璃杯，甜甜的、香香的，是青春的味道。这味道她很喜欢，但对我来说，有些陌生。

时光，总在不经意间改变着什么。你的喜欢，有时候抵不过岁月的变迁。太过执着的喜欢，或是内心的坚定，又或是心中的执念。

她用香香的花给我做了手链。举手之间，我是带着香气的女子，我很喜欢。

若世上有人懂你，可称之为“情趣”。

秋意渐浓，你有没有新的喜欢之物？

你的存在，值得世间美好

那一日的阳光下，在一处小院的墙外遇见了几枝向日葵一般的花儿，它们迎着太阳，简单而热烈。

一样的阳光下，在一方古老的院子里，一丛红的花、绿的草，诉说着悠长人生，很多人走到这里，都会停下脚步，静静地倾听。

那些让你一见钟情的，都是岁月的善举。年轻的时候，觉得一见钟情是件特别奇妙的事，需要天赐的缘，日子久了，才发现一见钟情是内心安稳幸福的模样。

钟情山水星辰，钟情花草鱼鸟，钟情世间万物，你的存在，配得上这世间的万般美好。

生活从来不简单，只是我们总是想着尽量简单地过，谁都是这世间的一个俗人，在意着得与失。

楼下的一棵树，六年前我见到它时，一半繁华，一半落寞。如今再看它，它长高了许多，模样却未变，枯枝依旧寂寞，繁枝依旧热闹，仿佛一半生活，一半情怀。

楼下的人家在门前修葺了池塘水榭，每次路过，都会心生羡慕。有绿色的植物沿水边伸展开来，不知是主人刻意为之，还是自然存在，风情常常在不经意间蔓延。

每次路过，都想象着主人的模样，可是一次都没遇见。

灯光暧昧的夜晚，不大的小院里，一半烟火，一半清欢，谁都是世间的俗人，过着俗世的日子，享受着烟火的滋味，体验着清欢的欣喜。

昨日做了捞汁大虾，味道一般，把它放进冰箱，经过一夜的浸泡，今日竟变得异常的美味。有些美好值得等待。

其实所有的最好，都不及刚刚好。清晨外出，碰到了猫咪一家，它们一点都不怕人，对着我的镜头摆出各种姿势，就连叫声都是撩人的。它们应该在这里生活了很久，所以习惯了来来往往的目光，就像我们习惯了聚聚散散一样。

所有的遇见都是刚刚好。

每一个生命都值得这世间的美好。

趁着时光不老，还可以走很长很长的路，还能诉说很深很深的思念，行动吧。

毕淑敏说："走遍万水千山，得到最初的自己。愿世间温柔的灵魂都能相遇。"

她说得很有道理。

你最想摆脱什么

今晨的窗，正被雨滴划过。

远望，天上的水正落入凡尘。

淋着细细的雨丝出门，看楼下的木槿湿漉漉地绽放。它本来开在夏日的枝头，我靠近它，枝头的雨滴滚落，湿了我的胳膊，凉凉的，仿佛感受到秋意。

那日和朋友讨论四季时说道："如果四季不按规律轮回，世界会是什么样子。"你有没有想过这个问题？

如果是这样，那些需要慢慢长大的生命也许会因为时光的错乱而无法生存。如果是这样，会有谁安然地留在这世上，自如地穿梭在四季里？

不知道明日会怎样，这样的日子也许有人会更加期待。

总有人期待摆脱一成不变。

一眼就可以望到头的日子，有人喜欢，也有人厌倦。喜欢是因为安心，厌倦是因为不安心。

有人需要稳定地度过漫长的一生，有人觉得人生苦短，期待变化带给自己惊喜。

在行驶的途中，偶遇一个女骑手，她的车疾驰在车流中，以前很讨厌摩托车混杂在机动车车道上行驶，今日遇见，反而感觉一股飒爽的英气扑面而来。能够摆脱循规蹈矩，这样的勇气，大概很少有人能拥有。

我们内心想摆脱的，常常无法在行动上兑现，这就是普通人的生活。

你有没有想过要摆脱什么？今日看到一篇文章，大意是人的一生活在不断地自我纠结中，纠结过度，便会向内攻击，所以好的人生，就是不断地与自己和解。

放下与放过有什么区别吗？我想，放下的是事，放过的应该是人吧。

那么，我们最应该放过的那个人是谁呢？

我们最想摆脱的是什么？不是别人的依赖，应该是别人的期待。是的，我们终其一生，最想摆脱的便是别人的期待。因为别人的期待大都成了我们内心的枷锁，禁锢着自己，慢慢长成别人期待和喜欢的样子。

你敢说自己不想摆脱别人的期待吗？

走在路上，看到草丛中的雨滴惹人喜爱，刚想蹲下拍照，后面来了一个陌生的男子，于是装作摆弄手机等他从我身边路过。

四顾无人，才开始认真拍这些花花草草。

我还是很在意别人的眼光，像这世间万千人群中的某个人一样，穿越人海，面容模糊。

我们总想着摆脱别人的期待，却常常把期待放到最爱的人身上。

我们都想摆脱的期待，为何别人不可以摆脱呢？

那么，你最想摆脱的是什么？

所有努力都不会被辜负

清晨，在雨声中醒来，玻璃上的雨滴已经成行，雨声很密，窗外是满湖的烟雨，影影绰绰，仿佛还未从沉睡中醒来。

今日，值班，又逢雨。

前日，值班，亦有雨。

前日清晨的雨滴没有今晨的密集，所以前日清晨的玻璃上是散落的水珠。大大小小的珠子，透着亮，窗外是满湖的翠绿，正从沉睡中醒来。今日，则不同。

每一日，都有不同的风景在等着你。

这个夏日，窗台上的花，陆陆续续且不明原因地枯萎了，养了好几年的兰草也仅剩几个叶片。

那一株从集市上搬来的万里飘香藤，当初对它不抱太多期望，一直也没有为它换个像样的花盆，想着花期过了，大概会就此告别。

这几日，在一片萧索中，它竟然挣扎着开出了新的花朵。

有新芽在使劲地挺直身子，尽管看上去是纤细的，但可以看出，它在很努力地生长。

它的努力终将获得了成全，可见你是谁，你在哪里，其实并不重要。重要的是，你有一颗努力生长，或者说努力活着的心。

阴沉的天，潮湿的路，急急忙忙的赶路人，每个人出发的地方不同，想要到达的地方也不同，在路上的心意大概也有一些不同吧。

有人喜欢雨天，便很享受雨滴划过窗前的浪漫；有人讨厌雨天，即使雨下得并不大，也要雨刮器不停地摆动。

那么，究竟是雨干扰了视线，还是心让你看不清眼前。

手机的拍照功能越来越好，你喜欢远方，它会帮你模糊眼前，你喜欢眼前，它会帮你更加清晰地呈现。

要相信，所有的努力都不会被辜负，你想要的遇见不在这个路口，就在下一个路口等你。

要相信，能够让我们风雨无阻的，除了生活，还有想要抵达的远方。

听说，明晨依旧有雨，不知明日的雨滴划过窗前，又是怎样的风景。

每一次遇见，
都像初恋

一束开花的柳枝

这几日天气很好，阳光透过玻璃，竟有些炙热。今日立春，岁月辗转，又到伊始。

室内，有若有若无的香气飘了过来，寻香，是一丛淡雅的白花，开放在柳枝间，枝条依旧是干枯的模样，仿佛那些绿的叶、白的花和它无关。

我曾想，日子久了，枝条也许会泛出带有生机的绿色，谁知等来的这一枝的繁华，它依旧不动声色地保持着沧桑的模样，仿佛这些萌动的生命与它无关。

有一根枝条始终没有发芽，取出轻轻一折，发出清脆的断裂声。那些发了芽、开了花的枝条，不易被折断，虽然没有区别，但终究还是不同。

今日立春，窗外的湖面开始泛着蓝绿色的波光。

一盏清茶，一本闲书，让心渐渐安静下来。窗外，万物正在宁静中蛰伏，等待一个新的春日。

立春，一个崭新的开始。

那一日闲聊，我问女儿：“湖面的冰化了是什么？”

她反问：“问这么幼稚的问题，什么意思？”

我答：“冰化了，就是春天呗。”

她嗤笑，然后说：“也就是你，永远这么幼稚。那是小孩子的答案，我已经长大很久了。”

怎么是小孩子的答案呢，如今窗外的冰化了，窗前那束曾经的枯枝也开花了，冰化了春天就来了。

每个生命都在势不可挡地成长，而好多生命渐渐长成了一副不动声色的模样。

也许是职业影响，也许是性格使然，女儿口中的“幼稚”，是我所喜欢的风雅。世间万物，皆有灵性，哪怕不曾打动你，却已悄然融入年华。就像那些看似干枯的柳枝，其实纤枝早已柔软，只是表面仍旧是云淡风轻罢了。

月下幽香，遗世芬芳。晚上看那些枝条上的小花，端庄秀丽，柔情素心，淡淡的香味仿佛浓了几分。

我们的感官，似乎更适合静静的夜晚，白日里的喧闹，总是把心填得太满。

阳光照到屋子里，开花的柳枝和墨兰的叶子交织在一起，一个清新明丽，一个浓郁厚重。那株兰养了很久，一直没有开过花，不知这几朵小花能否唤醒它。

即使没有等到花开也无妨，兰草依旧有春水般的清颜，何必苛求太多呢?

今日，立春。

美好进行时

假期，和家人一起回老公的老家，女儿的驾驶技术还不太熟练，行驶在湖区有些窄的路上时直呼紧张。如今村里保留的河道已然不多，好多地方已变成宽阔的路面，寻不到当年的模样。

记得第一次随老公来到这个村庄，是1995年，那时村里到处是河道，河水几乎看不到流动，比较清澈。那时被当地人称作“溜子”的小舟，几乎每家门前的水道里都有。

那时老家门前便是宽阔的池塘，一棵柳树斜斜地长在池塘边，一半在岸上，另一半仿佛下一刻就要扑进水里。那棵柳树的树杈比较低，我曾经倚在树旁，寻找过水里的小鱼。这里的一切，对当时的我来说，都那么的新鲜。

那时，家家户户门前的路都是窄窄的，顺着河道的方向弯弯曲曲地延伸着。年轻爱美的我每次穿着高跟鞋走在上面，都得小心翼翼，生怕崴了脚，或是摔了跟斗。刚结婚那会儿，跟着婶子和嫂子们去拜年，常常走上大半天，脚腕子酸疼的感觉记忆犹新。

那些年的春节，这里的河水往往会结上厚厚的冰，有冰的冬日是可以少走很多路的，河两岸的人们从冰上来来往往，方便得很。当然也会有串亲戚喝高兴了的人醉卧在冰上，脚步虚浮的人从冰上走自然是容易摔倒的。我曾经亲眼见过两次，大概都是姑爷来看望老丈人，已出嫁的本村姑娘一边拉拽着自己的老公，一边用方言数落着。

旁边路过的人也会风趣地调侃几句，这里的人都很有语言天赋，说出的话常常让人忍俊不禁。

如今，这个被越来越多的人叫作“老家”的地方，已经看不出旧日模样，越来越多的河道被填平，盖了房子，修了道路。走在村子里，到处是平坦的水泥路或沥青路，晚上出门也不会担心崴了脚。

村里的房子越来越气派，低矮的土坯房已经很少见了。家家户户都通了天然气，再也看不到袅袅炊烟从屋顶升起然后与云天汇成一片的景象了。

如今想起这些，有些恍惚，仿佛真的经历过，又仿佛在梦里见过。时间太久了，久得有些回忆都不那么真实了。

时光里那些记忆的碎片，很难将它完整复原。那些小时候在河道里摸鱼捉虾、皮肤晒得黝黑的小孩，如今已居住在城市里，越来越多的年轻人离开了。

然而每到春节，那些离开的人们都会早早返回，打扫老房子，准备各式各样的年货。这时，又会有炊烟从房顶升起。很多人家保留了做饭的大锅台，铺上湖里采来晒干的荷叶，蒸上几锅热气腾腾的大馒头和包子。

大锅馒头的香气，从厨房里飘出来，满院子的温馨与满足，村里也就有了年的味道。

一个讲究“根”的地方，传统与时尚正在渐渐融合，在合适的时机离开，在需要的时候回来，这大概就是“老家情怀”。

叔叔对女儿说：“这里才是你的家，是你真正的家。”女儿笑着答应。一个有同宗至亲的地方，无论走出去多远，离开多久，想起时都应该是亲切的、温暖的。这是一种特别美好的感觉。

所有的美好生活，永远是进行时。用一颗美好的心回忆过往，时光里都是甜蜜的味道；用一颗美好的心过好当下，安然地享受所有的经历；用一颗美好的心向往明天，期待未来更好的遇见。

追求美好生活，修炼一颗涵养之心，一双清澈之眼，你要相信，所有的美好，都是进行时。

每一次遇见，都像初恋

从网上买了鲜花盲盒，之所以称作盲盒是因为花的颜色是不确定的，只有拆开盒子才会知道。这种不确定性带来的刺激，像小时候期待大人会突然从口袋里掏出一块糖果一般。

渴望惊喜，让有些清淡的日子有了甜蜜的滋味。

厨房里飘来阵阵香味，女儿在制作芝麻丸。黑豆、黑米、黑芝麻，一样一样用小火炒熟，磨成粉，筛出粗的颗粒，然后把加了蜂蜜的细粉团成一个个圆球，过程特别复杂。

用一整个晚上的时间来制作一种食物，你喜欢这样的生活吗？

尽管我是个怕麻烦的人，但看到芝麻丸的制作过程，还是挺欣赏女儿的，这个看上去有点辛苦的过程她始终是一副享受的样子，我们活在这个世上，总归要有一些心中所爱。

心中所爱，让有些清淡的日子有了沁人的香气。

我喜欢的鲜花的清香与女儿喜欢的芝麻丸的浓香，在夜色中交织，我们是如此不同的两个人，却彼此爱着对方。

她会说我时不时地买花太败家，我会抱怨她把厨房搞得一团糟，谁都不会有嫌弃的语气。

因为有人爱着你，让有些清淡的日子有了幸福的味道。

外甥在他的朋友圈发了几张照片，我特别喜欢。一幅图应该是在晨光里吧，一只小小的蜗牛，刚刚准备伸出它的触角。地面是有点冷的灰，它的壳是有点暖的黄，很温暖、很有希望的样子。

常常被感动，让有些清淡的日子有了生动的样子。

另一幅图是一只灯泡，孤独地悬挂在屋檐下，也许它已经在这里待了很久，也许它早就已经不再明亮，在有些灰的蓝天的映衬下，它显得平静而淡然。

我们，每天都在不停歇地遇见，遇见好多人，遇见好多事，遇见好多风景。

愿你的每一次遇见，都像初恋。

下一分钟，你是新的自己

正月十六，夜晚九点的窗外，鞭炮声断断续续地响起。

节日的余温依旧在，姐姐在家庭群里发了个小视频，城市公园里彩灯闪烁，人来人往。

我年轻的同事发来今天会议的总结，她很认真，也很努力，今天在单位忙了一天，晚上加班完成了任务。

一个人除了责任心，工作热情真的很重要，这是支撑我们几十年从事一个职业的不竭动力。对工作的热情其实也是对自己的呵护，把“不得不做”变成“心甘情愿”，自然会生出几分欢喜。

我对她的热情表示敬意，她回复我：“学习新知识。”加班这件事，在她看来是自己的收获。

她的想法是我今晚的收获。日渐倦怠的中年，需要这样新鲜的刺激。

谁的成功都不容易，我们不知道今天所有的努力在明天会不会有一个想要的结果。但所有的成功背后一定会是百分百的努力，“幸运”只是成功者的谦虚之词而已，千万不要当真。

这世上，有很多人在我们看来“运气”很好，你怎知这份运气不是人家的厚积薄发呢？

“加油”这一词，从小到大我们常常会用，或是对别人说，或是听别人说。想起某一年参加一次评选中的答辩，因为前途未知，又因为一夜未眠，连夜从外地赶去现场，心里的惶恐与忐忑，让整个人都感觉不好了。临进场时一位只有点头之交，至今我不知她在哪个学校的老师对我微笑，小声说：“加油。”

你相信这两个字的力量吗？我相信。因为那一刻，我紧握着的双手放开了，僵硬的身体突然放松了，然后我像她那样微笑着走进了答辩的现场。

几十年的生命里，不记得有多少人对我说过鼓励的话，但我会一直记得那个微笑和那句特别小声的“加油”。

日复一日，年复一年，又是一个新的开始。四季轮回，生命却永远是崭新的，如你我想要努力记住的每一刻，嘀嗒一声，便是下一秒，新的一秒。

下一秒，你是一个新的自己。

夜遇春色

很久没有在晚间散步，今日晚餐后，看天色尚早，无风天亦暖，出门，沿着熟悉的小路慢行。

灯光下，河边的柳条已成为绿色的丝绦，在无风的春夜里，低眉颔首，一副婉约含蓄的模样。

彼岸，万家灯火亮起。

空气中有淡淡的幽香，抬头才发现，是一树繁花的香袭来。

夜跑的人步履矫健地从身边经过，沙沙的脚步声，呼吸平稳，是我羡慕的模样。

每个人落入这红尘，从不同的起点，到不同的终点，这一路风景不同，陪伴的人不同，自然心境也不一样。

今日和同行们在教研期间聊到读书，有些书只是一本闲书罢了。世人珍惜光阴，自然期待凡事有用才好。

那些闲书，只是用来打发光阴里闲散的时光，可是我们得明白，生命里总有一段时光是用来浪费的，就如我们总有一些曾经努力过但最终无用的经历。

我们清醒而朴素地活在这世间，忙忙碌碌的，一天又一天，常常觉得光阴荏苒，生怕虚度。

所以，安静地看一朵花开，看一片树叶在风中飘落，看一只小虫在花蕊中爬来爬去，在很多人眼中，是多么无聊的事。

可是，如果能从一朵花、一片叶身上生出一份温暖缱绻的心意，从一只小虫身上找到孩童般单纯的快乐，蓦然发现，时光是可以偶尔被浪费的，并且一点也不可惜。

我们朴素而清醒地活在这世间，品尝着生活真实的味道，常常觉得人生苦短，生怕虚度。

可是，所有的时光，怎么可能丝丝缕缕都用得恰到好处，总有一段时光会被虚度。

一生真的不长，如若可以，删繁就简，在忙碌中给自己留一分从容，用来细细想想那些仓促走过的路。

我们清醒地活着，肯定会热爱着那些有用的人和事；我们朴素地活着，在平平淡淡的生活里，渐渐把千娇百媚的颜色还给了岁月。

除此之外，我们更该热烈地活着，为一棵开花的树微笑，为一次久别重逢而欣喜。

如若可以，希望世间所有的相遇，都恰似久别重逢。

湖里的芦苇，枯黄了一个冬，春日里大多被工人割得只剩下短短的根，余下岸边寥寥几棵，兀自独立于春日的夜。

也许几日后，又有新的生命与飘动的芦苇花相遇。

红尘，总被众多缘分填满。

每一朵花都开在喜欢的地方

已是春花烂漫的时节，朋友圈里也开满了各种各样的花，每朵花都开在自己喜欢的地方，听从自己的心意盛开，朝朝暮暮，开在自己喜欢的地方，开在自己喜欢的时光里。

已是春花烂漫的日子，突然发现街上的小孩子多了起来，或轻盈敏捷，或跌跌撞撞，大大小小的孩子自由地奔向自己想要到达的地方。小小的身影如同含苞的花蕾，让人欣喜。

年龄越长，越喜欢这样小小的身影，昨日散步，看到一个如女儿幼年时一般的小姑娘迎面走来，从眼神的对视，到擦肩而过后的回眸，我俩的目光交织了好几分钟，心里有些窃喜，想：也许她看我时也如我看她时那般喜欢吧。

已是春花烂漫的光阴，野外的小花也兀自盛开，完全不在意身边的荒凉与沧桑，开在黄土地里的紫色小花更是惊艳。也许这里，也是让它心生欢喜的地方。

已是春花烂漫的日子，从花店买了盆小花，屋子里便也是春光灿烂的样子。花不名贵，胜在明艳，颇有几分楚楚动人的姿色。一簇花苞挂在枝头，想象着它们可以次第开放，那么这个春日便会悠长很多。

把花放在窗台，春光下，盛开得更为明媚。

每一朵花，都会明媚地长在自己喜欢的地方，希望每一个人都能活在自己喜欢的日子里。

最让人欢喜的日子，大概就是安然于烟火红尘，徜徉于星辰大海吧。

愿我们，烟火向星辰，所愿皆成真。

不知所云

连续几天的浮尘天，导致我的呼吸有些困难。今日，同事开玩笑称我为空气质量检测仪。过度的敏感，带来的是身体和心情的变化。

傍晚回家，将窗台上的花花草草喷得水灵灵的，空气里有清香和安宁的味道。呼吸开始变得悠长，如果能在这清新的日子里活到终老，大概就是一朵花开的幸福，或一米阳光的温暖。

习惯了晚睡，习惯了在晚上记录一些琐事。好友说，“晚睡影响免疫力”，大夫说，“晚上太过聚精会神，对于身体也会有影响”。

他们说得很有道理，所以最近几晚，我都尝试做些闲散的、不需要费脑筋的事情。比如给花花草草喷喷水，比如跟着直播做些简单的饭后操，顺便刷刷以前不会刷的抖音，发现竟然有那么多好友拍了那么多小视频，有些还拍得很有趣。无论怎样的事，自己喜欢便好。

情感是人性的缺点，你喜欢的人，也许在别人看来极其平凡，但你依旧会将他放在心尖。喜欢的事，即使寻常无奇，你也会甘之若饴。

情感也是人性的优点，有一些不喜欢，因为情感变得开始喜欢。大概凡人喜欢得越多，欢喜便越多吧，所以人还是要有趣一些，安放好别人的喜欢，保管好自己的欢喜。

有花香袭来的夜晚，空气里有淡淡的甜，仿佛某一日的小惊喜。

这是一个丰盈饱满的时代，太多的诱惑驱使我们有太多的渴望，而追逐渴望让我们常常忘却寻一个安静的角落，歇歇自己早已疲惫不堪的灵魂，闻一闻花香，安静下来，直到心底有花盛开。

还记不记得我们青春年少时背着简单的行囊，刚刚出发的样子？如今，我们已走得很远，时光久远，让我们忘记了年少的模样，甚至忘记了自己曾经也有青春年少时。

走得越远，肩上的行囊越重，我们把属于自己的和不属于自己的都背负在了身上。

今日午间外出散步，同事说起小时候的游戏，感叹不像如今丰富多样。

那时，玩具很少，游戏很多；那时，心事很少，快乐很多。如今，我们拥有了小时候无法想象的一切，可唯独没了当初纯粹的快乐。

可见，并不仅仅是因为物质让我们有了难忘的快乐。

春节前开放的花束，被我倒挂在床头，两个月的时间，它变成了一束可以永久存放的干花。花瓣不再张扬艳丽，却更加温柔缱绻，像极了一个在漫长的岁月里优雅老去的女人，不与时光对峙，却盛开在每一段深深浅浅的时光里。

可见，美丽和岁月无关，和四季无关，只要愿意，我们可以在每一个季节里美好。

一束花，有人喜欢含苞待放的花蕾，有人喜欢娇艳盛开的花朵，有人明明是喜欢，却不屑表达。

这世间，人与人终究是不同的，我们无法让别人成为自己，自己亦无法成为别人。

春夜闲聊

在一个无风无尘的周日，和老公沿家乡的湖边散步时，发现了芦苇丛中几处老旧的房屋。

在枯黄的芦苇掩映下的土坯房，远远望去，有着时光久远的苍凉和悲壮。几株老树，在空中绘出一幅晕染的画面。这画面打动了我，想走近了端详。

房子自然是无法进入的，沿房屋一侧的小路前行，那些土坯的外墙有刚刚修葺过的痕迹，可见主人还是很在意这处旧居的。

这么窄的小路，想象不出当时的人是如何出入的。也许，在那个年代，还没有那么多的来来往往，可以独守一处小院，听蛙鸣、蝉唱，听风穿过芦苇荡带来的四季的声音。

前行，路渐渐变宽，眼前是一座修建得很整齐的屋子。

院墙里有厚厚的竹叶，透过叶子的缝隙，可以清楚地看到整齐的院落里种着时令蔬菜，宽宽的屋檐下悬挂高高低低的苇帘，各种苇编的家具随意摆放，有几个酒瓶散落在墙角。

我对站在远处的老公喊道："这是一方人家过周末的院落。"

在繁华喧嚣中待久了，自然向往有一处可以静享时光的院落，或独自安静地度过一个周末，或约上三五好友，用田间的野菜烹制一桌有泥土气息的美味，遗世独立的芬芳，比陈酒还要醉人。

你若有心，总能在这世间寻到醉人之处。

比如在某一日的夕阳下，发现楼下的丁香就要盛开了。想起去年的春日，从楼下走过，闻到丝丝缕缕、缠绵的香气，寻香才发现这一株小小的丁香，枝条纤细，开满了紫色的小花，从它旁边走过，仿佛成了丁香一般的姑娘。

因为对这香气的记忆，今年对这株花多了几分留意，每次路过，都会认真看上几眼，生怕它长眠在冬日里。该来的总会来，多一点温柔，便少了一分惆怅。

这几日咳嗽得厉害，今天又贴上了密密麻麻的膏药，因为心中对它们有期待，便让它们在身上待得久一些。但是，皮肤刺痒，过犹不及。道理都明白，却常常做不到，因为我们有时会活得很着急。

因为咳嗽，每年都会收到很多问候和关怀。前几日一起外出参加活动的姐姐坚决不用我开车，尽管她车技还不如我。一起工作的妹妹抢着把我手头的工作干完，让我先忙着喘口气。不能见面的姐妹发来信息问候，让我觉得生命的每一刻都是美丽的，哪怕人生会不完美。

今晚的饭后操没再重复那些简单的动作，换了个主播，加大了运动的强度。运动半小时便开始暴汗，不再强迫自己继续，希望下一次能坚持得久一些。

生命中所有的遇见，其实都是努力后的惊喜，接纳但不认命，所以，“亲手改变现在，而不是等待未来的救援”，这话是不是很有道理呢?

生命是一场无师自通的修行。希望和每一个热爱生活的你，一起在春风夏雨里笑得自由，在秋叶冬雪里笑得自由，一起认真生活，一起期待闪闪发光的未来。

感谢生活，有剥夺，也有馈赠。

桃红含宿雨柳绿带朝烟

周末的清晨，窗外桃正红，柳正绿。不知是昨夜还是今晨的雨，湿了悠长的小路。

尽管有点困乏，还是决定不负这春日好时光。起身外出，去邂逅一路春光。

桃红含宿雨，柳绿带朝烟。雨后的清晨，新鲜的不只是空气，还有心情。这世间的美好，也需一份好的心情来迎接。

沿途，没有遇到太多的路人，没被繁杂惊扰的桃花兀自盛开，即使已近荼靡，依旧新鲜得仿佛初开。

人生若只如初见，不是幽怨悲凉的心境，看这一树的桃花，和初见时一样让人欣喜。

昨夜，做了一个很长的梦，梦见一位好久没见的故人，时光无痕，一切还都是老样子。清晨醒来，依旧是满心的欢喜，你喜欢的初见，一直都在，如今晨的花，如昨夜的梦。

不知是昨夜还是今晨的雨滴，散落在桃花深处，久久不肯滑落。生命里所有的遇见，也是机缘巧合，喜欢就相守，不喜欢便离开。聚散离合，不喜不忧，随遇而安。

我们总想努力留住自己喜欢的，无奈花开花落，人生亦终有散场，不是你先离开，就是别人先转身。

满枝迎春的花儿开放时，太过拥挤和热闹，而我更喜欢满枝花欲尽，只余三两朵的样子。绿的叶，黄的花，花是花，叶是叶，每个生命都有自己的样子。

花朵中间偌大的雨滴，仿佛和花瓣一样大，安然存在。有些生命，看似柔弱，实则坚强。

有雨滴要从花瓣滚落，我拿着手机等了好一会儿，也没等到拍下的时刻，于是放弃，继续前行。

如果再年轻几岁，我会固执地等待，甚至会帮自己完成心愿。年龄越长越发现，太过刻意，反而失去了生活的闲适和乐趣。

樱花的花瓣已经飘满来时的路，路旁的草丛依旧是一片枯黄，生命里的来来往往，总有一些擦肩而过的遗憾。不早不晚，在时间流转中恰好遇见，便是上天的恩赐，无论爱情还是友情。

与这春光的遇见，何尝不是生命的眷顾，眷顾你有一个好的身体，一份好的心情。

最近加入一个健走锻炼的团体，初始把健走当作任务，后期发觉这是一个享受的过程。从被动到主动，外力的作用远不如内心的全然接纳。

我们所接纳的一切正能量，最终会让生命如这春色一般新鲜、生动，惹人喜爱。

闺蜜来电话说她种的海棠开花了，今日决定折花去。

把喜欢的放在眼前，方才不负这三月好时光。

那些花儿

闺蜜有一个很大的工厂，那棵海棠长在一个偏僻的角落里，这里很少有人经过，所以这棵树一直在孤独地生长，这一树的美景被辜负。

今年的花开时节，她又将花枝装满了我的后备厢。

把这些花枝带回家的那个夜晚，花苞低垂，叶片亦有些萎靡，也许是经历了长途跋涉后的辛苦，也许是离开了大树后黯然神伤。

把它们修剪后插瓶，希望它们能喜欢新的环境。

第二日的清晨，便有新的花瓣在晨光里淡雅舒展，有风从开着的窗边袭来，幽香弥漫。

花开的时节，正如一个人最美好的年华，在时光里留下印记，然后妥善安放在慢慢老去的岁月里。

今日去另一座城市参加活动，返程的路上，和同行的好友继续讨论着自己的感想。人在从事自己喜欢的事情时，常常不知疲倦。

美好的年华，大概就是身边有几个志同道合的人，一起做着共同喜欢的事吧。那些渐渐在日子里沉淀下来的，便是对这些人和事的珍藏，就像对这些花枝的留恋。

花瓣开满了窗台，让那些不会开花的绿植也有了几分姿色，和谁在一起真的很重要。每一株花儿都不同，就如每一个人都不一样，在一起，不违和，便是缘分。

如果植物可以选择，它也会喜欢那些努力盛开的花儿吧。

那些花儿已经在这里努力盛开了四天，有花瓣开始飘落，不舍得把它们清理，因为落下的花瓣同样美丽。无论是在枝头绽放，还是悄然坠落，花瓣优雅的样子都没有改变。

如果可以拥有如花儿一般的一生，也不枉此生此行。

热热闹闹，素而不寂，暖而不腻。每一天，每一餐，都溢满世间温暖。

楼下的丁香花开了，那些浮动的暗香正穿过黑色的夜，款款而来。

你的样子，是你灵魂的模样

从网上买了一些莲的种子，壳硬硬的，一副不为世间繁华所动的样子。把它们放到粗陶盆里，一半泥土，一半清水，它的身体静静地沉在水底，被清水包围，被泥土覆盖，在泥水里继续沉睡。

不知道它们能不能长成我所期待的样子，如果可以的话，它会记得今生的模样吗?

一周的时间，那些壳里抽出了很细很细的芽，在盆里东倒西歪的，高兴了露出水面张扬几分，偷懒了便沉在水底恹恹欲睡。看它们柔弱的样子，很难想象接下来它们会长成怎样。

从一颗坚硬的种子到破壳发芽，不知道莲的种子是否有破茧而出的欣喜和骄傲。

假期，去了一座偏僻的小山，寻到售票处，无人值守，没敢贸然进山，直到把工作人员寻来。

看不出对方是多大年龄的女人，操着外地口音，一边絮絮叨叨地给我介绍山上的风景，一边说着给我怎样的优惠，大致意思是一张门票打完折后五十元，随后又加收了十元停车费。表示感谢后我拿着票据走到山门口，空荡荡的房子里依旧没有人，有点啼笑皆非，明明是可以随便出入的一个地方。低头看了看手中的票，赫然印着“票价五十元”。

想着那女人的热情与诚恳，便不再为被欺骗而愤懑。花钱看的风景自然会多上几分珍惜。沿着石头的小路上山，空气清新得让人叹息，山中的迎春花开得正热闹，一片一片的黄，让寂静的山里多了些喧闹。

慢慢地走，这一路，没有遇到一个人，这座山很清净。

庆幸选择了这里，当初从网上看到它的介绍，被这样一段话所吸引：“空气清新，每立方厘米负氧离子含量102800个，是最好的天然氧吧。”有些宣传还是比较靠谱的。

山上的很多树上拴着红色的布条，祈福的人在这里虔诚地写下自己的心愿。心想事成，心里期待的，或早或晚都会到你身边。

越往山的深处走，越庆幸自己的选择，无人的山间，只有风从身边路过，远处的鸟鸣婉转旖旎。新长出的枝叶探到眼前，让潮湿的山路更加清新明丽。

得与失，只在自己的一念之间。我很喜欢这个地方，安静、湿润，可以自由呼吸，放声歌唱。

山间的小路，有些是顺势而建的，人工斧凿的痕迹不甚明显，有绿色的植物从石缝里挤出来，漂亮但一点也不招摇。

不大的一座山，石头的纹路变化甚多，上一世它们经历了怎样的沧海桑田，不得而知。一座沉默的山，那么多的故事和过往，无须说，愿意懂的自然会懂。

有点饿了，看看时间，已经过去了两个小时，想起那女人所说，一个半小时便可返回，两个小时的时间，我们竟然还没到山顶。也许她口中的一个半小时只是低头走路的时间，我们需要很多时间抬头看景。

山上的雾气越来越大，潮湿的没有味道的雾气中，那些斜斜生长的树诗意般舞动着树枝，有些好奇这些树的走向，在固有的思维中，树干应是顶天立地，很少看到这么妖娆的。也许，这是一群不甘寂寞的树苗。

山脚下，是一处古老的村子，青石延伸的小巷里有明晃晃的台阶，春节的对联依旧鲜艳，午后的炊烟正从房顶飘过。

时光在这里放慢了节奏。

烟雨之夜

今天是四月份的第二十三天，即将九点的夜，夜色不深不浅。有蒙蒙的细雨正随风而来，因为喜欢毛毛雨扑面的感觉，便游荡在无人的小路上，任细雨打湿发梢，潮乎乎的脸颊像做了补水面膜一般，惬意舒展。

夜色中，透过手机的屏幕可以清晰地看见河边的柳、水中的影。

一直想拥有一台拍照清晰的手机，因为价格犹豫了很久，年后在女儿的鼓励下把它带回了家。

读大学的女儿比起读过师范的我，思维开阔很多，她说在自己能力范围内，一定要买自己满意的东西，因为便宜而将就一定会后悔，况且也不省钱，你会因为它便宜而不珍惜，很快就想换了它。

话很有道理，亦师亦友的母女关系，我很喜欢。

我们对于昂贵的东西或多或少是有敬仰之心的，如今看着自己衣橱里的衣服，十几年都不舍得扔掉的，一定是当初花了大价钱买来的。而那些廉价的衣物，即使再漂亮、再时尚，即使当初很喜欢，日子久了，也不会对它们有依依不舍之情。

太容易得到的，很难放在心尖上，也许这就是人性吧。

所以，努力追求想要的一切，才会有更多的幸福感和感恩之心。随遇而安不是被动等待后的自我安慰，而是努力后的安然接纳。努力过后，得之我幸，失之我命。

小路拐角处，白日里不起眼的一棵小树因为夜幕下的灯光变得醒目，周围都黑漆漆的，唯有它是明晃晃的。为它拍了一张照片，叹赞夜晚也可以这样明媚。

下过雨的湖面是有雾气的，尝试了好几次都拍不出水面烟雨朦胧的感觉。有些美景只能看在眼里，装在心里，不是所有的美好都能定格保存，不断经历比忙着回忆要昂贵得多。

每个生命都是昂贵的，只是有些人慢慢把它变得越来越廉价了，廉价到连自己都不愿意珍惜。让自己的生命保值，每一天都会是眼中有光的日子。

下过雨的世界是清澈的，雨滴在高高低低的叶片上留恋，晶莹剔透，非常醒目。没有太阳的日子，随处可见的亮晶晶的水珠，让心底明净如初。

这世上的日子，不好也不坏，你当它很贵，自然便是好日子。

四月份的第二十三天，微微细雨天上来。

我的喜欢是不是你的喜欢

五月份上班的第一天，清晨打开办公室的门，室内有几分冷清。几日未见的绿植有些无精打采，果然，植物也是需要陪伴的。

仿佛有很多事情要做，又不知先从哪件做起，这样的感觉，大概是因为心依旧沉浸在假日的懒散与琐碎之中。

沏上一杯茶，让心安静下来，在茶香中先完成了假期里接到的任务。抬头，桌上的绿植正慢慢地舒展开来，果然，植物也是有灵魂的。

午休时间，去了单位附近的集市，形态各异的鲜花正帮着主人招揽生意，摊主则忙着和路过的朋友闲聊。中意两盆形如喇叭的小花，花型很大，色彩很艳，开在细细的藤蔓上，世俗但可爱。

同行的同事说它叫“千里飘香藤”。没有和摊主讨价还价，二十元提走了两盆开得正热闹的小花。

回到单位，另一位同事说它叫“万里飘香藤”，这个名字似乎更高级一点。

傍晚带着两盆花回家，把它俩摆放到窗台上，这里已经挤满了各种各样的植物，那些熟悉的面孔被我统统推到里面，把新来的伙伴安放在一个浇水方便的地方。

它们是真的艳丽，越发衬得旁边的植物清冷寡淡。果然，红色可以让人的内心更加热切，也许这是人们喜欢红红火火日子的缘由吧。

心底热切，日子就有了光芒。

假期里买的玫瑰开得刚刚好，幽香袭人的夜晚是容易让人慵懒的，懒得外出散步，懒得跟着视频锻炼，早早斜倚着床头玩手机。他说我把时间都浪费在无聊的事情上了。

自从把家安在了城外，每天上班的用时多了二十几分钟。曾有朋友问我有没有感到倦怠。这样的感觉还真没有过。喜欢一个地方，每天为它费一点点工夫也是值得的。

这样的感觉，就像你喜欢一个人，你会愿意把时间都交给他，只要那种感觉一直在，在一起多久都不会觉得无聊。就像你喜欢花开的模样，你会费尽心思地延长它们的生命，哪怕非常麻烦。

同样的事情，有人觉得有意思，自然有人觉得无聊，因为你的喜欢不是我的喜欢，我的喜欢也不是你的喜欢。

窗外起风了，有闪电划过天空，仔细听，有雨滴正在零零散散地落下。

五月

周日的清晨，醒来，窗外的阳光闪烁，有风吹动了天上的云。

这是一个被风吹过的五月，很凉爽。想着往年此时，天气已然开始炙热了吧，如今随便站在一处树荫下都有清凉的感觉，仿佛在秋日里。

打开电脑，有材料需要整理，看着屏幕发了一会儿呆。如今的电脑屏保越来越好看，每一张都很称我的心。一张一张看下去，总是要费些工夫的。

抽出花瓶中的小花，在键盘上摆弄了一番，常常靠着一些小伎俩来取悦自己。

上周买的洋甘菊开得正旺，让屋子里有田野的味道。这些小小的花朵，颜色明媚，清冽而微带辛辣的香气，与我喜欢的百合香截然不同，深得我心。年龄越大，对于喜欢的，也不再有执念。

洋甘菊的花语勇敢、坚强，象征着逆境中的坚持。也许是因为它们生命力旺盛，也许是因为它花形小巧精致，给人一种青春活力的感觉。洋甘菊，一种特别文艺又特别治愈的小花。

没有人不渴望有一段洒脱自如的人生，穿梭于山水，寄情于自然，可以在盛世繁华处呼朋唤友，也可以择一处清幽之地，安静地过几天日子。

可是，很少有人可以离开红尘的羁绊，因为在我们每一段生命里，都被各种各样的人和事所需要。

人间万事，虽有太多的飘忽不定，但亦不会凭空而来。我们与万物，总有割不断的情缘，也许有一些注定的故事，无法删改。

在闻花识香的休息日，如果有丝丝烟雨，堪称完美。

岁月如烟云，轻轻散去，我们最终能记得的人和事真的不多，但我们会记得一种心境，在清风细雨里闻着花香，品一盏茶，回忆那些散去的过往。渐渐地，分不清是茶的香气还是花的香气，让你清静安宁。

五月，有风从窗前吹过，是夏天的味道，如绿叶般纯净，如花开般幸福。

如若热爱，奔赴山海

六月的第二天，回到家已是深夜。

开门，一股幽香扑面而来，是我喜欢的百合香。当初把它们带回家，对它们没有全部盛开的要求，因为它们是赠品。是的，这些花束是老板用来回馈老顾客的花，收到时已经有些残缺。

它们开得有点儿怯诺，毕竟是受过伤的花，对于招摇的生活大概从未抱过幻想。

花开得不张扬，但香气却依然幽香。多年前，我喜欢在办公室里插束百合，因为那间小小的屋子，只有在上午十点的时候有阳光照进，我需要一缕香气代替阳光。

后来，去了离家很远的一个地方工作，每天下午办公室都会洒满阳光，不再插鲜花，开始养绿植，一枝绿萝可以在瓶子里养好久，它慢慢长大的过程，心亦慢慢平静。

时光,总在改变着什么,但时光,也有无法改变的事物。比如,热爱。我爱一切有生命力的事物，无论花花草草，还是来来往往的人。

晚归，是因为与一群大部分年龄比我小、与我职业截然不同的弟弟妹妹们相聚。我喜欢年轻人的热情，我同样喜欢探索其他职业的惊喜与幸福。

这世上最幸福的日子,大概便是热爱着周围的一切,无论人和事,无论工作与生活。

有风、有雨、有代驾的夜，回家的路安静祥和，今晚的代驾很热情，絮絮叨叨地和老公拉着家常，岁月安静而悠长。

六月的第二天，如第一天一般纯净，让人心怀眷恋。

这世上，总有一些人和一些事让你心生眷恋，让你愿意为它蹲下来，静静欣赏，慢慢品味。

如若你也热爱，那就让我们一起奔赴山海。

开在夏日里的木槿

楼下有一棵树，前几天开花了，开在芒种之后，开在炎热的夏日里，它的名字叫作木槿。

开在夏日里的木槿花，一点都不张扬，花瓣内敛，花形简约。日复一日它们仿佛从未更换模样，阳光下不褪色，风雨里不凋落，如第一次见到它们一般。

也许某一天，抬头，它们已然不在，但它们不疾不徐开在枝头的样子，会成为这个夏日里的记忆。

避开百花争艳的春，独自盛开在夏日里，究竟是它不愿还是不屑与其他的花儿争，无从知晓。

开在夏日里的木槿，没有幽香，简单质朴，像邻家不施脂粉的小姑娘。这世上，既有风情万种的魅惑，也有不染纤尘的纯净。因为不同，才有了让人眷恋的红尘。

做一个平凡而简单的人，就像这棵开在夏日里的木槿，简单地来，淡淡地去。有人记得固然美好，无人驻足也不为此纠结。

生在尘埃，清骨素颜，也是岁月的旁白。

一只很大的蚂蚁爬上了花瓣，是嗅到了我嗅不到的香，还是随便走走，不得而知。

这只蚂蚁并不孤独，它有清风相伴，走过这一程，还是留下了自己的身影，记忆无言，岁月有痕。

今晚，电脑屏保出现了这样的句子：“你长大以后想当什么样的人？”

难道我长大就不能当我自己了吗?

想起《小王子》里有这样一句话：“所有的大人都曾经是小孩，

虽然，只有少数的人记得。”

是啊，很多人长着长着，就忘记了内心的美好与真诚，就忘记了单纯的快乐。

闻惯了尘世的烟火，内心方可淡定从容，每个人的内心，都有一个安静柔软的地方，安放着一朵木槿花、一滴露珠、一阵清风，或欣喜，或心动，或满足。

“所有的大人都曾经是小孩”，我们，应该都记得。

昨日，夏已至

窗台下有几只鸟，从深夜到凌晨，一直都在鸣叫。分不清到底有几只，有的声音浑厚，有的声音清脆，我不知道它们的名字，但陪它们一起经历了一个月光明亮的夜。

它们一定是在我的窗下安了家，鸟倦了是要归巢，就像人累了就特别想回家一样。我在窗前看了好久，没有找到它们的家。

我不知道为何要寻找它们的家，只知道它的声音陪我一起穿过了黑色的夜。

清晨五点左右，大叔练嗓的声音准时伴随着鸟叫声悠扬地传来，自从搬到这个小区，便遇见了这个喜欢在清晨放声大喊的邻居，大叔练嗓的方式是有旋律地大喊，喊声热情又有穿透力，他会帮助那些赖床的邻居改掉坏毛病。

前几日听一位教授说，“修养是什么，就是养成了好的习惯”。清晨练嗓是大叔养了好久的习惯，对他来说，一定是好的，不然他的肺活量不会一天比一天足，声音不会一天比一天传得远。

那么问题来了，大叔是不是有修养的大叔呢？

昨日，夏至，白日最悠长。清晨上班的路上，田地里已经有了劳作的身影，总有人只争朝夕。同事说，“今天以后，白天便会越来越短了”。是呢，日子长长短短地流转，把一天天过成了一年年。

习惯了每日上班路上悠长的时光，因为在路上的时间长，四季便很清晰地装在了心里。

田里的玉米苗已经探出了头，在夏至晒着太阳。

这几日，我的城市的天空很美，仿佛在某个夏日看到的那个远方的天空，我记得当时拍了照片，不记得存在了哪里。

我们的记忆是有选择性的，选择的主动权却时常不在自己手里，所以有时明明觉得很重要的事情却常常想不起，明明很熟悉的人却说不出她的名字。明明很熟悉的街道还是会走错，明明很浅显的道理却怎么也说不清。

看着月光听鸟儿聊天的夜，很短，也很长，短得仿佛没来过一般，长得让我深深眷恋上了这张床。

夏至已过，白天会越来越短了。

那些琐琐碎碎的时光

周末家人团聚，外甥女带来了玫瑰，我把一束放在客厅，一束放在了餐厅。时隔几天，两束花长成了不同的样子。

如今，客厅的花开得刚刚好，带给人慵懒的舒适感。夜很静，除了花的幽香，只有低声吟唱的虫，一个仿佛在屋子里，一个仿佛在窗台下。夏日的夜，有让人眷恋的温柔。

餐厅里的玫瑰花苞没来得及打开，已经是一副蔫蔫的样子，看样子它们是不打算盛开了。不知道这一束花当初放到客厅，又会是怎样的模样。

那么，一个房子里，是餐厅的位置重要，还是客厅的位置重要呢？大概每个人的想法是不一样的。

这几天一直在外面参加活动，见到了太多的不一样，我喜欢不一样，这才是热闹的人世间，如果千人一面，是否会看得有点倦？

时光很琐碎，琐碎得你来不及收集就已散落一地。

周末的夜晚，好友相聚，漫无边际的调侃，一本正经地吹牛，不用小心翼翼，不用刻意逢迎，可以肆意欢笑，也可以相互攻击。

幸福的生活，大概就是身边有人懂你悲欢，念你冷暖，欣赏你的好，亦明了你的不堪。

无须设防的关系，一定笃定了对方喜欢你，无关风月与世俗，只因是你。

时光太琐碎，我曾想着把每一个琐碎的日子收拾整齐，妥善安放，可总有一些慌乱让时光变得支离破碎。也许，让人慌乱的从来不是某些事，而是因为一份心境。

今日，有小孩说："时光不会倒流。"如今的小孩都这么通透，可我们却常常想：如果当年……

人们造了"如果"两个字，却忘记了从来没有"如果"这回事。小孩都知道的道理，大人常常会忘记。

窗外，有一片草地，此刻好几只虫在暗夜里鸣唱，它们不一样，声音不一样，大概外形也是不同的，不知道它们的名字是否一样。

它们的叫声仿佛排练过一般，此起彼伏，缓缓流淌，没有休止符。

一群不知疲倦的虫，在一个普通的夜里欢唱，声音穿过黑色的夜，走向黎明。

楼下的木槿花依旧盛开，在夜晚看上去有点奢靡，不像白日里那般的清纯。夜色，给了它妩媚。

日子，依旧会琐碎。

捡了一朵莲

周末，加班完成了一个任务，写完最后一个字，做好最后一页

PPT，已近傍晚。

窗外，微风正起，开着空调的屋子里一片清爽。

完成任务的心情是轻松的，晚饭后沿湖边散步，有微凉的风迎面吹来，逼退了细密的汗。水边的柳极尽柔美，彼岸的鸟鸣，缓缓传来。

这世上，总有一些美好会安抚我们的慌张。

湖边有些黄黄绿绿的叶堆在一起，有蒲草，有苇叶，也有莲的叶子，大概是园林工人嫌弃它们在水中疯长，清理了它们。湖面，明亮如镜。

有一朵无根的莲花漂浮在水面，我目测了一下距离，用个稍长的枝条便可以把它捞出来。找了一根蒲草，打捞出了湖中的莲，它还是鲜活的，也许刚刚与叶分离。

回家的路上，女儿邀约视频通话，我给她看手中的莲，告诉她是我捡来的，她发出不太相信的啧啧声。是啊，我也不懂，长得好好的莲为什么会被一起清理了呢。

或许，比起全部清理，有选择性地清理这些植物是比较麻烦的，工人们何必给自己找麻烦呢？

如果世上有捷径可走，大概多数人会选择吧。

我把这枝莲花插到了书桌上的瓶中，花头太沉，总是会垂下去。我把茎剪到很短，然后用绿萝的枝条与它缠绕，如此一来，似乎有了几分精神的模样。

它与这些叶子自然是不熟悉的，如若不是今晚的巧合，它们连擦肩的缘分都不会有。

今晚，它们亲热地依偎在一起，世事就是如此奇妙。

我不知道这朵莲明日会不会盛开，不过今晚它安然的样子让我不后悔带它回家。

喧嚣褪去的夜晚，可以任心神游离，也可以和自己对话，那些静静享受的独处时光，值得珍藏。

明日，崭新的一天，希望它也会是新的模样。

走着走着天就晴了

周六的清晨，早早醒来，看着窗外阴沉的天空，突然有了出去走走的想法。

查了天气预报，有雨，依旧没有打消出门的念头，雨伞没带便出门了，已是七月，淋点雨也不要紧。

天空的云层层叠叠，仿佛在动，仔细看看，应该是不动的，也许只是心动，水里的云，如泼墨一般深深浅浅。

这水里的云，我已经看过很多次，每一次都仿若初见。散步，走走停停，只适合周末的时光，不以锻炼为目的的步行，让心情旖旎。

越走越远，天也阴得越来越浓郁，路上行人越来越少，喜欢淋雨的人大概不多吧。

雨终于落了下来，细细密密地打在水面上，路面开始变得潮湿，用两秒的时间决定继续前行，因为扑面的雨丝轻轻柔柔，并不会让人反感。

迎面有路人撑起了大大的雨伞，带着雨伞散步的人，大概是会仔细规划生活的人，总会做好各种准备。

淋着雨，并没有加快脚步，心里想着这雨应该不会下得太久，果然，水面上的涟漪渐渐恢复了平静。

此后，雨没有再来。

走着走着天就晴了，厚重的云朵渐渐变得轻盈起来，这次，云真的动了，在水面上开始飘荡，水面看似很平静，但它的心底应该也动了。

走着走着天就晴了，多好的经历，仿佛人生。

路边遇到五棵开花的树，有三种颜色，小小的花一簇一簇的，挺热闹。每日都会有新的遇见，不在这里，就在那边，兜兜转转，讨人欢心。

七月，遇见一些树，长在路旁，开满了花。

因为雨，有花瓣落了下来，从远处看去，竟铺满了小路，很漂亮，走近了才发现只是星星点点地散落着。

湖面上成片的莲，雨后也显得更加清爽。在清晨或是傍晚，是看不到莲花盛开的，所以总是有一片绿浮在水面上。

也许受天气影响，走着走着，湖里的莲花竟开了，有阳光穿过云层，时阴时晴的天气，特别适合夏日。

路旁带着雨滴的牵牛花很漂亮，看上去柔柔弱弱的花朵，也能经得起风雨。

七月初的一个清晨，环湖步行，从阴雨走到了天晴。

图书在版编目（CIP）数据

时光里的小欢喜 / 于静著 . —济南：山东文艺出版社，2023.5

ISBN 978-7-5329-6887-9

Ⅰ . ①时… Ⅱ . ①于… Ⅲ . ①散文集—中国—当代 Ⅳ . ① I267

中国国家版本馆 CIP 数据核字 (2023) 第 066781 号

时光里的小欢喜

SHIGUANGLI DE XIAOHUANXI

于静　著

主管单位　山东出版传媒股份有限公司
出版发行　山东文艺出版社
社　　址　山东省济南市英雄山路 189 号
邮　　编　250002
网　　址　www.sdwypress.com

读者服务　0531-82098776（总编室）
　　　　　　0531-82098775（市场营销部）
电子邮箱　sdwy@sdpress.com.cn

印　　刷　廊坊市印艺阁数字科技有限公司
开　　本　880 毫米 ×1230 毫米　1/32
印　　张　8
字　　数　206 千
版　　次　2023 年 5 月第 1 版
印　　次　2023 年 5 月第 1 次印刷
书　　号　ISBN 978-7-5329-6887-9
定　　价　52.00 元